툰드라

툰드라

강석경 소설집

차 례

툰드라

지도 위의 이름

기르, 이프니, 마르사 타르파야 갑,

사람들을 꿈속에 젖게 하는 이름들이었다.

—르 클레지오, 「우연」

작가들이란 언어에 매혹되는 사람임이 틀림없다. 작가에게 언어란 모태와 같아서 뜻 모르는 지명에도 환상을 이식해 먼 길을 떠나는 듯하다. 소시민이 기르, 이프니, 마르사—라고 열 번 따라 외워도 현실은 시멘트같이 꿈쩍도 않는다. 알파벳 원어 지명을 보고 읽으면 꿈속에 젖어들까. 알파벳의 아우라가 금빛 그물을 펼쳐 미지의 행성으로 데려갈까. 지구상의 수많은 도시 이름 중 발 디딘 적 없는 지명을 무작위로 읽다가 '울란바토르'가 덜컥 목에 걸렸다. '토'라는 파열음 때문일까. '붉은 영웅'이란 뜻이 혁명의 바람을 품고 있는 듯해서? 아니다. 이 지명은 익히 알고 있는 나라의 수도여서 반사적으로 아기 엉덩이의 몽고반점을 떠올리게 했다. 보자기에 묶여 있는 기억도 없는 유아기를 펼치게 하였다. 엉덩이에 푸른 달 같은 멍을 달고 아기는 빛의 세상이 두려워 울음을 터트렸을까.

전생의 몽상으로 탯줄을 타듯 여행지가 몽골로 정해졌다. 주영은 그날로 여행사를 통해 한 달 뒤 8월 항공편과 가격 등을 알아보고 이틀 뒤 메일로 승민에게 아는 정보를 주었다. 여행사 전화번호부터 자신의 출발 날짜까지. 승민은 그날 밤 카톡에 "몽골 환상" 하고 글을 띄웠다.

—서울서 세 시간 반 거리니 멀진 않아.

—몽골서 일주일 보내고 이르쿠츠크 간다고?

—몽골서 가까워서 2박이라도 하고 싶은데 오후까지 생각해보고.

—난 이틀 뒤 금욜에 갈게.

진작에 정해진 스케줄이었다. 치과의사인 승민은 주말을 끼워 3박이면 해외도 좋다 했고 그녀는 개강 전 열흘을 해외에서 보낸다는 것. 그들의 처음이자 마지막 여행일 터였다.

사실 이 여행은 주영에게 시작부터 특별했다. 다른 때와 달리 침낭과 명상 소설이 든 캐리어를 끌고 이국의 공항에 내렸을 때였다. 여권 검사를 하고 출구로 나서자 갑자기 요의를 느꼈다. 뛰듯 화장실로 가 변기에 앉자마자 주영은 무언가 쏟아지는 것을 느꼈다. 밑을 보니 덩어리진 선혈이었다. 여행 첫날 생리라니. 난감한 마음은 잠시고 폐경의 징조라는 생각이 언뜻 들었다. 언니는 오십에 폐경이 되었다고 했다. 그 말을 듣고 주영도 오십에 생리가 끊어질 거라고 스스로 암시했다. 폐경을 하니 성욕이 구십 프로는 사라지는 것 같아, 라고 언니가 말해서 아, 오십부터 비린내 나는 섹스는 바람 빠진 공인 양 차고 영혼의 필드로 들어가야 하는구나, 생각했다. 주영은 오십을 앞둔 아홉 자리 수, 마흔아홉이다. 작년부터 계속 불규칙했던 생리가 몽골 땅에 들어서자 한숨을 토하듯 찌꺼기를 쏟아내듯 마지막 출혈을 한 거라고. 기뻐라.

울란바토르에 도착해 중심가 숙소에 짐을 풀자 주영은 여느 관광객처럼 수흐바타르 광장에 갔다. 칭기즈칸 동상 앞에서 찬란한 그들의 과거를 확인하고 간단히 요기할 겸 시가지로 나섰다. 몽골에서도 8월의 햇살은 따가웠다. 상가들이 늘어선 거리는 태양을 피할 그늘도 없는데 주영은 작은 주얼리 숍 앞에서 걸음을 멈췄다. 특별한 디자인이 눈에 띄는 건 아니었다. 인도의 장신구 숍들처럼 화려하지 않았지만 문득 은 귀걸이를 사고 싶다는 생각이 들었다.

손님이 들어서니 여직원이 다가왔다. 주영은 단순한 수직형 디자인 두 개를 손으로 가리켰다. 체인 모양의 귀걸이를 귓바퀴 밑에 대자 적당한 길이가 세련되게 늘어졌다. 머리를 가로저어 귀걸이가 흔들리는 걸 보고 작은 꽃봉오리 같은 원형과 삼각형이 이어진 귀걸이를 귀에 대보았다. 조형적으로 이것이 더 마음에 들었다. 주영은 귀걸이 구멍을 더듬어 끼워보았다. 오래 착용했던 진주 귀걸이를 잃은 뒤 이 년 가까이

하지 않았는데 용케 구멍이 막히지 않았다. 귀걸이가 흔들리니 생동감에 몸도 가벼워진 듯했다.

주영은 카페 암스테르담에 들어가 오렌지 주스와 이탈리안 파니니를 주문했다. 창가에서 무심히 맞은편 거리를 내려다보니 Seoul Hair Salon, Cafe Tiamo, India Restaurant 상호들이 시야에 들어왔다. 노후한 외산 차들이 매연을 뿜고 달리는 울란바토르도 서서히 글로벌 도시가 되어가나 보다. 중심가에는 이국적 복장의 마르코 폴로 동상이 한 손에 책을 들고 서 있다. 쿠빌라이 칸 시대의 국제도시를 재현하고 싶은지 모른다. 세계를 아연하게 한 그들의 용감무쌍했던 영광을.

주영은 주스를 마시며 인디아 레스트랑을 뚫어지게 바라보았다. 머리를 양 갈래로 길게 땋은 티베트 여인 돌마가 뇌리에 떠올랐다. 좀 전에 산 삼각형 은 귀걸이가 낯익다 했더니 다질링의 돌마네 가게에서 처음 산 귀걸이와 비슷하다는 것을 기억해냈다. 나이스, 얼굴이 마른 너한텐 유독 귀걸이가 잘 어울려, 하고 차를 권하던 은빛 머리 여인. 그 안온한 미소에 끌려 그녀가 운영한다는 게스트 하우스로 옮기고 거기서 이 년 삼 개월 머물렀다. 그녀의 아들 다와와 다 함께 한솥밥을 먹는 식구가 되었고 아이가 태어났다. 갓난아이를 안아 든 돌마의 미소는 달빛이 비치는 강물 같았다. 주영은 자연의 품을 지닌 티베트 여인에게 "당신에게 바치는 딸이에요" 하고 주문을 걸듯 말했다.

밀레니엄이 시작되는 해에 33세를 맞고 주영은 영어학원 강사를 그만두었다. 새로운 인생을 모색하기 위해 인도 여행을 하던 중 삶이 바퀴를 틀었다. 모계사회 족장 같은 돌마가 아니었다면 다와와의 인연도 없었을 것이다. 네 살 아래인 다와는 만나고 일주일 뒤 결혼하자고 했다. 주영은 묵살했다. 자신은 언제 떠날지 모른다고. 주영은 장엄한 칸첸중가의 산능선을 구름 너머 바라보며 차밭에서 찻잎을 따고 돌마와 함께 양고기를 잘라 수제비 같은 뗀뚝을 만드는 것이 즐거웠다. 다와가 만든 버터차와 인도 난을 먹는 아침이 행복했다. 게스트 하우스의 외국인 여행자들을 위해 찻잎과 우유로 짜이를 끓이는 일도 결코 시답잖게 여기지 않았다. 달라이 라마 자서전 등 틈틈이 원서를 읽으면서 자신에게 몰입하는 시간도 충만했다. 이 모든 것이 주영에겐 자연의 삶이었다. 경쟁사회 한국의 학원 강사로서 학부형과 성적 상담까지 해야 하는 일에 벌써부터 피로와 염증을 느껴왔다.

다와와의 삶이 조화롭기만 한 건 아니었다. 함께 산 지 넉 달이 되었을 때 다와가 술을 마시고 돌아와 서양인 친구 얘기를 했다.

“마틴은 늘 여자를 호텔 급으로 평해. 당신은 스리 스타래.”

주영이 주먹으로 다와 가슴을 치니 “파이브 스타가 아니라 화났어?” 물었다. 주영은 뺨을 쳤다.

“난 니 호텔이 아냐. 돌마에게 물어봐. 네 어머니도 호텔인지."

이 얘기를 들은 돌마가 주영의 어깨를 잡았다.

"네겐 정신이 있지. 다와가 여자를 잡을 줄은 알아도 모실 줄은 모르는구나. 결혼을 원치 않으면 안 해도 된다. 다만 철없는 내 아들을 잡아주기 위해 좀 더 지켜봐주기를 바라. 나를 위해서도 말이다. 난 네가 꼭 딸 같아. 죽은 딸이 극락에서 나를 연민하여 보내준 선물 같아."

그런 돌마 곁을 떠난 지 어느덧 십오 년이다.

국영백화점에서 한 정거장 정도 걸어가니 간단사 가는 길이 보였다. 인도가 있는 양쪽 건물은 낮고 수수하며, 도로 한가운데 화단이 있어 절로 가는 길답게 여유로웠다. 눈에 다가서는 초록 기와지붕은 내림마루의 팔작지붕인데 몽골과 불교권의 아시아에서 쉽게 볼 수 있는 친근한 건축 형태였다.

비둘기 떼를 뚫고 관광지처럼 상주하는 사진사 옆을 스쳐가니 양편으로 작은 건물 같은 몽골 스투파가 서 있었다. 중심에 있는 관음전의 흰 건물로 들어서자 신도들과 거대한 관음상이 시선을 사로잡았다. 네 개의 팔을 가진 관음대불은 현대에 만들어진 불상인 듯했다. 티베트 불교가 몽골 샤머니즘과 융합된 라마 불교였다. 긴 염주를 걸친 관음 손에 비둘기가 앉아 있어 목이 빠져라 올려다보니 위에서 라마들의 탄트라가 희미하게 들려왔다. 수미단의 촛대에선 수백 개의 불꽃들이 타오르고 한 신도는 달라이 라마 청년기 사진이 놓인 왼편 불단에 이마를 대고 경배했다. 티베트인들의 어버이. 주영도 그 앞에 이마를 대고 달라이 라마가 오래오래 살기를 기원했다.

신도들이 법당 안 어디든 이마를 대고 기도하는 모습은 인상적이었다. 불전함이 없어 시줏돈도 놓고 싶은 곳에 올려놓았다. 사원의 직원 두 사람이 다니며 단에 놓인 돈을 거두어들였다. 주영이 사람들 따라 마니차를 돌리며 나아가는데 갑자기 입구 쪽이 시끄러웠다. 여직원이 추레한 행색의 한 여자를 문밖으로 밀쳐내고 있었다. 중년 여자는 쫓겨나면서도 계속 소리치고 남자 직원에게 다가가 사납게 발길질했다.

짐작건대 여자는 법당 여기저기 놓인 시줏돈을 훔친 것 같았다. 관음전 앞을 오가며 주먹 쥔 팔을 내뻗고 미친 듯이 떠드는 여자의 기세가 자못 등등했다. '자비로운 관세음보살님은 부자 절보다 가난한 내가 시줏돈을 가져가길 원해'라고 말하는 것일까. 맹렬한 주먹질은 어릴 때 시골 머스마들이 곧잘 하는 욕이었다. 비행기로 세 시간 걸리는 이국에서 오래전 잊고 있었던 주먹질을 보다니.

순간 이끌린 듯 실내로 고개 돌리니 한 젊은 여성이 관음상을 향해 두 손 모아 기도하는 실루엣이 눈에 들어왔다. 기도는 너무나 간절하여 관음보살 아니라 악마라도 귀 기울여 들어줄 것 같았다. 허공에 떠도는 욕설까지도 정화시킬 듯한 여자의 극진한 기도는 바라보는 것만으로 사람을 감화시켰다.

고대적 종교성이 뼛속 깊이 새겨진 사람이 있지. 주영의 임신기에 새벽마다 불단 앞에 오체투지하고 마니차를 돌리며 기도하던 돌마. 태중에서 할머니의 지극한 기도를 받고 자란 소담을 생각하니 가슴이 새삼 차올랐다. 영적 어머니라 할 돌마는 지난해 꿈에 나타나 작별 인사를 했다. 머리를 한 줌 잘라 주영에게 주고 흰옷을 끌며 독수리가 날아오르는 벌판으로 걸어갔다. 영원의 저 너머로.

관음전 바깥은 부산한 발걸음들이 먼지로 떠도는데 문턱을 경계로 동시에 펼쳐진 성과 속, 삶과 죽음의 그림이라니. 간단 사원에서도 인생이 벌어지고 있었다.

털털거리는 버스를 다섯 시간 타고 샨사르 정류장에서 내리니 지프차 앞에 서 있던 남자가 주영을 향해 느린 걸음으로 다가왔다. 주영이 한 손을 들자 "게르투게르?" 확인했다. 에이전시에서 보낸 기사였다. 승민도 말보로를 한 개비 피우고 합류했다. 차가 출발하니 승민이 옆에서 혼잣말처럼 했다.

"잠깐 둘러봤지만 울란바토르는 칭기즈칸과 마르코 폴로 동상만 있으면 될 것 같아. 이게 무슨 도시라고. 책 속에 잠자는 과거 말고 보여줄 게 있어야지."

주영은 몽골 근대사를 간단히 들려주었다. 스탈린 정권에 의해 사회주의로 변모한 몽골인민공화국은 1937년에서 1939년 사이 770여 개의 사원이 10여 개로 줄어들고 3만여 명의 승려가 체포, 총살될 만큼 라마 불교를 무자비하게 탄압했다고.

"정신적 기둥인 종교가 찢겼으니 전부터 선교사 활동으로 한국 교회가 들어서고 있어. 울란바토르의 어느 대학 인근에선 'KARAOKE' 상호가 한 건물 건너 계속 보일 만큼 많아. 아마 몇 년 안에 한국 건설사업의 대표격인 고층 아파트도 기세 좋게 세워질걸. 모두가 하는 말이 진정한 몽골은 초원에 있답니다. 그래서 오자마자 초원에 가는 거야."

차가 도로가 아닌 초원으로 들어서면서 이제야 제 길로 들어서는구나 싶었다. 가슴이 트였다. 끝이 보이지 않는 허허벌판의 길 없는 길이었다. 사십여 분 울퉁불퉁 달리다가 군데군데 몇 채의 게르를 지나자 낡은 차는 초록 지붕의 목조가옥 앞에 멈추었다.

차 소리를 들었는지 서양인 남녀 세 명이 배낭을 둘러멘 채 밖으로 나왔다. 그들은 손을 들어 챠오! 인사하고 주영이 내린 차에 올라탔다. '게르투게르' 프로그램에 참여한 여행자들이었다. 안경을 쓴 중년 여성이 문 앞에서 몽골어로 인사하는데 여주인 같았다. 주영이 다가가니, 미, 찬드수랭, 하고 이름부터 밝혔다. 활달함이 세련돼 보이고 유목민이라기보다는 한국 아파트 복도에서 마주칠 법한 친근한 얼굴이었다. 여주인을 뒤따라 실내로 들어가니 넓은 거실이 한눈에 들어왔다.

정면 한가운데 배치된 주홍색 반닫이, 그 위 불단에 늘어서 있는 불상과 탕가 유리 액자들이 몽골인의 전형적인 생활상이었다. 약간의 화장품과 거울과 함께 반닫이 위에 놓인 젊은 여성의 사진이 눈을 끌었다. 여주인이 도터, 라고 영어로 알리며 코리아, 스쿨, 닥터 등 명사를 나열했다. 딸이 한국의 의대에서 공부하는 유학생인 모양이었다. 21세기의 글로벌화가 초원의 유목민 삶에도 스며들었다. 몽골 유목민은 모두 게르에서 사는 줄 알았지만 이 목조 집은 그들의 진취성을 보여주었다.

저만치 앞에 부속 건물 같은 작은 게르 한 채가 있긴 했다. 주영은 빛이 들어오는 창과 테이블, 의자가 있는 거실에서 사흘간 머물기로 했다. 게르를 기대했을 승민도 기꺼이 동의했다. 게르에서 별도 볼 수 있다니 목가적으로 여겨지지만 여행자를 받을 수 있는 공간은 여기였다. 생활의 편리함을 아는 주인 부부는 작은 게르를 침실용으로 쓰는 듯했다.

수랭은 양파와 고기 조각이 드문드문 보이는 밥 한 그릇을 점심으로 주고 집 인근을 보여주었다. 집 위쪽 벌판으로 십여분 걸어가니 염소와 소 떼가 여기저기 흩어져 있는 풍경이 눈에 들어왔다. 몽골인의 초원에 왔다는 실감이 났다. 수랭은 츄, 츄, 츄 소리 내며 막대기로 가축 모는 시늉을 하고 주영에게 막대기를 넘겼다. 승민은 말린 소똥을 부엌으로 나르는 일도 거들며 오후를 보냈는데 수랭의 남편은 해가 저물어갈 무렵 돌아왔다. 그는 승민, 주영과 번갈아 악수하고 자신의 이름이 '작드더르즈'라며 어려운 발음을 가르쳐주었다.

마르고 키가 큰 작드더르즈 씨는 순박하고 선량해 보여서 한눈에 호감이 갔다. 그는 손님에게 몽골어로 말을 걸며 튀긴 빵을 수태차에 적셔 먹었다. 아까 수랭이 튀겨놓은 빵은 유목민의 비상식량이었다. 먹어야 할 것만 먹는 소박한 식사를 보니 상이 미어져라 차리고 버리는 한정식이 반생태적이라는 생각이 들었다. 어슴푸레한 빛 아래에서 하루의 양식에 감사하며 식사하는 모습은 성실하게 살아온 자의 초상 같았다. 주영은 측은한 눈빛으로 몽골인의 식사를 바라보는 승민의 주의를 흩트렸다.

"유목민들은 양 한 마리와 밀가루 한 포대로 네 식구가 몇 달간 살아간대. 지구에 쓰레기를 만들지 않는 생태주의자들 같아. 아까 우리 점심, 저 사람들이 늘 먹는 거니 사흘 동안 음식 투정하지 말기야."

"오십 년간 길들여진 먹성이 어디 가겠어. 네가 사온 고추 피클로 그나마 밥이 넘어갔지. 사흘만 참지 뭐."

"사흘 뒤 떠나니 다행이야."

희뿌연 새벽빛과 사박사박한 발걸음 소리에 가만 눈을 뜨니 등이 낫처럼 굽은 할머니가 문밖으로 나서고 있었다. 거실과 칸이 나누어진 부엌엔 우유를 끓이는 화덕이 있고 할머니는 벽면에 붙은 침상에서 생활했다. 승민은 카펫이 깔린 바닥이 불편할 텐데 어젯밤 침낭에 들어가자 이내 잠들었다. 두 군데 공항을 거쳐 초원에 왔으니 꿀잠일 거다. 다행이었다. 한 달간 보지 않아서 딱히 할 말도 없었다. 주영은 부엌 입구에 놓인 소파 겸용 침대에 제자리를 마련했다. 창가에서 잘 수 있다니 게르가 아니어도 좋았다. 울란바토르 숙소는 서울의 연장이었다. 벌판에서 불어오는 바람 소리에 귀 기울이고 일렁이는 나무 그림자를 보며 주영은 침낭 속에서 뒤척였다.

승민이 제안한 여행의 첫날이었다. 한 달도 전 승민과 함께 본 홍상수 감독의 영화가 발단이 되었다. 감독과 연인이 된 김민희 주연의 「밤의 해변에서 혼자」 감상평으로 대화가 어긋나기 시작했다. 커피숍에 앉아 탁구공처럼 주고받던 말이 아직 귓가로 통통 튀는 듯했다.

—저게 무슨 영화야. 감독과 배우가 연애하는 건 할리우드에도 심심찮게 있고 전에 장이머우와 공리도 칸 무대에서 연인임을 밝혔어. 아티스트가 함께 작업하다 보면 영감도 받으면서 사랑에 빠질 수 있지. 그런데 자기들 얘기를 영화로까지 내세워야겠어?

—너마저 그런 말 하는구나. 영화가 말하고자 하는 것이 있어. 영화도 책을 통해 들려주잖아. 그들의 사랑을 방해하는 모든 것이 얼마나 불필요하고 사소한 것이고 기만적인 것인지를. 기혼자 감독과 여배우가 사랑을 공표하자 대중 매체들은 벌 떼처럼 달려들어 불륜이란 딱지부터 붙였어. '공개적으로 입증된 두 사람의 도덕성 결함', '뻔뻔한 사랑'이라 비난하고, 이 판의 이십여만 구경꾼들은 두 사람을 벌하라며 청와대 청원까지 하고 있다더라. 이런 게 민주주의인가. 아무리 유명

인이라지만 개인의 연애사에 이게 무슨 횡포일까. 아, 시인이 말하는 '도덕 하는 사람'*인가 보다. "상대방의 부당성을 주장함으로써 자기 보존과 수호의 속성을 굳히려는" 사람들 말야. 대외적으로는 한류 드라마와 싸이, 이젠 방탄소년단 노래가 세계에 퍼져가고 있는데 안에선 도덕이란 방패를 든 홍위병들이라니. 안과 밖이 너무 달라. 자신들의 신조와 다르다고 남의 사랑까지 멸시하고 아웃시키려 하다니. 여배우에겐 들어오던 대본도 당연한 듯 끊기고.

연인인 감독은 대중의 비난으로부터 뮤즈를 지키느라 이 영화를 만든 것 같았다. 21세기에도 삶의 다양성을 인정하지 못하고 인습의 제도만 추종하는 대중. 그들이 내면화시킨 인습 이데올로기에는 전체주의가 진을 치고 있다.

—한 후배는 이 영화를 "감독의 진심이 담긴 괴이한 영화"라고 평했어. 그 말 듣고 「밤의 해변에서 혼자」를 보니 무슨 뜻인지 알겠어. 이 영화가 괴이해 보이는 건 한국 사회의 제도라는 철벽에 달걀을 던지는 무력한 항의가, 그 배경이 시대착오적이어서가 아닐까. 서구에선 벌써 벗어난 문제, 제도가 무엇인가를 묻는 주제 말이야. 동경 유학생으로 한국 최초의 여성 화가이고 작가였던 나혜석이 파리에서 일으킨 연애 사건으로 이혼당하고 발표한 '이혼 고백장'이 생각난다. 당대

* 최승자, 『한 게으른 시인의 이야기』(난다, 2021).

의 가부장 이데올로기를 뒤흔든 여권주의자가 53세에 피폐한 행려병자로 죽은 것은 기존의 도덕률을 감히 거슬렀기 때문이야. 인습에 순종하지 않은 혹독한 대가야. 선각자를 파멸로 이끈 위력은 한 세기가 지난 지금까지도 굳건해. 한일 월드컵 때 빨간 티셔츠를 입고 병원에 출근했다는 국뽕 이승민 씨는 「밤의 해변에서 혼자」를 보며 아무 생각도 하지 않았나?

—감독은 부인과 별거하고 이혼소송 중이라면서. 이혼만 되면 더 이상 불륜이라 떠들지 않을 테지. 프라이버시를 각자의 인생으로 존중하는 서양에선 작품이 좋으면 상 주고 예술가를 예우해. 그게 선진 문화야. 글로벌 시대라는 숨통이 있으니 최악의 상황은 아냐. 대중의 비난은 먼지처럼 흩어져도 명감독의 작품은 영원히 남겠지.

—이 나라는 제도를 벗어나면 왜 죄인처럼 단죄할까. 제도에 의탁한 만인의 안정이 흔들릴까 봐서? 군주처럼 받드는 제도도 완전하지 않아. 제도가 금문교 교각처럼 견고하다 한들 주체인 인간이 불확실한 존재이니까. 결혼 제도가 완전하고 절대선이라면 이혼 제도가 왜 있겠어. 진실의 척도는 불륜인가 제도인가가 아니라 사랑이냐 껍질이냐 그거 아닌가. 이 사회는 기만일지라도 제도만 굳건하면 최선이라고 생각하지. 너도 그럴지 모르겠다. 내가 결혼 같은 건 관심 없는 자유주의자라 이혼 같은 걸 요구하지 않을 거라는 믿음에서 만나는지도. 내가 결혼에 관심이 없는 건 자유주의자여서가 아니라

인간 위에 군림하는 이 땅의 제도가 싫어서야. 한국에서 제도는 권력이야. 감독 커플에게 악플을 날리는 것도 제도의 횡포야. 난 네가 싱글이라도 결혼할 마음 없어. 누구를 사랑한다 하더라도 왜 내가 결혼으로 제도의 인정을 받아야 하지? 제도가 보장하는 혜택이 있으니 결혼하겠지만 난 혜택도 원치 않아. 소유가 전제되는 이 땅의 제도 속에 들어가고 싶지 않아. 네 와이프도 네가 다른 여자 만나는 걸 알면 제도의 권력으로 제지하려들 거야. 올봄에 말했다면서. 늙은 여자를 꿈에 봤다고. 너보다 열 살 연하라니 그렇게 경멸적으로 말할 수도 있겠다. 젊다는 우월감으로 말이야. 너 역시 사회적으론 불륜남이라 비난받겠지. 단세포적인 그 단어도 오십 년 뒤면 사라질 거라지만 그게 두려워 숨겨야 한다면 우리 만남은 당연히 끝나야지.

—난 우리가 불륜인가, 그런 생각 한 적 없어. 우리는 어릴 때부터 친구로 자란 사이야.

—그게 무슨 변명거리라고. 영화에서 묻더라. "사랑받을 자격 있는 사람 (이 땅에서) 본 적 있어요? 다 사랑받을 자격 없어요"라고. 감독은 당당히 밝힌 자신의 사랑을 비난하는 이 사회가 기만이라고 사랑의 자격을 되묻는 게 아닐까. 제도 이전에 인생이고 도덕 이전에 사랑이라는 걸 제도주의자들은 모르겠지. 우리는 사랑받을 자격이 있을까. 아니 "나는 사랑할 자격이 있을까?"로 묻는 게 낫겠다. 어느 소설에서 그런

구절을 읽었어.

—나한테 묻는 거라면 뭐라 해야 할지 모르겠어.

—그런 질문을 한 적이 있다면 사랑할 자격이 있는 거야. 너도 그런 질문 해본 적 없겠지. 너무 바쁘고…… 대부분이 다 그러니까. 지금 이 순간 자신을 뒤돌아봐야겠다는 생각이 든다. 우리 만나는 것 그만두고 숙고 기간 가지자. 이 생각은 이미 뇌에 저장된 거니 답도 그렇게 튀어나올 것 같아. 만남이 있으면 이별도 있다는 건 만인이 아는 인간사야.

때가 왔다고 느낀 것일까. 승민은 잠자코 침묵하다 제안했다.

—사우나에서 뜨거운 물에 있다가 갑자기 찬물에 들어가면 어지러울 때가 있어. 지금이 그런 기분이야. 그럼 우리 휴가 여행이라도 함께하기로 해. 생각도 하고. 처음이 마지막 여행이 될지라도 그때 결정하자.

—휴가 여행이란 말은 사치스러워. 작별 여행이라고 하자.

가만 생각하니 주영은 진작부터 중탕이었다. 어쩌면 시작부터.

누운 채 벽시계를 올려다보니 여섯시 사십분이었다. 승민은 바닥에서 모로 누운 채 아직 침낭 속에 있었다. 굳이 깨우지 않아도 곧 일어날 것 같았다. 주영이 문밖으로 나가 소 떼가 보이는 곳으로 가니 벌써 나왔는지 부부가 소젖을 짜고 있었다. 수랭은 빛바랜 전통복 델을 입고 낮은 의자에 무릎을 세우고 앉아 능숙하게 한 손을 움직였다. 엄지와 검지로 소젖을 짜면 물총으로 쏘듯 나오는 우유가 양동이에 담겼다. 주영이 해보려 하자 수랭이 일어나 의자를 비켜주었다. 소 젖꼭지를 찾아 두 손가락으로 잡으니 미지근한 살의 촉감이 낯설었다. 보기와 달리 작업은 쉽지 않았다. 처음 해보는 일이라 손가락에 힘이 들어가 젖이 잘 나오지 않았다. 십 분도 채 못하고 팔이 아파서 도시인의 첫 시도는 실패로 돌아갔다.

수랭은 우유를 끓이고 그릇에 담아 붓다의 불단에 먼저 올렸다. 넓게 접은 스카프를 머리에 두르고 주영을 옆에 세우면서 세리머니, 라고 일러주었다. 수랭이 두 손 모아 경배하여 주영도 따라 하니 국자로 우유를 떠서 밖으로 나갔다.

여름 해는 중천에 떠서 벌써 열기를 내뿜고 있었다. 수랭은 아침 해를 향해 서더니 선서하듯 왼손을 올려 들고 입속말로 기도하기 시작했다. 천지에 무사함을 비는 기도이리라. 하늘의 신 텡게르, 대지의 지모신 에트겡에흐께 구하는 자비의 축복. 오늘은 맑으나 내일은 천둥이 칠지도 모르는데 사랑하는 가족과 가축들을 살펴주십사, 신성한 우유를 바치며 만물을 달래는 거다.

기도가 끝나자 수랭은 오른손에 들고 있던 국자의 우유를 허공에 뿌렸다.

"유, 게스트 웰컴 세리머니."

빈 국자를 들고 수랭이 돌아서며 일러주었다. 여행자를 위해 보여주는 거라고. 멋진 의식의 재현이었다. 의식의 아름다움이 분명히 있지. 주영은 태양이 태우는 메마른 초원을 바라보며 혼잣말을 했다. 환영의 의식이 있듯이 작별의 의식도 필요하다. 찌꺼기 없는 마무리를 위해서. 주영은 언젠가 본 일본 영화를 떠올리며 입술을 물었다.

초원에서의 첫 아침 식사는 으름을 바른 빵과 수태차다. 으름은 그날 받아낸 신선한 우유를 끓여 위에 뜨는 기름을 걷어낸 것으로 가공하지 않은 일종의 버터이다. 염분이 전혀 없어 심심하지만 구수한 자연의 맛이 도시인의 미각을 돋우었다. 수랭은 맛있다는 승민에게 빵과 수태차를 계속 권하고, 양동이를 두 손에 드는 시늉으로 수고에 화답했다. 승민은 소젖이 채워진 양동이 네 개를 부엌에 들어다 주고 소똥으로 불도 피우며 유목민 생활에 적응하려 했다.

끓인 우유에 타락(요구르트)을 한 국자씩 넣어 휘저으니 응고되기 시작했다. 수랭은 승민과 함께 타락을 큰 자루에 부어 처마 밑에 달아두었다. 그 일을 마무리하자 이삼백 미터 앞에 마주 보이는 게르로 두 사람을 안내했다.

유목민 집 마당엔 말 세 마리가 통나무로 가로놓인 목책 안에서 서성거렸다. 방문객이 문으로 들어서자 티셔츠를 입은 젊은 여자가 나왔다. 여자는 어린 아기를 안은 채 이름을 부르며 반색하는데 언니인 듯한 계집아이가 뒤따라 나왔다. 다섯 살이 되었을까. 여름에도 뺨이 붉은 귀여운 유목민 딸이었다. 주영, 수랭, 유? 주영이 검지로 각자 가리키며 이름을 물으니 아이는 눈치 빠르게 뭉흐자야, 외쳤다. 자야라고…… 아이를 안아 들려 했으나 무거워서 꿈쩍도 하지 않았다. 태어나서부터 천연의 유제품만 먹으니 몽골 아이들은 우량아이고 여자들은 글래머다. 아이가 주영의 손을 잡아끌어 소파에 앉히자 승민과 수랭도 옆에 다가와 앉았다.

아이 엄마는 어느새 뿌연 액체가 담긴 다섯 그릇을 쟁반에 담아 왔다. 말로만 듣던 아이락 같았다. 유목민들이 마시는 말젖 발효유. 주영이 그릇을 들어 아이에게 내미니 계집아이는 두 손으로 그릇을 들고 꿀떡꿀떡 소리 내며 맛나게 마셨다. 이내 비워진 그릇을 보고 승민과 주영도 따라 마셨다. 시큼했지만 못 마실 정도는 아니었고 뒤끝이 달큼하기도 했다. 주영은 반 정도 마셨으나 승민은 단숨에 비우고 엄지를 들었다. 자야 엄마가 어느새 다시 아이락을 가져와 내미니 승민이 감사를 표하고 받았다.

주영이 아이와 눈 맞추며 제 무릎을 톡톡 치자 자야가 달랑 주영의 무릎 위로 앉았다. 주영은 두 팔로 아이를 안고 초원의 칼바람에 튼 붉은 뺨에 입술을 가만 댔다. 사랑해. 자야는 알아듣기나 한 듯 뒤돌아보며 웃었다. 사랑해—얼마 만에 하는 말인가. 다질링에서 떠나던 날 양모 조끼를 입은 팔 개월 된 아이를 껴안고 말한 뒤 처음이다.

폐암 4기로 투병했던 아버지 별세 소식에 가방을 꾸릴 때만 해도 주영은 돌아온다고 생각했지. 다와가 원하는 대로 소담의 돌날 깜짝 결혼식을 할 수도 있었다. 경솔한 면은 있지만 본성은 착한 남자였다. 돌마는 아이를 받아 안고 "날아야 할 새를 잡진 않겠다. 여기는 걱정 마라. 소담은 내 손녀이니 보석처럼 지킬 거다" 하고 말했다. 올 것이 왔으므로 받아들인다는 강물 같은 눈빛. 돌마는 인생을 멀리 헤아리는 지자였다.

오전 내내 주영은 게르에서 자야와 놀았다. 리모컨을 던지며 침대 밑에 숨기도 하고 주인에게 선물로 가져온 여행용 화장품 세트의 로션과 립밤을 아이에게 발라주면서. 뭉흐자야 엄마는 찌고 있던 양고기를 손님에게 대접했다. 최고로 친다는 양 머리를 주영에게 주어서 그들이 쓰는 손칼로 살을 발라 자야에게 먹였다. 혹독한 환경에서도 유목민이 살아가는 원천을 총명한 아이 옆에서 알았다. 어여쁜 자식들을 튼튼하게 키워 초원을 물려주기 위해. 몽골의 허허벌판에서 명예도 권력도 쓸데없다.

숙소로 돌아오면서 승민이 뜻밖에 어릴 때 추억을 말했다.

"너 애들하고 정말 잘 놀더라. 자야를 무릎 위에 앉히는 걸 보니 네 어릴 때가 생각났어. 너도 네 아버지 무릎 위에서 잘 놀았잖아. 기억나니. 네 아버지가 얼마나 예뻐했는지. 네가 앞에서 과자를 먹든 인형을 들고 놀든 어쩔 줄 모르고 바라보았어. 너무 사랑스러워서. 그 시대 아버지들은 자식에게도 애정 표현을 하지 않아 난 널 부러워했어. 넌 어릴 때 구름 위에 있는 아이 같았어."

승민은 엄마 친구 아들로 친척처럼 스스럼없이 서로의 집을 오갔다. 과외를 함께하기도 했다. 주영네가 서울로 먼저 이사 가자 고1 때 서울 유학생이 된 승민은 주영의 집에서 몇 달간 하숙했다. 하숙 시절 이후로 승민을 본 적이 두어 번 있었던 것 같지만 다질링에서 만나기 전까지 잊고 있었다.

"인도에서 우리가 만난 게 얼마 만이었지? 나 그때 정말 놀랐어. 다질링서 실버 숍 들어서니 티베트 옷을 입은 젊은 여자가 아기를 안고 카운터에 서 있었어. 맙소사, 너였어. 그때도 넌 안 변했더라. 여전히 구름 위에 있는 사람 같았어. 그 앤 지금 많이 컸겠지?"

"열여섯이야."

"그동안 안 보고 싶었니."

"소담이 거기서 자라는 게 인간적으로 더 나을 것 같았어. 내가 보고 싶은 건 순간순간이고 중요한 건 그 애의 행복이니까. 돌마는 기도하듯 성심으로 손녀를 키웠을 거야. 나 떠나고 일 년 뒤 다와와 결혼한 티베트 아내도 착하다니 안심했어. 소담 남동생도 있으니 단란한 가족으로 잘 살고 있을 거야. 돌마도 세상을 떠났고 소담도 성년으로 들어서니 이젠 만나봐도 될 것 같아. 내년엔 다질링 가서 애를 찾아봐야겠어."

"딸애가 다 자랐으니 이젠 네가 필요할 때야. 대학도 보내줘야지."

구름 위에 있는 사람? 승민에게 처음 듣는 말이었다. 그 말이 '현실에 발 디디지 않은'을 뜻하는 진행형이라면 그만 구름에서 내려오겠다고 주영은 생각했다. 그건 엄마라는 뿌리로서의 역할을 해야겠다는 것. 사랑스러운 유목민 아이가 주영의 가슴속에 잠자고 있던 모성을 일깨웠다.

주영은 한국에 돌아와 아버지 죽음을 받아들이고 다시 영어 강사로 취직했다. 어머니가 남은 막내딸과 함께 살기를 간절히 원했다. 주영은 첫 월급날 은행에 가서 이십 년간 부을 적금을 들었다. 월급의 반이 들어가는 적금은 소담의 대학 교육비와 자립을 위한 것이었다. 그것만이 한국에서 주영이 할 수 있는 최선이었다. 다질링에서 돌아온 지 삼 년 뒤엔 인도로 여행 가는 친한 후배 편에 삼천 불을 돌마 앞으로 보냈다. 그리움을 담은 안부 편지와 함께.

주영은 돌마가 인편에 보낸 작은 붓다상과 묵직한 보랏빛 자수정이 걸린 목걸이와 네 살이 된 소담의 사진을 받고 한참 울었다. 두 갈래로 머리 땋고 한 손가락을 입에 문 귀여운 아이가 주영을 바라보고 있었다. 울음이 멈추기를 기다리듯. 주영이 아이와 교감한 것은 고작 이런 순간이었다. 집 밖을 나서 사회인이 되면 주영은 아이를 까맣게 잊고 자동적으로 독신으로 돌아갔다. 빼꾸기 엄마이고 무책임한 엄마였다. 이런 주영을 언니도 나무랐다.

"결혼도 안 할 거면서 키우지도 않을 애는 어찌 낳았을까."

"여자가 애를 낳는데 제도의 허락을 받아야 돼? 주어진 생명이야. 단독자로서 내 인생 책임질 거니 남들 걱정은 필요 없어."

"어떻게 너 같은 돌연변이가 우리 집안에 태어났는지. 우린 다들 국정교과서인데."

"국민이라고 다 같지 않듯이 형제도 개체로서 다르겠지. 진화생물학에 의하면 돌연변이는 진화의 한 방식이래. 자유로의 진화. 그런데 난 자신과 맞지 않는 토양에 잘못 떨어진 씨앗 같아. 그게 내 업이야."

아이락을 석 잔 마신 승민은 숙소에 오자 잠을 자고 싶어 했다. 주영은 제 소파를 내어주고 가방에서 안대를 꺼내주었다. 오후 세시라 쪽잠을 자기에도 너무 밝은 여름날이었다. 수랭은 바로 옆 부엌에서 할머니와 반죽을 밀고 있었다. 주영이 들여다보니 보즈, 라고 일러주었다. 찐만두. 저녁 준비였다. 수랭은 반죽을 칼로 뚝뚝 썰어 피를 만들고 양고기를 넣어 만두를 빚었다. 모양도 예뻐서 사진을 찍다가 주영은 수랭의 손을 잡았다. 손가락을 펴보니 손마디는 뒤틀린 뿌리처럼 울퉁불퉁하고 손가락도 마디마디 휘어 있었다. 관절염이었다. 주영이 놀라자 수랭이 대수롭지 않다는 듯 웃었다. "도터, 메디신." 딸이 약을 보내준다고.

보즈로 저녁을 먹고 밖으로 나오니 수십 마리의 양 떼와 염소가 문을 향해 얌전히 포진해 있었다. 어제는 가축들을 보지 못했다. 작드더르즈 씨는 어디서 애들을 데려온 것일까. 작은 가축들이 놀다 온 아이들처럼 문밖에 앉아 쉬는 풍경이 사랑스러웠다. 염소 세 마리가 틈새로 돌아다녀서 주영이 가까이 있는 한 마리에게 손을 내밀었다. 염소는 경계심이 많은지 화들짝 피했다. 양 한 마리가 주영 앞으로 와 서길래 물그릇을 가져다 놓았다. 양이 물을 마시자 주영은 양의 콧등을 쓰다듬었다. 양은 고개를 든 채 손길을 기다리듯 가만 서 있었다. 순한 양이라더니 안아주고 싶을 만큼 유정스러운 동물이었다. 따라 나온 승민도 양의 머리를 쓰다듬었다.

"애들이 주인 기다리는 것처럼 집 앞에 우르르 앉아 있으니 꼭 가족 같네. 나도 유목민 돼서 양 키우며 살았으면 좋았을 걸. 말 타고 허허벌판 누비면 스펙 같은 게 무슨 소용이야."

"도시인들의 일시적 감상이겠지. 이젠 몽골 초원에도 태양열 장치로 전기가 공급돼. 티브이와 폰을 가질 수 있지만 아무것도 없는 벌판에서 살 수 있을 것 같아? 문명의 편리에 길들여진 도시인들은 자연의 시간을 못 견뎌."

"넌 살 수 있을 것 같아?"

"자연의 삶은 내 그리움이야. 여기 오니 몽골이 꼭 내 전생이었던 것 같아. 근데 나, 너무 늦게 몽골에 왔어. 여전사라도 혼자 초원에 산다는 건 가능할 것 같지 않아. 생존을 위해 가축을 키우려면 협동이 필수야. 이십 년만 젊었어도 무모한 용기로 말 타는 유목민 남자와 정착을 시도했을지 모르지. 몽골인들 조상이 푸른 늑대와 암사슴 사이에 태어났다더니 작드더르즈 씨도 반들한 도시남들과는 태생부터 다른 것 같아."

"몽골이 전생 같다니 너답다. 넌 아직 젊고 소젖 짜는 모습도 뜻밖에 어울릴 것 같아. 우리가 상상한 유목민 같지 않게 지적으로 보이는 수랭도 저렇게 잘하고 있잖아."

승민의 눈길을 좇으니 수랭이 소 떼들 가운데서 오락가락하는 모습이 눈에 들어왔다. 수랭은 묶어둔 송아지를 풀어서 어미 젖을 먹이고, 젖이 돌면 다시 묶어두곤 젖을 짰다. 아침에만 소젖을 짜는 줄 알았는데 해가 기울 무렵에도 작업했다. 하루 두 번씩 우유를 짜나 보다. 수랭은 젊은 날부터 천직인 듯 소젖을 짜며 손가락이 휘는 관절염을 얻었으리라.

"수랭은 유목민으로 태어났으니까 소젖도 짜고 무거운 우유 통도 양손으로 번쩍 들어 나르는 거야. 나도 초원에서 태어났다면 노동하면서 행복했을 것 같아. 아무리 자연을 짝사랑해도 노동을 배제하면 유목민 될 자격이 없어."

주영은 한 작가의 몽골 여행기를 떠올렸다. 유목민 세계에선 미가 아무 소용없다, 부인이 제아무리 미인이라도 노동을 못한다면 바로 재앙이라고.

"저 부부들 봐. 똑같이 일하잖아. 한국에선 아파트 잘 갈아타며 부동산 투기하고, 유명 학원에 자식 데려다주며 일류 대학 보내는 게 유능한 부모지만 여기선 노동이 진정한 능력이야. '하느님 보시기에 좋았더라' 할 부부 모습 같아."

작드더르즈 씨는 소 우리 가까이서 나무 삽으로 소똥을 긁어모으고 있었다. 어제 나무 삽을 처음 보고 주영이 들어보니 두 손으로도 버거웠다. 마른 소똥은 가볍지만 무더기로 싸놓은 젖은 소똥은 들기에도 무거울 듯했다.

유목민들에게 부부란 사랑 이전에 동지이며 땅의 신이 점지한 배필 같다. 변화무쌍한 대자연에 몸으로 순응하며 자식과 가축을 기르고 괴로움과 즐거움을 함께 나누는 동반자이다. 생존이란 신성한 의무 앞에 소유, 제도 같은 목적은 끼어들 틈이 없으니 이런 것이 진정한 결혼의 본질이 아닐까. 어스름 햇살이 작드더르즈 씨와 땀 맺힌 수랭의 얼굴에 드리웠다. 소 우리에서 일하는 남편과 초로의 여인이 소젖 짜는 모습은 밀레의 「만종」 그림보다 성스러웠다.

사흘째 날엔 아침을 먹고 수랭의 운전으로 가까운 야산에 갔다. 말이 산이지 모래언덕 같은 곳인데 듬성듬성 잡목이 있었다. 수랭이 차를 세운 곳에 잔가지가 쌓여 있었다. 밀크 파이어, 라고 하니 전에 와서 화덕 땔감을 주워놓은 거였다. 승민과 주영은 땔감을 지프 뒤 칸에 던져 넣고 수랭을 따라 땔감을 주우러 다녔다. 마치 자연에서도 버릴 것이 없다는 걸 가르쳐주듯이. 관광객들 역시 쓰레기만 만드는 지구인이었다.

가득 실은 땔감을 부엌에 갖다 두고 수랭은 빈 플라스틱 물통 네 개를 차에 실었다. 베이비 카우에게 가자고 저 앞을 가리키곤 다시 십여 분 달렸다. 나무가 있는 숲이 나오니 차를 세우는데 송아지들이 모여 있었다. 앞에 보이는 작은 건물로 들어서자 뜻밖에도 우물이 있었다. 공동으로 쓰는 지하수인 듯했다. 물이 있으면 사막에서도 살 수 있다. 수랭은 두레박으로 우물물을 길어 밖으로 연결된 수통에 물을 쏟아부었다. 송아지들이 모여들어 물을 마시니 가축에게 물을 먹이는 장치였다.

수랭은 들고 온 물통 두 개에 물을 담고 승민이 들고 온 빈 통에도 물을 담아주었다. 수랭은 왼손으로 한 통을 들고 오른손으로 든 한 통을 주영에게 같이 들자고 눈짓했다. 주영도 당연한 듯 들었지만 생각보다 크고 무거웠다. 혼자서는 도저히 들지 못할 무게이나 수랭은 두 통을 들고도 거뜬히 걸었다. 승민도 양손으로 물통을 들었지만 힘이 들어간 표정이었다.

지프에 물통을 싣자 주영이 "당신들이 차를 가져서 좋아요" 하고 수랭의 손을 잡았다. 머신 굿, 수랭도 동의한다는 미소를 지었다. 차가 없다면 저 무거운 물통을 어디에 싣고 집까지 가나. 길 없는 초원에 길을 내어 인간의 온기를 심는 개척자들. 외딴 유목 생활로 몽골의 정체성을 지키는 수호자들. 유목민들이야말로 그 대가로 문명의 혜택을 누려야 한다. 몽골의 모든 유목민이 차를 가지기를 바랐다.

수랭은 집에 오자 물 한 통을 밖에 내놓았다. 샴푸를 들고 와 머리를 감으며 주영에게도 권했다. 내일이면 떠날 것이고 어렵게 길어 온 물이지만 주영은 호의를 받아들였다. 날이 더워서 머리에 땀이 찼다. 샤워 시설 같은 건 유목민 집에 없다고 미리 들었기에 주영은 이틀 밤 침낭 속에서 물티슈로 몸을 닦았다. 다행히 생리는 빨리 끝났다. 영원히 가라. 축하 파티라도 하고 싶은 기분이었다.

주영이 머리에 물을 적시는데 승민이 다가와 "샴푸 말고 샤워하자" 했다. 엉거주춤한 자세로 앉은 주영의 머리 위로 순간 물이 쏟아졌다. 승민이 어느새 셔츠를 훌훌 벗으니 주영이 일어나 바가지 물을 승민의 머리 위로 끼얹었다. 승민은 다시 바가지를 채워 주영과 등을 댄 채 머리 위로 천천히 부었다. 서늘한 우물물이 머리에서 가슴으로 반바지를 적시고 맨발까지 소낙비처럼 흩어져 내렸다. "살 것 같다." 젖은 머리를 사자처럼 터는 승민에게 미 투, 하며 주영이 덧붙여 말했다.

"초원에서 멋진 샤워 시켜줘서 고마워. 오늘 밤 마지막이니 같이 별자리 찾아보자. 난 어제도 한밤에 나와서 원 없이 별 봤어."

낮엔 무덥더니 밤이 내려앉자 바람 몰려오는 소리가 희미하게 들려왔다. 몽골에선 8월에도 눈 내리는 곳이 있다던데 설마 겨울의 발소리겠나. 주영이 패딩을 입고 승민과 함께 밖으로 나서니 밤하늘엔 이미 별들의 향연이 펼쳐지고 있었다. 낮에는 태양에게 겸손하게 자리를 내주었지만 만물이 꿈꾸는 밤은 그들의 차지였다. 은하수가 폭발한 얼음 조각처럼 밤하늘에 흩뿌려져 있는데 북두칠성이 낯익은 국자 모양으로 하늘에 걸쳐져 있고 반대편 하늘엔 더블유자 모양의 카시오페이아가 높이 떠 있었다. 어젯밤에 양들 옆에 서서 올려다보았던 별자리였다. 그때 주영은 홀로 밤의 세계에 초대된 듯 황홀하게 천계를 맨발로 디디는 환상을 보았다.

북극성을 눈으로 찾으며 주영은 수랭 부부의 작은 게르를 지나갔다. 사흘간 초원에서 많은 것을 보았지만 이 마지막 밤엔 승민과 작별 의식을 제의하리라. 주영은 눈앞에 약간 솟은 둔덕이 나오자 그쪽으로 다가갔다. 지상에선 조금이라도 별과 가까울까. 승민이 뒤따라와 옆에 앉자 캔맥주가 든 종이백을 내려놓았다. 마실래? 물어서 주영이 캔을 땄다.

"벌써 오래전인데 나루세 미키오 특별전에서 본 감독의 마지막 작품 「흐트러진 구름」의 장면이 잊히지 않아. 교통사고로 남편을 잃은 젊은 여인이 고의가 없었던 가해자 청년을 우연히 만나 알게 되면서 사랑하게 되지만 여자의 가책으로 결국은 헤어지기로 해. 두 사람은 산장의 거실에서 마지막 만나 다탁을 사이에 두고 작별 의식을 치러. 서로 무릎 꿇고 각자의 잘못을 번갈아 말하며 고개 숙여 반성하고 사과하고 사죄하고…… 그게 일본의 작별 관습인지는 모르겠지만 가슴이 뭉클했어. 들어보면 잘못이랄 것도 없는 사소한 것이라 의식을 위한 의식 같았어. 어떤 잘못된 사랑도 반성하고 사과하는 저런 의식을 거치면 깨끗한 마무리가 될 수 있겠다는 생각이 들었어. 헤어지고 원수처럼 되는 건 반성도 사과도 없었기 때문일 거야. 도저히 용서할 수 없는 짓이라면 용서는 당연히 신의 몫이지만. 우리도 그 영화처럼 해볼까. 멋진 작별이 될지."

"이 아름다운 별밤에 무슨 고해를 하라고."

"별밤에 자아 성찰하는 거 아닌가. 나도 너한테 무슨 잘못을 했는지 딱히 모르겠어. 나는, 내 편은 잘못이 없다는, 반성을 모르는 민족이니 그건 잠시 건너뛰고, 그동안 서로에게 하지 못한 마음속 말이나 터놓고 해볼까."

"할 말이 있으면 너부터 해."

승민이 맥주를 한 모금 마시고 시큰둥하게 대꾸했다. 주영의 입에서 생각지도 않은 말이 튀어나왔다.

"너 옛날부터 그랬는지 모르지만 왜 그리 돈에 인색해. 외식을 하면 주로 국밥이고 맥주도 늘 학생 애들 가는 생맥줏집이나 가지. 생맥주가 어떻다는 게 아니라 너무 시끄럽잖아. 차에 기름 넣을 때도 조금이라도 싼 데 찾는다고 이삼십 분 돌지. 작년 여주에 명성황후 생가 보러 갔을 때 강가를 산책하다 갑자기 소나기가 쏟아져 내 옷이 흠뻑 젖었어. 늦가을인데 얇은 재킷을 입어 내가 추워하니 일단 비를 피하자고 길가에 보이는 모텔로 향했어. 차 정비한다고 두고 온 날이야. 바로 길 건너 깨끗해 보이는 작은 호텔이 있는데도 퀴퀴한 건물로 앞장서 들어가더라. 시골 호텔이 뭐 그리 비싸다고. 마침 내 앞으로 택시가 오길래 잡아탔어. 돈이 아까운데 왜 여자를 만나고 사람을 만나니. 내가 돈 내려 하면 펄쩍 뛰면서. 넌 용돈이 궁한 치대 인턴이 아니라 강남 사는 치과의사야. 이런 말 안 하고 싶지만 돈에 집착하는 건 네 엄마와 똑같아."

"맞아. 나 돈 쓰는 거 싫어해. 새어나가면 가난해질 것 같아서. 우리 엄마는 돈놀이로 이잣돈 챙겨 돈 불렸어. 돈 있어도 애 등록금 미루고 골탕 먹였지. 나 서울 니네 집에 하숙할 때 네 엄마가 두어 번인가 용돈 준 생각난다. 받고 보니 하숙비보다 많은 돈이어서 깜짝 놀랐어. 울 엄마랑 비교돼서 부끄러웠어. 식구랑 살면 싫다, 싫다 하면서도 닮는다더니 맞아. 그래도 이번 비행기표는 내가 사주고 싶었는데 네 티켓을 먼저 끊었다니 미안했어."

"나 그런 것 안 바라. 게르투게르는 네가 예매하고 지불했잖아. 고마워."

주영이 캔맥주를 마시는데 순간 별똥별이 긴 빗금을 그리며 허공에 스러졌다. 지상엔 너절한 현실이 헌 신발처럼 뒹굴어도 은하수는 태곳적부터 밤하늘에 아치를 걸어 인간이 동경을 품게 하는 듯했다. 주영이 고개를 한껏 들고 머리 위를 올려다보자 거문고자리의 직녀성 베가가 희푸르게 빛나고 있었다. 거문고자리 아래로 밝게 빛나는 별을 따라 사선을 그으니 독수리자리의 견우성을 만나고, 베가보다 더 높이 떠 있는 별을 찾으니 백조자리 꼬리에서 가장 밝게 빛나는 데네브가 다가섰다. 남쪽으로 흐르는 은하수 위를 긴 목을 빼고 양

날개로 우아하게 나르는 백조자리가 주영의 눈길을 사로잡았다. 주영은 승민 앞에서 검지로 세 별을 이어 삼각형을 만들어 보였다. 여름의 대 삼각형이다.

"오랜만에 견우직녀 말 듣네. 초등학교 때 듣던 얘기잖아. 그런데 왜 전설은 슬프게 만들까. 사랑하는 연인을 떼어놓고 일 년에 한 번씩 만나라니. 나, 너 한 달 못 봐서 힘들었어. 와이프 옆에 누워서 네 이름을 속으로 부르기도 했어."

주영은 피식 웃었다. 작별 여행을 하면서 할 말이 아니었다. 본론이 나올 차례였다.

"이제 물어볼게. 넌 와이프랑 별문제 없으면서 왜 나를 만나고 다른 여자를 만났어? 언젠가 술김에 말한 적 있어. 부부생활 오래 하면 권태기가 온다, 미국인들 스와핑에 관한 책을 보니 이런 것도 권태기 극복이구나 싶어 과연 앞선 사람들이란 생각이 들었다고. 섹스가 억압될수록 폭력적인 사람이 된다는 통계가 있다는데 그토록 절실해서 부부가 각기 합의했다면 무슨 문제겠냐고. 그 담대한 사고는 이슬람이라면 사형감이고 세계 유일의 유교 국가 한국에선 신성한 가정의 파괴자, 패륜아라고 인터넷 벌판 사방에서 돌멩이가 쏟아지겠지. 공상은 자유니까 거기까진 나도 이해하겠어. 근데, 너 섹스 상대 바꾸려고 연애하니. 오륙 년 전인가 별거 중인 한 유부녀랑 연애했는데 출근하기 전 아침마다 여자 집에 들렀다며. 그게 수컷들의 리얼한 사랑법인가. 그거 자랑한다고 나한테 말한 거야? 일본 영화처럼 작별한다면 그 사람한테 무슨 말을 할까 궁금하다."

"그렇게 말하니 내가 되게 나쁜 놈 같고 바람둥이 같다. 짓궂네."

"어릴 때 친구니까 솔직히 말했어. 가식을 뺄 만큼 편한 거라고 생각하면 돼."

승민이 얼굴을 구기며 담배를 꺼내 물었다. 편해서, 라고는 했지만 차마 하지 못할 말도 있었다. 승민의 친구와 술을 마신 날 두 남자가 군대 생활을 화제에 올리다가 당시 변두리 비어홀에 가서 여자 산 얘기를 한 적 있었다. 혈기 왕성한 청년기였다고 친구가 말하자 여자를 옆에 두고 잠들 틈이 없었다고 승민이 무의식중 맞장구쳤다. 몸값을 냈으니 욕구대로 할 권리가 있다는 말로 들렸다. 남의 이십대 청춘기 얘기로 주영이 시비 걸 권리는 없었다. "착취도 추억이니." 한마디만 던졌다.

죽은 별의 먼지에서 인간이 태어났다지. 원자가 만든 지상의 생명들. 우주는 아무 뜻도 없고 어떤 의도도 없다지만 원자에서 물고기로, 인간으로 진화한 종은 번식이란 본능을 넘어 쾌락에 엎어지면서 로마 시대나 글로벌 시대나 한결같이 동물임을 입증했다. 깨달은 자 붓다와 그리스도 등 성자들을 제외한 대다수는 해탈과는 거리가 먼 한계의 인간이 아닌가. 언어를 발명하고 목성까지 탐사한 탄복할 만한 두뇌의 진화와는 별개로. 주영의 말이 매몰차게 들렸는지 승민이 담배 연기를 한숨처럼 뱉었다.

"너 조금이라도 나 좋아했니? 그렇다고 말해주길 바라. 거짓말이라도 괜찮아."

"세상에 완전한 사람이 있을까. 싫은 면이 있어도 상쇄할 만한 좋은 면이 있으면 그걸 보고 나아가는 거야. 쾌락과 사랑의 영역인 성에서 남녀가 다른가? 하고 생각했을 뿐이야. 넌 좋은 책을 읽으면 내게 넘기고 일본 유명 지휘자와 합창단 연주회에서 「마태수난곡」에 감동하여 시디를 선물하기도 했지. 예술, 지식의 추구와 공감이 우리를 가깝게 만든 거지 인간이 완전해서가 아니야. 나 역시 불완전한 한 사람이야. 또 넌 남자라기보다 남매같이 느껴지기도 해. 어릴 때부터 같이 자랐다는 친근감은 어쩔 수 없는 혜택이란다."

"다질링에서도 만났으니 특별한 인연이지. 결혼 뒤 여자 만난 건 그 사람과 네가 전부야. 그 사람 만날 때 둘 다 섹스홀릭이었어. 와이프가 뒤늦게 두번째 임신을 해서 내가 빌다시피 하여 유산시켰을 때였어. 난 자식은 하나로 족해. 아버지가 형만 편애해서 내 인생이 멍들었거든. 트라우마가 됐어. 그 뒤로 와이프랑 일주일에 한 번 의무처럼 잠자리하고 늘 콘돔 챙겼는데 성욕을 못 느꼈어. 임신 공포 때문인가 봐. 와이프가 말했어. 내가 콘돔 쓰고부터 피임이 아니라 얼굴에 막을 쓴 것 같다고. 와이프와 그런 거리감 가지면서 헬스장서 여자를 알게 돼 해방감에 섹스에 빠진 것 같아. 같은 기혼자라는 공통분모에 우린 섹스만으로도 서로에게 만족했어. 일생에 그런 시기가 있는 것 같아. 여자는 일 년이 채 못 되어 재혼할 남자를 만나자 정식으로 이혼하고 쿨하게 나를 떠나갔어."

"그 사람도 그렇게 생각한다면 됐네. 일방적이 아니라면. 여자들이 궁극적으로 원하는 게 안정감이라면 기혼자와의 결별은 당연지사야."

"내가 이혼하겠다고 했으면 나와 재혼했을지 모르지. 그 면에선 미안해. 불만 없는 와이프에게 이혼 요청으로 충격을 주고 싶은 마음은 없었어. 십 년 연하라 늘 보호 의식이 있거든. 사랑이 하나만을 위한 건 아니라고 생각해. 불륜이 아니라 친구도 될 수 있는 사람이었어."

"프라이버시 물어서 미안해. 네가 그 사람 말을 한 것이 마음에 남아 있었나 봐."

"무어든 말할 수 있는 사람이 이 세상에 하나는 있어야 하지 않나."

어둠 속에 동그마니 솟아 있는 게르에 눈길을 주면서 주영은 "그래?" 반사적으로 대꾸했다.

"그게 나라면 하나 더 물어봐도 되니. 답하기 싫으면 패스해. 그 사람이나 나 만나면서 와이프한테 죄의식 같은 것 안 느꼈어? 그건 보호 의식과도 다른 거잖아."

승민이 가만 고개를 내저었다.

"사랑이 죄라고 생각한 적 없어. 만남 같은 인생의 경험이 나를 풍부하게 한다면 외면하고 싶지 않아. 어쩔 수 없는 비밀은 가정의 평화를 위해 지킬 뿐이야. 대신 집에서 평상시보다 더 잘해줘. 그 사람 만날 때는 집에도 빨리 들어갔어. 설거지니 가사도 기꺼이 도와주지. 애 숙제도 봐주고. 의무로 하는 게 아니라 즐겁게. 내가 행복하면 가족을 포함해 주위 사람도 행복하게 해주는 것 같아."

"그 말이 맞을 거야. 전에 연애하던 대학 동창도 그런 말 했던 것 같아. 사실 이건 나혜석이 벌써 80년 전 '이혼 고백장'에서 공개적으로 한 말이야. 놀랍지 않니, 조선 여자들에게 깊이 내면화된 유교 이데올로기도 그의 독립 DNA에는 침투하지 못했어. 지성이 받쳐주는 그의 의식과 자유를 추종해. 네가 가장이라 죄의식을 가졌다면 내게도 전이되어 이미 널 떠났을 거야. 죄의식을 갖지 말라는 말이 아니라 그건 제지하라는 신호니까. 사람들은 꽃을 하나 꺾어도 제지하고 죄의식을 강요하거든."

"이제 생각하니 나 때문에 네가 불륜녀가 됐구나. 내가 너한테 미안하다고 해야 하는 거구나. 늘 나를 보통 친구로 대했던 너를 내 인생에 끌어들였으니까. 넌 그 사람과도 달라. 넌 어릴 때부터 나의 동경이었어. 구름 위의 아이 말야."

주영이 캔맥주를 새로 따서 목을 축였다.

"왜 이제야 그런 말 하는 거니. 우리가 서로 보지 못했던 이십대에 난 태풍 같은 일을 겪었단다. 빛나는 청춘기의 조교 시절 첫사랑인 교수 부인에게서 이상한 편지를 받은 적이 있어. 그건 생애 처음 밀어닥친 낯선 형태의 모욕이었어. 내가 왜 본 적도 없는 사람에게서 그런 편지를 받아야 했는지, 거의 재난에 가까운 모욕감이라 평생 씻기지 않을 것 같은 괴로움을 주었어. 불에 덴 듯 온몸을 오그리고 한동안 폐인처럼 세상과 단절됐는데 가슴 깊이 묶어놓아야 할 트라우마가 되었지. 내 삶의 척도를 바꾼 트라우마야."

"그건 여자들이 감정에 휘둘려 잘못 생각한 거야. 부부의 일은 결혼 서약을 한 두 사람이 해결하는 게 옳아. 연적이라 하더라도 타인인 제삼자에게 시비하거나 타격할 권리는 없어. 그런 일도 구세대의 잔재이니 쿨한 신세대는 달라지겠지."

"페미니즘이 성장한 서구에선 여성 연대의 시스터후드(sisterhood) 의식이 있지만 여긴 가부장 사회라 오래전부터 여자가 여자를 적으로 여긴 것 같아. 고등학교 때 친구 아버지가 다른 여자와 두 집 살림을 했는데 친구는 여자 집에 가스통을 들고 갔대. 그땐 어려서 가족을 위한 의분이 용기인지 횡포인지 분별되지 않았는데—걔도 그랬을 거야—지금 생각하니 오싹해. 분란의 주체는 아버지인데 왜 친구는 상대 여자에게 폭발물을 들고 갔을까. 마인(mine)이라는 힘의 경고. 제도란 벽에 머리 부딪치고 보니 알겠어. 난 제도란 시스템에 깨어진 계란이었어. 다질링서 돌아온 뒤 후배가 무라카미 하루

키 평전을 선물했는데 「벽과 계란」이란 소제목의 글을 읽고 작가가 무언지도 알았어. '여기 단단하고 커다란 벽이 있고 거기에 부딪쳐 깨지는 계란이 있다고 한다면, 저는 언제나 계란 쪽에 서겠습니다. 그 벽의 이름은 시스템이라고 불립니다.'"

'사회에서의 개인의 자유'에 공헌한 문학가에게 주는 예루살렘상 수상 기념 연설문 일부였다. 이스라엘에 대한 정치적 발언이기도 하지만 강한 시스템을 경계하는 작가의 글은 해묵은 주영의 생채기를 해파리처럼 수면으로 떠오르게 했다. 승민이 어둠을 응시하는 주영의 어깨를 가만 쳤다.

"넌 더 이상 미약한 계란이 아니라 반체제야. 사랑도 무엇에도 기대지 않고 너만의 형식으로 살아온 독립된 영혼이야. 햇빛과 비바람 다 맞으며 그늘 자리 키워온 나무같이."

"태풍은 그렇게 할퀴고 지나갔어. 비본질적인 것으로 고통의 낭비를 했지만 고통에도 긍정적인 면이 있다면 잠자는 의식을 깨우친다는 점이야. 이 일로 내가 반항적 인간이라는 걸 알게 됐어. 인사이더가 되고 싶지 않다는 것. 네 말이 맞아. 난 구름 위에 있어. 구름은 방외인이 누구의 침해도 받지 않고 호젓이 꿈꿀 수 있는 고독의 소파야."

머리 위에서 은빛 빗금 두 줄기로 별똥별이 연이어 낙하했다. 승민은 성냥을 하얗게 그어 담배에 불을 붙였다.

"네가 이 년 전 겨울 내 치과로 찾아와 임플란트 했을 때 난 인생이 신비롭다고 생각했어. 늦게라도 꿈은 이루어진다고. 나 그때 유튜브로 단테의 『신곡』 강의 듣고 있었는데 지옥에서 단테가 프란체스카 만나는 대목을 네게 들려주고 싶어서 이탈리아어를 공부했어. 일 년도 채 못했지만 내게 필요한 건 오직 그 대목을 원어로 들려주는 것뿐이라."

승민은 담배를 손가락 사이에 꽂고 둔덕에 기대앉아 원어로 프란체스카의 말을 읊조렸다. 금속 방울이 구르는 듯한 이국어의 리듬이 몽골 밤하늘 아래 울리니 보고 듣고 있는 모든 것이 문득 거대한 무대처럼 여겨졌다. 까만 우주에서는 늘 이런 밤이지만 자전하는 지구에서 태양을 지우고 초대 손님처럼 찾아드는 밤은 이벤트 같았다. 이탈리아어 낭송이 은하수 강물에 차륵차륵 씻기는 듯 들려오는데 이날따라 승민의 목소리가 메아리처럼 말갛게 주위로 번지는 것 같았다.

승민에게 주어진 단 하나의 아름다움이 있다면 목소리였다. 주영이 승민을 만나온 것은 목소리를 듣기 위해선지 모른다. 서늘한 여름 밤바람이 주영의 얼굴을 스치니 은 귀걸이가 반득이며 흔들렸다. 살아 있다는 감각, 주영의 가슴이 귀걸이의 율동에 흔들리자 승민의 낭독이 뒤이었다.

"사랑(큐피트)이란 사랑을 받는 어떤 자에게도 사랑을 하지 않는 것을 허용하지 않는다."*

바로 그 언어를 들은 순간을 주영은 사랑했다.

* 조승연 번역.

"주영아. 나도 이번이 작별 여행이라고 마음먹었지만 이게 완결일 수는 없어. 나를 만나는 것에 회의가 든다면 널 놓아 줄게. 대신 매해 한 번씩 이별 의식을 치르자. 견우직녀처럼 말야. 일 년 뒤 만날 기약이 있다면 난 내일부터라도 일 년을 잘 견딜 수 있을 것 같아. 희망이 있으니까. 널 영원히 못 만난다면 자유를 박탈당한 삶 같을 거야. 이젠 그렇게 되었어. 넌 나의 자유니까. 해마다 일 년 뒤 이맘때 내가 예약해둔 티켓으로 몽골 여행을 하는 거야. 네가 핀란드 남자의 아내가 됐다 하더라도 둘 다 상관하지 말자. 3박 4일간 전사처럼 말을 타고 나라도 가족도 잊고 '도덕 하는 사람들'이 못 오는 오지를 헤매 다니는 거야. 365일 중 겨우 백 분의 일이니 하느님도 그 정도 호사는 누려도 된다고 주머니에서 시간을 꺼내 줄 것 같아. 일 년간 우리 삶이 어떻게 흘러갔는지 하늘 아래 보고하고 그때마다 우리 몸이 얼마나 늙어가는지 별빛 아래서 서로 살펴보는 거야. 별들도 죽는다는데 우주의 먼지로 사라질 우리네 인생이야. 오늘이 초원에서 마지막 밤이니 우리 동화 속의 견우직녀로 놀다가 새벽에 드라큘라처럼 사라지자. 아니, 이틀간 침낭 속에서 로봇인 양 묻혀 잤지만 자, 이제 내 옷을 벗기고 착취해봐. 십자가처럼 죽은 듯 두 팔 벌리고 있을 테니까 여자인 너도 착취의 추억을 가져봐. 이게 나의 반성이고 이별 세리머니야."

새벽에 한차례 비바람이 몰아치더니 아침엔 날이 개었다.

하늘은 흐리고 기온이 갑자기 떨어져 벌판엔 서리가 내렸다. 비에 떨었는지 송아지가 유난히 울었다. 승민도 일찍 일어나 주영과 함께 자야 집에서 삼십여 분간 말을 빌려 탔다. 으름을 바른 빵과 수태차로 마지막 식사를 하자 승민은 가방을 내놓은 채 주영과 밖을 거닐었다.

"그럼 하루 더 있겠다고?"

"게르투게르서 내일 여행자들 데리고 열시에 올 거래. 수랭이 그 차편에 울란바토르 가면 된다고 했어."

"내가 오늘 나가서 게르투게르 들러 네 계획을 말하고 처리할게. 같이 못 나가서 서운하지만 이게 더 나을지도 모르겠다."

"혼자 쉬면서 생각도 하고 귀국 날까지 몽골 있을 거야. 내일 나가서 시외버스 타고 하르호름 갈래. 몽골제국의 옛 수도라니 봐야겠어."

저만치 앞에서 낡은 승용차가 다가오고 있었다. 원래 계획은 차로 울란바토르에 함께 가 점심 먹고 승민을 공항으로 보내는 거였다. 승민은 갑자기 제 파카를 벗어 터틀 스웨터를 입은 주영에게 입혀주었다. "내년에 가져와서 입어." 승민은 주영을 가만 안고 있다가 이별을 깨달은 듯 입술을 맞댄 채 긴 숨을 내쉬었다. 물기가 번진 눈을 손으로 문지르고 승민이 가방을 드는데 주영은 가만 보기만 했다. 알 수 없다. 일 년 뒤 또 어떤 낯선 여름이 다가설지. 승민도 뒤돌아보지 않았고 차는 한 사람만 싣고 기우뚱 구덩이를 지나 조용히 떠나갔다.

생은 인연의 허무가 대기하고 있는 정류장들의 노선이다. 좋았건 싫었건 이별의 맛은 늘 공허였다. 미세한 사금파리 가루가 적막한 한밤에 눈 내리듯 가슴에 흩어지는 기분이랄까. 사탕가루도 아닌 이 화학물이 심장에 달라붙기 전에 생수 2리터로 씻어내리든 보드카와 섞어 토하지 않으면 오래오래 제자리에 내려앉은 채 재가 될지 모른다.

파카를 방에 벗어놓고 주영이 밖으로 나서니 수랭은 델을 껴입고 한결같이 소젖을 짜고 있었다. 주영이 다가가 머뭇거리니 수랭이 낮은 의자를 눈으로 가리켰다. 주영은 소 뒷다리 가까이로 의자를 당겨 앉곤 늘어진 젖꼭지를 두 손으로 잡았다. 동물의 젖꼭지 감촉은 여전히 낯설었다. 수랭처럼 두 손가락으로 잡아 밀크를 짜려 하자 소가 발을 들어 자세를 바꾸었다. 주영이 의자를 당겨 앉아 다시 시도했지만 소가 재차 몸을 움직였다. 주영이 비켜 앉는데 손이 이내 시렸다. 차가운 한 손을 스웨터 주머니에 넣고 왼손으로 젖을 짜려 하니 더 힘이 들었다. 주영의 서투름에 소도 초짜임을 눈치챘는지 갑자기 걸음을 떼면서 천연스럽게 바닥에 앉았다.

"노 밀크."

겸연쩍어하는 주영을 무마시키려 수랭이 말하자 주영은 고개를 끄덕였다. 노동에 관한 한 자신은 밀크 한 방울도 보탤 수 없는 무용한 사람이었다.

밀크를 끓이고 수랭은 낫산 지프에 시동을 걸더니 주영에게 타라고 했다. 이웃 게르에 간다고 했다. 책을 읽으면서 조용히 한나절 보내려 했으나 주영은 기꺼이 응했다. 책도 머리에 들어올 것 같지 않았다.

수랭이 데려간 게르의 주인은 세 아들을 둔 부부였다. 이 집에서도 주영은 말젖 아이락을 대접받았다. 승민이 있었다면 좋아했겠지만 주영은 겨우 반 잔을 비웠다. 주인 내외는 그릇에 쌓인 하얀 과자도 권했다. 주영이 하나를 집어 입에 무니 딱딱했다. 수랭이 '뱌슬락'이라고 알려주었다. 주머니에서 물이 빠진 타락을 나무로 눌러 만든 천연치즈. 뱌슬락은 그걸 햇볕에 말린 몽골인의 저장 식품이다.

이번엔 큰아들이 주영에게 아이락을 권해서 주영이 주저했다. 알코올 도수가 자야네 것보다 센 것 같았다. 수랭은 마시라고 고갯짓을 했다. 유목민 집에선 권하는 술을 사양하면 안 된다는 말을 미리 들었다. 주영은 잔을 받아 다시 반을 마시고 잔을 내려놓았다. 수랭과 주인 내외가 여러 이야기를 하자 주영은 슬그머니 게르 밖으로 나섰다. 두 채의 게르가 나란히 자리 잡은 평원 맞은편에는 야트막한 둔덕이 있었다. 전통복 델을 입고 누군가 말 위에 앉아 있는 모습이 눈에 들어왔다.

소년이라기엔 건장해서 이십대 정도로 보였다. 둘째 아들인가 보다. 청년은 장대를 쥐고 들판으로 양을 몰고 있었다. 말 위에 탄 모습이 너무나 늠름하여 주영은 감탄하며 바라보았다. 주영이 젊은 여자라면 반할 것 같았다. 나도 유목민으로 태어났다면 저 자연의 삶을 기꺼이 받아들였으리라. 공부를 하지 않으면 어떤가. 엘리트가 되는 것이 최상은 아니다. 야성의 자연 속에서 가축과 더불어 살아가는 삶이 전생의 기억인 듯 주영의 가슴을 흔들었다.

또 한 소년이 작은 말을 타고 주영의 앞으로 오고 있었다. 앳된 얼굴이지만 몸체에서 다부짐이 느껴졌다. 셋째 아들일 것이다. 소년은 주영에게 고개를 끄덕이고 형이 간 쪽을 향해 방향을 돌렸다. 유목민들은 아이가 자라면 일찍부터 말타기를 가르친다. 언젠가 양 떼를 몰아야 하고 계절이 바뀌면 가족을 데리고 게르도 이동해야 한다. 말은 유목민의 이동을 위한 기본적 도구였다.

소담에게도 이동의 바탕을 만들어주리. 주영은 양을 몰고 멀리 나가는 두 형제를 지켜보며 순간 생각했다. 인류의 일원으로 비상할 새로운 세계를 펼쳐주어야 한다고. 티베트는 종교의 선만 지향하다 자신을 지킬 힘을 키우지 못했다. 살생을 금하여 개미조차 밟지 않으려 피했다는 티베트인들, 매일 십 킬로미터의 길을 오체투지하며 몇 달을 걸어 천 킬로미터가 넘는 라싸로 순례 여행하는 무구한 모습은 눈물겨울 정도이다. 천진하면서 종교적인 그들의 천성은 주영을 매료시켰다. 그들의 진정성으로 티베트를 이상향으로 생각했건만 이웃 강대국에겐 그저 손쉬운 먹잇감이었다. '중국의 급수탑'으로서 티베트는 결국 20세기 중반 나라를 찬탈당하고 소수민족으로 병합되었다. 돌마 같은 티베트인들은 달라이 라마를 따라 인도로 망명했지만 임시정부 체제가 영원히 뿌리내릴 수는 없다.

성년의 문 앞에 선 소담이 안정된 영토에서 살아가도록 이식해주고 싶다. 몸을 담는 국가에 따라서 삶의 질이 달라지므로. 기르, 이프니—사람들을 꿈속에 젖게 하는 이름. 구원은 신이 아니라 사회가 하므로 지구 어디선가 품을 벌리고 티베트 아이를 사랑할 지도 위의 이름을 발견하리.

그 집에서 나설 때 수랭은 염소 한 마리의 다리를 묶어 차 뒤 칸에 실었다. 염소가 메헤헤 울어서 주영은 왜 데려가는지 물었다. 수랭이 몽골어로 답하다가 매리지, 라고 영어로 말했다. 아, 새끼를 얻기 위해 교미시킬 수컷 염소였다. 부지런한 수랭은 숫염소를 빌리러 이웃에 간 것이다. 유목민 신여성의 생활력이 도시인의 공허감을 무마시키는 듯했다.

그들은 마지막 날까지 주인으로서 최선을 다했다. 작드더르즈 씨는 오후 내내 책을 읽은 주영을 일곱시가 넘어서 차에 태워 데리고 나갔다. 구불구불 낮은 산길을 넘어 차를 세우니 양 우리와 창고 같은 건물이 안쪽에 있었다. '윈터 캠프'였다. 유목민들은 양이나 염소의 목초지를 따라 철마다 거처를 옮겨 다닌다. 주영이 머문 여름 집에서 이십여 분 걸어가면 야산 아래 양 우리와 창고가 설치되어 있는데 봄가을에 머무는 스프링 캠프였다.

산 위의 이곳은 추운 겨울에 양을 돌보며 지낼 곳이다. 작드더르즈 씨가 창고 문을 여니 해체된 게르 재료가 쌓여 있었다. 초원에서 유목민들은 다른 사람이 터를 잡은 곳만 아니라면 어디든 게르를 세워 살 수 있다. 쿠빌라이 황제만 여름 궁전, 겨울 궁전을 가진 게 아니다. 무소유의 자유야말로 유목민의 특권이었다. "당신들도 황제 못지않아요." 주영이 혼잣말을 했다.

지역의 환경 파수꾼이기도 한 작드더르즈 씨는 그날 주영에게 특별한 것을 보여주고자 했다. 산을 넘어 다시 평원을 달리니 고원이 멀리서 눈에 들어왔다. 거대한 둔덕처럼 솟았으나 평평한 정상에는 하얀 표석이 한 점 꽂혀 있었다.

"템플."

작드더르즈 씨가 검지로 하얀 표석을 가리키며 고원에 난 길을 따라 올라가는데 신성한 무엇에 다가서는 듯하여 주영은 침묵했다.

정상에 차를 세우니 그제야 스투파가 확연히 나타났다. 탑만 있는 무인의 절이었다. 성역의 표시로 스투파 주위에 철책을 쳐놓았고, 뒤로 오보(천 조각으로 장식된 돌 더미 제단)도 두 개 세워져 있었다. 안으로 들어서니 정적만 고여 있고 푸른 하늘 아래 흰 탑만 의연히 서 있었다. 사람의 발길이 거의 닿지 않은 이 고원에 탑이 오롯이 서 있다니 하늘 아래 경배하리라. 고원이 멀리서 보일 때부터 주영은 무언의 소리를 듣고 마음속으로 오체투지했다.

호수로 가려고 작드더르즈 씨를 따라 숲으로 들어서는데 갑자기 말 네 마리가 나뭇잎을 헤치고 걸어 나왔다. 옅은 갈색의 몸체에 까만 갈기를 가진 말이 앞으로 걸어오는데 주영의 발이 저절로 걸음을 멈추어 섰다. 말들은 같은 혈통인 듯 모두 우아하고 기품이 있었으며 신화 속의 주인공 같았다. 주영은 외계인으로 동화의 세계에 잘못 들어선 듯했다. 그들이야말로 자연의 주인이었다. 말들은 인간에게 눈길도 주지 않고 고고하게 다가오는데 주영은 진정한 주인을 위해 겸손하게 길을 비켜주었다.

하늘엔 어느새 노을이 깔려 있었다. 문득 고원을 향해 돌아서니 고원 아래로 수십 마리의 말들이 걸어오고 있었다. 어디서 오는 것일까. 신의 사랑을 받고 돌아오는 듯 평온한 귀가였다. 광막한 자연 속에 두 사람 빼고 인간이라곤 보이지 않았다. 넓이를 잴 수 없는 하늘 아래 온통 말과 새들이 대지 위를 누비고 있었다. 더없이 완전한 풍경이었다. 낙원이 거기 있었다. 고원 위에서 스투파도 자연의 주인들을 내려다보는데 해탈이 거기 있었다.

기나긴 길

봄 한철 단테문학관에 머물렀던 것이 사 년 전이었다. 그때 나는 한 극단으로부터 희곡 의뢰를 받은 상태였다. 7월까지 넘겨달라 했지만 아직 손을 못 대고 있었다. 답답한 마음에 전해 겨울, 연극의 모태인 그리스에 갔다. 그리스사를 전공한 사촌 따라 이 년 전 다녀왔으니 두번째 그리스행이었다. 신화의 땅에서 받은 감동이 압도적이어서 그 신성한 공기를 다시 들이켜고 싶었다.

아테네 공항에서 처음 맞닥뜨린 것은 추적추적 내리는 비였다. 땅으로 처지는 빗줄기에 내 어깨도 처지는 듯했다. 긴 비행시간 탓일까. 나는 도로 대합실로 들어가 티숍에서 에스프레소를 시켰다. 진한 커피도 막막한 감정을 잡아주진 못하여 생소한 초록갑 담배를 샀다. 더하여 입은 쓰고 담배 연기는 허공에 힘없이 흩어지는데 심신이 허물어질 것 같았다.

그날부터 보름간 담배를 하루 한 갑씩 날리며 로도스 섬까지 멘붕 상태로 떠다녔다. 늘 나를 홀리는 고대 유적도, 에게해의 눈부신 풍경도 눈에 들어오지 않았다. 손끝 하나 움직일 마음이 없었다. 창으로 이국의 상호가 보이는 침상에서 눈을 뜨면 또 하루를 어떻게 보낼지 처연하게 생각했다. 절망도 권태도 아닌 의지 박탈 상태였다. 정신의 전원이 차단된 것 같았다. 살아 있다고 할 수 없는 무력감은 여행지에서 처음 겪는 일이었다. 뒤늦게 온 갱년기 징후였을까.

그리스의 스산한 겨울을 더는 못 참고 나는 글쓰기도 포기한 채 예정에 없던 이집트로 넘어갔다. 오후 네시면 어둑해지는 유럽보다 따뜻하고 밝은 아프리카가 그나마 견딜 만했다. 박물관의 수많은 미라, 대로에 무질서한 차량과 사람들이 도가니 속처럼 뒤섞인 채 용케도 굴러가는 카이로가 혼을 빼게 했다.

소읍 같은 아스완은 조용해서 여행 중 처음으로 휴식의 기분을 맛보았다. 투어 보트를 타고 십 분이면 닿는 키치나 섬은 부호의 정원만 한 크기였다. 삼십 분 뒤 출발한다더니 그 안에 한 바퀴 돌아볼 수 있는 크기였다. 야자수가 늘어선 온실 같은 작은 섬에 발을 딛자 갑자기 몸의 세포가 살아나는 듯했다. 아프리카 땅이 주는 기인가 싶어 두 팔을 뻗고 하늘을 향해 누워보았다. 선착장 앞 유일한 기념품 가게만 문을 닫으면 무인도라 할 수 있었다. 여기가 아르카디아 같은 이상향이라면 살아도 좋지 않을까. 기념품을 팔며 남은 생을 보내도 될 것 같았다.

알렉산드리아의 도서관도 나를 매료시켰다. 서가에서 에우리피데스의 그리스 비극과 유진 오닐, 토마스 만 등 좋아하는 작가 이름이 눈에 들어올 때마다 절로 미소가 번졌다. 유적 같은 실내 기둥, 발 디딜 때마다 피아노 건반처럼 울릴 듯한 계단. 자연 빛이 지하까지 비치는 건축이 아름다워서 알렉산드리아에서 일 년, 하고 미래를 상상했다. 왕들의 계곡과 이 모든 장소를 훑으며 이집트에서 보름을 보내고 한 달 만에 귀국했다.

파라오의 고왕국에서 태양의 피를 수혈받았지만 유교 국가로 돌아오자 이내 심장이 식었다. 가슴의 동공은 메워지지 않고 죽을 것 같았다. 분가한 자식도 진정성을 연기하는 정부도 마음속에 없었다. 신은 모태에서부터 없었으니 본질적으로 혼자였다. 생래적 개인주의자인 나는 아무에게도 연락하지 않고 작은 아파트에서 우리에 갇힌 짐승처럼 끙끙거렸다. 따개비처럼 바위에 붙어 숨만 쉰다고 살아 있는 게 아니다. 이게 죽음의 상태라면, 죽음이라면 어떻게 정신을 되찾아야 하나. 무기력의 수렁에서 몸을 빼야 하는데 배를 깎다가 퍼뜩 숫자가 떠올랐다. 언젠가 닥칠 죽음은 기꺼이 맞겠지만 오 년만 미루자. 인생을 정리할 시간이 필요하지 않은가. 오 년이라고 선을 그으니 소금 가마니를 내려놓은 듯 홀연히 몸이 가벼웠다. 이제부턴 오 년 단위로 살 것이다. 백 세라니 무슨 잔인한 농담을. 십 년도 감당할 수 없을 것 같았다. 뒤돌아보면 시간은 한바탕 꿈인 양 흘러갔지만.

경기도 야산을 등지고 위치한 단테문학관에 입주한 날 식당에서 레지던스 문인들과 인사를 나눴다. 열 명 중 연극 쪽이 세 명이고 나머지 문인들은 모두 초면이었다. 단테문학관도 내겐 첫걸음이었다. 내 방 맞은편 202호에 있다는 눈이 큰 소설가는 오늘 첫날이니 차를 마시고 싶으면 언제든 노크하라고 말을 건넸다. 호의는 고맙지만 작품을 쓰려고 온 작가들이라 덥석 응하진 않았다.

식사가 끝나자 옆자리에 앉은 박준과 함께 나섰다. 준은 해마다 작품을 대학로 무대에 올리는 재능 있는 젊은 희곡 작가였다. 서로 근황을 물으며 층계를 내려가 건물 로비로 들어서니 벽에 걸린 단테의 데스마스크가 눈에 들어왔다. 숙고하듯 반쯤 내려뜬 눈, 미간 양쪽으로 곧추선 눈썹과 긴 코, 위엄 있게 다물린 입이 중세 시인의 모습을 질박하게 보여주고 있었다. 옆에는 단테에 관한 해설과 '단테연구원'이 한국문학의 거름이 될 문학관으로 바뀌게 된 취지가 적혀 있었다. 고인이 된 설립자는 단테 전공의 이탈리아문학 교수이며 나도 아는 원로 연극평론가였다.

"큰사람이 큰일을 해."

내가 존경을 표하자 준이 고개를 끄덕이며 데스마스크를 바라보았다.

"위대한 시인은 21세기 동방에 와서도 잠 못 들어요. 불쌍한 혼들 지켜보느라고."

"무슨 업이 많아서 밤 지새우고 글 쓰나. 동병상련이라 작가들이 가엾겠지."

그게 아니었다. 문학관에서 한두 주 보내고 나자 그게 아니라는 걸 알게 되었다. 내가 온 다음 날 점심을 먹으러 일어나려는데 누군가 문을 노크했다. 문을 여니 202호실 이선혜였다. "선생님, 점심 먹으러 가요. 어젯밤 혹시 차 마시러 오실까 기다렸는데." 나는 기다릴 줄 몰랐다며 첫날이라 짐 정리를 했다고 말했다. "그럼 오늘 마실까요, 티타임은?"

우리는 점심 식사 후 차를 마시기로 했다. 식당엔 문인들이 줄을 서서 접시에 음식을 덜고 있었다. 모두 자리에 앉자 이선혜가 맞은편에 앉은 시인에게 "101호에 들어오셨죠. 어제 괜찮았어요?" 물었다. 무슨 일인가 했더니 시인이 뜻밖의 답을 했다.

"밖에서 누가 문을 탕탕 계속 두드렸어요. 누구냐고 물었더니 더 이상 안 들리데요."

나와 동갑인 시인이었다. 기독교적 세계관이 바탕에 깔린 그의 시집을 본 적이 있는데 외모에도 수사의 분위기가 있었다. 밖으로 나와서 수국관에 들어서자 이선혜가 일층의 101호를 가리켰다.

"시인이 오기 전에 선배 작가가 머물렀어요. 나는 여기 온 지 십여 일이 되는데 늘 한밤에 잠을 깨요. 시계를 보면 항상 두시 오십분경. 그때마다 시끄러운 소리가 들려와요. 아래에서 들려오는 것 같아서 나흘 전에 101호 선배한테 물었어요. 밤마다 무얼 하길래 그리 시끄럽냐고. 선배가 태연히 말해요. 작업하러 와서 무얼 하겠냐고. 어제 한밤에 여자가 화장실에서 나와 베란다로 걸어 나가 사라졌다고. 그렇게 말해놓고 선배는 그저께 퇴실했어요. 사무실에만 알리고 아무에게도 말 않고 가버렸어요. 왜 그랬을까. 그 선배가 쓴 장편소설 보면 세상에 귀신이 널려 있어요. 집 소파에 앉아 있는가 하면 마트에는 여자 귀신이 칫솔 사러 돌아다녀요. 그 선배 눈에는 다 보이나 봐요."

이렇게 귀신 이야기가 시작되었다. 202호에는 현관 신발장 위에 은은한 양초들이 조약돌과 함께 놓여 있고 탁자 위엔 이국적인 찻잔과 유리 티팟, 영국 차가 준비되어 있어 티숍처럼 아늑했다. 이선혜는 홍차를 마시며 낮에도 왠지 방 공기가 무겁고 불편하다고 호소했다. 간밤에도 잠을 못 잔지라 오후 네 시경 선잠이 들었는데 귓가로 회오리바람 같은 것이 돌면서 여자 목소리가 음산하게 울렸다고 했다.

달큼한 아로마향에 젖어 있다가 나는 어깨를 움츠렸다. 십 년 전 야산 아래 작은 절에 머물 때 한밤에 들려온 여자의 소프라노가 생각났다. 물결치듯 바이브레이션이 심한 소프라노는 얇은 금속 톱이 휘어지면서 내는 신시사이저 음색 같았다. 인간이 내기에 불가능한 고음이라 섬뜩했다. 다음 날은 이선혜가 추천한 독일 영화를 컴퓨터로 보러 일부러 밤늦게 202호에 갔지만 중반에 접어들자 갑자기 졸음이 밀려와 새벽 두시에 내 방으로 건너왔다.

귀신은 202호에만 있는 것이 아닌 듯했다. 하루는 아침에 일어나니 속이 쓰렸다. 온수로 속을 달래고 식당에 가니 102호에 입주한 화가가 와 있었다. 내가 계란프라이와 메밀차를 들고 자리에 앉자 빨리 일어나시네요, 하고 말을 걸었다. 일곱시를 이르다고 할 수는 없지만 야행성 습관을 바꾼 덕분이었다. 머리가 희끗한 화가는 "나이가 들면 점점 아침잠이 없어져요" 하더니 말을 이었다.

"아침에 자고 있는데 가까이서 하품 소리가 들려와요. 눈을 뜨고 시계를 보니 여섯시가 좀 넘었어요. 신새벽이라 희끄무레한 빛이 들어와 있어요. 방음이 안 된 건물이라 옆방 시인이 하품하는 소리인 줄 알았는데 또 하품 소리가 들려와요. 똑같은 크기로 똑같은 길이로. 하품을 연달아 하니 시인이 피곤한가 보다, 그 생각을 하자마자 다시 똑같은 톤, 똑같은 길이의 하품 소리가 들려와요. 세 차례의 하품 소리에 침대에서 일어났어요."

나는 그런 일이 처음이냐고 물었다. 여기 온 지 삼 주가 됐는데 늘 한밤에 눈을 뜬다고 했다. 시계를 보면 늘 세시라고.
어느새 자리에 앉은 준이 토스트에 잼을 바르며 껴들었다.

"아, 재작년인가 그 방에 시나리오 작가가 있었는데 내가 아는 형 부인이에요. 밤에 자다가 남자의 까칠한 턱수염이 뺨에 닿아 소스라치며 일어났대요. 그 귀신인가."

화가는 겁주는 소리 한다고 나무랐지만 준은 별것 아니라는 듯 웃었다. 자신이 신림동 원룸에 살 때도 귀신들이 라디오를 함께 들으며 떠들어댔다고 말했다.

"시끄러워! 소리치면 조용해지니 착하잖아요. 귀신이라고 다 나쁜 건 아녜요. 서울문학관 어느 방에서는 빨간 모자 쓰고 나무 위에 올라앉은 어린 여자애가 매일 꿈에 나타나 말을 건대요. 그 방에 머문 작가들 책은 베스트셀러가 된다던데. 나도 다음엔 거기 가야겠어."

"놀부가 흥부 따라 하다가 어떻게 되더라."

화가의 말에 나도 웃었다. 사후 영혼의 상태는 생시의 연속이라고 한다. 아이들의 무고한 혼은 죽어서도 선의 힘을 발휘하나 보다. 일반인들은 믿기 어려운 말이지만 문인이나 예술가들은 남달리 안테나가 발달한 족속이라 사차원세계를 의심없이 받아들이는지 모른다. 며칠 뒤 이선혜는 냉장고에서 여자의 흐느낌 소리가 들린다며 울상을 지었다.

"난 환생이니 윤회 같은 거 안 믿어요. 죽으면 끝이라고 생각했어요. 근데 아니잖아요. 죽은 뒤에도 인간 세상을 떠돌아다니잖아요."

이선혜는 사무실에 가서 다른 방이 비면 옮기게 해달라고 요청했다. 달리 방법이 없었다. 그날 밤 집에 가더니 이틀 뒤 돌아와 내 방을 노크했다. 신선한 원두커피를 마시자고 하여 따라갔더니 책상 위에 성모상과 주기도문이 놓여 있었다. 내가 그것을 바라보자 냉담자가 된 지 오래됐지만 심란해서 가져왔다고 말했다. 내 힘으로 할 수 없는 일에 부딪치면 인간은 종교에 기대고 절대자에게 기도한다.

나도 집에 가서 주사염주를 가져올까. 이날은 처음으로 새벽 세시 넘어 잠자리에 들었는데 탕, 탕, 탕, 두드리는 문제의 소리를 들었다. 허공에 걸린 철판을 치는 것 같은 낯선 굉음이 문밖에서 울렸다. 하루는 일찍 일어나 산책하고 돌아오니 화가가 수국관 102호실에서 나서고 있었다. 화가는 나를 보고 다가왔다.

"참, 어젯밤에 무슨 경전 읽으셨어요? 경전인지 성경인지 여자가 낭랑한 소리로 계속 읽었어요. 위에서 울리는 낭랑한 소리에 눈을 떴는데 세시 반에 뚝 그치더라고요."

"아, 202호 이선혜 씨가 읽었을 거예요, 성모상과 주기도문을 집에서 가져왔거든요."

나는 미소 지었다. 이선혜가 작정하고 그 시간에 기도문을 외운 것 같았다. 이선혜가 점심시간에 나를 부르자 나는 밖으로 나서며 "어제 한밤에 기도문 읽었지?" 확인했다.

"이 방에서 어제처럼 편하게 잔 적 없어요. 처음이에요. 꿀잠을 잤다니까요."

나는 아연했다. 그럼 누가 한밤에 낭랑한 소리로 기도문을 외었단 말인가. 이선혜는 허스키하다. 이선혜가 아닌 그녀가 읽었다. 그녀는 예전에 가톨릭 신자였으리라. 그 방에 놓인 성모상과 주기도문을 보자 과거의 습관대로 기도문을 읽었지. 그 순간만큼은 주님의 착한 딸로 돌아갔으리. 그녀의 선한 기도가 한 작가의 잠을 꿀맛으로 만들었다. 믿음을 강요하는 종교는 좋아하지 않지만 나는 그때 알았다. 사람에게는 종교가 필요하다고. 하느님이든 마호메트이든 믿고 기도하는 순간엔 죄짓지 않는다. 카르마는 신전과 사원 밖에 있다.

문학관에 들어온 첫날부터 의자가 불편했다. 삐걱거렸다. 의자에 원래 까탈스러운지라 길들여지면 나아지려나 했으나 자꾸 신경이 쓰였다. 앞으로도 두 달 넘게 사용해야 하니 더 이상 미룰 수 없었다. 사무실에 말하려다 일층의 휴게실 의자들이 생각났다. 아래층으로 내려가니 휴게실에서 화가가 컴퓨터를 보고 있었다.

"아, 어쩐 일이세요." 화가가 반기며 물어서 사정을 말했다.

"내 방 의자 쓰지 않으니 그걸 가져가세요. 옮겨드릴게요."

내가 뭐라 하기도 전에 화가가 앞장서 102호로 들어가 의자에 앉아보라고 권했다. 앉아보니 이상은 없었다. 괜찮다고 내가 동의하자 화가는 바퀴 달린 의자를 번쩍 들어 이층 내

방 책상 앞에 갖다주었다. 내가 밖에 내놓은 의자까지 화가가 들고 층계를 내려가서, “의자 감사해요” 큰 소리로 전했다.

그날 밤 나는 다른 때보다 빨리 열한시에 불을 끄고 누웠다. 다음 날 대전 집에 다녀올 예정이었다. 삼 주 만이었다. 집에서 가져올 녹차와 필요한 책들을 떠올리는데 갑자기 쿵, 하고 책상 위로 무언가 내려앉는 소리가 들렸다. 순간 어떤 존재를 느꼈다. 102호실 의자에 묻혀 온 건가. 골동 가구도 잘못 사들이면 괴이한 일이 생긴다던데. 나는 일어나 재빨리 불을 켜고 창을 조금 열어둔 채 이불을 덮어썼다. 밤새 불을 켜놓고 잘 것이고 무슨 일이 일어나면 창을 열어젖힐 것이다. 창 앞에 목련이 지기 시작하는 4월이었다.

희끄무레한 빛을 감지하며 잠에서 깬 순간 콧속으로 찬 기운이 스며들었다. 문득 이선혜 말이 떠올랐다. 어제 이선혜는 동백관 빈방으로 옮기면서 “마지막 날까지 힘드네요. 감기가 된통 걸렸는데 심하게 앓을 것 같아요” 하고 코를 훌쩍거렸다. 아침에 눈뜨자 콧속으로 찬 기운이 스멀스멀 기어들더니 그날로 감기 증세가 시작됐다고. 나도 비슷하게 감기가 온 것 같았다. 밤은 무사히 지났지만 유성에서 온천욕을 하고 나서 니 쓰러질 것처럼 피로했다. 나는 점심 겸 빠른 저녁을 먹고 기운을 차렸다. 택시를 잡아타고 대전 외곽 아파트 단지로 가는 동안 내내 눈을 감았는데 선잠이 든 순간 택시가 멈췄다. 디귿자로 돌아 복도 끝에 있는 710호 앞에 서자 안도의 숨을 쉬었다. 빨리 자고 싶었다. 키를 돌려 현관문을 열고 들어서니 비워둔 집 같지 않았다. 삼 주 정도 비워두고 집에 들어오면 밀폐된 특유의 공기가 끼쳐온다. 나는 더 이상 신경 쓰지 않고 베란다로 향한 문을 열고 환기한 뒤 비타민을 먹었다. 다음 날 아침까지 쓰러지듯 잤지만 목이 따갑고 열이 있었다. 본격적인 감기 증상이었다.

그날 오후 외출하고 들어와 거실에서 책과 차 등을 챙기는데 갑자기 쾅쾅쾅 두드리는 소리가 요란하게 울렸다. 베란다 쪽이었다. 거실과 연결된 베란다 문은 유리여서 저 강도로 두드리면 박살 날 것이다. 머리가 어찔했다. 단테문학관에서 새벽 세시 넘어서 들었던 그 소리였다. 문 두드리는 소리라지만 사람이 두드리는 것과는 확연히 달랐다. 허공에서 똑같이 초 단위로 울리는 철문 치는 소리는 무생물적이었다.

여기까지 따라왔구나. 시계가 여덟시 조금 넘었다. 나는 밤을 새기로 하고 책꽂이에서 『화엄경』을 뽑아 들었다. 고은의 불교 소설이었다. 달마부터 혜능, 6대 선사의 구도를 물고기가 바다를 누비듯 산새가 산을 날듯 써내린 소설 『선(禪)』을 읽고 일면식도 없이 스승으로 여겼다. 언젠가 나도 구도자 이야기를 희곡으로 쓰고 싶다고 생각했다. 카르마로부터 벗어난 구도자.

선재동자가 불의 골짜기를 헤매는 장면을 읽다가 소파에서 깜박 잠들었던 모양이다. 돌연 회오리바람이 귓가에 휘돌면서 음침하고 주술적인 남자 목소리가 속삭이듯 맴맴 맴돌았다. 나는 회오리를 막듯 머리를 돌렸다. 베고 있던 쿠션을 던지고 일어나 테이블 위에 올려놓은 『티벳 사자의 서』를 집어 들었다. 문학관에 가져가려고 골라놓은 책이었다.

"아, 고귀하게 태어난 자여. 끝없이 불어대는 카르마의 바람에 그대가 이리저리 끌려다닐 때, 그대는 쉬어갈 대상 하나 찾지 못하고 마치 바람에 이리저리 날려 다니는 깃털과 같고……"

나는 거실 유리문과 창문, 현관까지 모든 문을 열어젖혔다. 자신이 죽은 것을 아는가, 사자여. 산 자들은 괴로움이 끝남을 대가로 이승을 죽음에 반납하는데 미망의 혼령은 생시의 환영을 좇아 업을 되풀이하네. 새벽 네시 세상의 길들은 캄캄한 어둠에 싸여 있지만 희미하게 들려오는 맑은 목탁 소리가 불안을 다독여주는 것 같았다. 어디서 들려오는 소리일까. 팔짱을 풀고 가만 귀 기울이다 소리를 따라가니 욕실 앞이었다.

욕실 위의 긴 가로 창으로 산 능선이 다가서는데 저 어디쯤 절이 있나 보다. 도심에서 듣는 목탁 소리에 취해 좀 전의 공포도 순간 잊었다. 언제 절에 찾아가 예불을 하자. 몸을 돌리며 무심히 욕실을 둘러보니 샤워기가 눈에 들어왔다. 샤워기에 고인 물방울이 한 점 한 점 밑으로 떨어지고 있었다. 탁, 탁. 그 소리는 목탁 소리가 아니라 고장 난 샤워기에서 바닥으로 떨어지는 물소리였다.

*

나이가 들수록 시간이 빨리 흘러간다는 건 어김없는 현실이다. 사십대 후반부터 연말이 다가오면 어느새 흘러가는 일 년이 당혹스러웠다. 오십대로 들어서자 수십 번 맞이한 새해라는 단어에도 무감각해지기 시작했다. 뇌 관련 책을 보니 젊은 날엔 수많은 새로운 경험을 하고 이 새로움은 뇌의 주의를 끌어 기억으로 저장된다고 했다. 나이가 들수록 새로운 경험이 줄어드니 저장할 기억도 줄어들어서 시간이 빨리 흘러가는 것처럼 느껴진다는 거다.

2016년 12월 9일에는 그리스에 다녀온 뒤 벌써 오 년이 흘러가고 있음을 알았다. 일 년이 아니라 오 년이. 그동안 나의 뇌가 저장할 새로운 경험은 없었지만 사회에 큰 변동이 있었다. 대통령이 바뀌었고 이날 오후 네시 십분 대한민국 최초의 여성 대통령 박근혜 탄핵안이 가결되었다. 총투표수 299표 중 가 234표…… 임기도 채 마치기 힘들 정도로 급박한 시국이었다. 국회의장이 의사봉을 세 번 치고 시민들의 환호성이 울리자 나는 커피를 리필하러 노트북 앞에서 자리를 떴다.

누구나 예상한 결과이지만 어쩌다 이 지경까지…… 52년생인 그보다 사 년 뒤 태어난 나는 '근혜 언니'를 기억하고 있다. 대통령 내외와 삼 형제의 가족사진에서 미소를 머금고 중앙에 서 있는 소녀. 양 갈래로 땋은 머리에 베레모를 쓰고 자주색 교복을 입은 여고생은 대통령 딸이 아니라 옆집 언니같이 친근했다. 엄마가 늘 '참하다'고 말하는 소탈한 모습은 S언니를 삼고 싶을 정도였고 인자한 모습의 영부인은 모성의 이상형이었다. 시장에서 언성을 높이며 포목 장사하는 엄마를 부끄러워하던 시절이었다. 은행 지점장 부인인 내 짝 엄마는 딸 친구 앞에서 정지용의 시를 외우지 않던가.

내가 여고 3학년 때 육영수 여사가 총탄에 돌아가자 장례 행렬을 텔레비전으로 지켜보며 눈이 붓도록 울었다. 근혜 언니가 가여워서였다. 정치에 관심이 없었던 나는 대학에 들어가서야 '유신'이라는 용어를 알았는데 졸업한 해에 대통령 시해 사건이 일어났다. 과대표인 친구는 독재자의 말로라고 했지만 이십대에 부모를 모두 총격으로 잃은 근혜 언니를 위해 나는 피살된 대통령 영전에 흰 국화를 놓았다.

영애의 영화는 불행의 서곡이었나. 유순한 미소의 청와대 맏딸은 천만 국민이 광화문광장으로 쏟아져 나오게 만든 괴력의 주인공이 되었으니. 국가의 재앙이었다. 끝도 없이 터져 나오는 고름 덩이 비리와 혐의들. 카르마란 단어가 무심히 입가에 맴돌았다. 업이다. 무능한 자가 앉지 말아야 할 권좌에 오른 아둔함과 탐욕…… 무지가 그의 카르마이니 수인이라는 업보가 말년의 문턱에서 기다리고 있었다.

이날 저녁 친한 연출가가 공연하는 체호프 연극을 보고 다음 날 단테문학관에 들어갔다. 12월 한 달 입주를 신청하여 새로운 작품을 구상하려 했는데, 그사이 제주도에 일이 생겨 다녀왔고 서울서 연이어 연극 두 편을 보느라 일주일 방을 비웠다. 오랜만에 식당에서 만나자 동화작가 이연주가 일곱시에 차 마시러 자기 방에 오라고 했다. 작가들이 가끔씩 휴게실에 모여 술을 마시지만 티타임이라니 부담이 없었다.

샤워를 하고 이층 203호실에 가니 젊은 시나리오 작가 윤성호가 테이블 앞에 앉아 있었다. 들어온 첫날 인사를 나눴는데 몇 년 전 무대에 올린 내 희곡 「2010 미녀와 야수」를 인상 깊게 보았다고 반가워했다. 테이블엔 영국 홍차와 비스킷, 깎은 사과가 보기 좋게 접시에 놓여 있었다. 나처럼 사 년 전 봄 단테문학관에 입주했던 이연주가 친근하게 말했다.

"바쁘신가 봐요. 이틀 지나고 계속 안 보이시데요."

"예정에 없던 일이 갑자기 몰릴 때가 있어요. 어제는 서울에 있어서 덕분에 광화문광장도 가까이서 지켜보고."

"우리도 티브이로 탄핵안 가결 발표 보고 어젯밤 소맥 파티했어요."

두 사람이 탄핵안 가결 소회를 말했고 대통령 이름 석 자가 입으로 오갔다. 닭으로 희화화된 그녀 모형이 창살에 갇혀 끌려가는 수모까지 당했으니 더 이상 난도질할 마음도 없었다. 나는 얼그레이 향을 맡으며 차를 한 모금 마셨다.

"벌써 삼십 년 전에 해인사 어느 암자에 갔다가 운 좋게 대선사를 뵈었어요. 큰절에 가시는 걸음인데 옆에 따라가면서 물었어요. 업은 어디서 오는 거냐고. 스님 말씀이 업은 자기가 만드는 거랍니다. 대통령 자리부터 스스로 만든 업이니 나라를 뒤흔든 대가를 치러야죠."

"가장으로서 충분한 돈을 못 벌어 미안하지만 개인적으로는 문필업이 좋은 직업이라고 생각해요. 늘 책을 읽고 영화든 연극이든 보고 비평도 하고 또 최소한의 자기 성찰은 하잖아요. 그네가 책이라도 가까이해서 자기 성찰을 할 줄 알았다면 이 지경까지는 안 갔겠죠. 요즘 광화문은 나중에 염라대왕도 할 일이 없겠다 싶을 정도로 최고의 심판이 벌어지는 난장이 됐어요."

시나리오 작가의 말을 이연주가 이었다.

"광화문 촛불시위에 함께 나갔던 초등 이학년 딸이 물어요. 나쁜 대통령은 죽으면 지옥에 가냐고. 시어머니가 절에 갈 때마다 애를 데려가 탱화의 지옥도 설명도 했거든요. 난 내세 같은 건 안 믿지만 당연하지, 라고 했어요. 죽으면 육체는 썩어 자연으로 돌아가지만 역사적 심판은 지구가 멸망하지 않는 한 계속될 거잖아요. 단테의 『신곡』을 끝까지 읽어보진 못했지만 중세인들도 그랬고."

"내가 외우는 단 한 문장의 라틴어가 있는데 '혹 쿠오퀘 트란시비트(Hoc quoke transibit).' 이 또한 지나가리라! 어둠에 갇혀 있을 때도 끝이 있으리라. 빛의 옷자락을 잡으려 했건만 심판이 죽음까지 따라오면 어쩌나. 안식이라 생각하는 죽음을 심판과 연결시키니 불완전한 한 개인으로서도 살아가는 게 두

렵네. 동화도 법관처럼 쓰는 거 아니죠?"

대화가 나의 뇌리에서 비약하여 단막극이라도 쓸 것 같았다. 그제야 이연주가 빙긋 웃으며 "그러지 마세요. 정치는 정치고 동화는 동화죠. 나도 동화 버전 「원더풀 라이프」를 쓰고 싶다니까요" 했다. 순간 화제가 고레에다 히로카즈 감독의 「원더풀 라이프」로 넘어갔다.

"죽은 사람들이 하늘로 가기 전 일주일간 중간역 림보에 머물며 일생 동안 가장 행복했던 순간의 기억을 선택하는 영화잖아요. 그것을 선택하면 죽은 자들은 행복한 추억의 영상을 보며 드디어 저승으로 떠나요. 일본인 감독의 사유가 우리와 다르죠. 우리는 저승 앞에서 선악으로 이승의 삶을 심판받는다고 생각하지만 행복한 기억을 선택하라니. 죽음 앞에선 죄를 묻지 않겠으니 행복한 기억으로 저승에 가라는 메시지인가. 고(苦)의 삶이 끝났으니…… 휴머니즘일까요. 「콩쥐팥쥐」 등 동화도 권선징악이 깔려 있는데 동화작가로서 많은 생각을 하게 했어요."

"일본 영화 보면 인생 그 자체를 보여주지 유교적으로 도덕적인 심판을 하지 않아요. 고레에다 감독만 해도 유부남과의 연애가 나오는 「바닷마을 다이어리」, 철없는 엄마가 사라진 후 아빠가 다른 네 아이가 힘겹게 생존해가는 「아무도 모른다」에서도 개인적 심판을 하지 않아요. 그저 '이런 인생이 있다!'고 보여줄 뿐이죠. 난 그런 자세가 좋아요. 「원더풀 라이프」는 심판이 아닌 해탈에 대한 얘기라고 봐요. 아무리 불행한 사람이라도 인생에서 행복했던 한순간은 있어요. 불행과 원한에 집착하면 그것도 안 보이겠지만. 불교적으로 말하면 탐욕, 노여움, 어리석음에서 짓는 업의 굴레에서 벗어나 생명 본연의 환희를 찾아야 해탈의 영원으로 들어갈 수 있다는 메시지가 아닐까. 그걸 관념이 아닌 보편성으로 풀어놓은 거 같아요."

시나리오 작가의 말에 단테문학관에 머물 때 들은 귀신 이야기들이 떠올랐다. 지금도 같은 일들이 벌어지는지 문득 궁금했다. 나는 이 년 전에도 입주한 이연주에게 물었다.

"재작년 가을, 나 있을 때 산신제 했어요. 귀신 얘기가 사무실에도 계속 들어가 관장님이 결단을 내렸어요. 개관 십 주년에 맞추어 초청받은 스님이 재를 지냈는데 그 뒤로 조용해졌어요. 나도 돼지머리에 돈 얹고 절했더니 좀 편해지데요. 그때 내가 머문 동백관에 남매 같은 두 애가 자꾸 나타나 밑에서 침대 시트 잡아당기고 해서 힘들었거든요."

산신제를 했다니 잘한 일이라고 나는 반색했다. 올해 단테문학관에 처음 입주한 윤성호가 정말 귀신을 믿느냐 물어서 나는 사 년 전의 생생한 경험을 말하지 않을 수 없었다. 시나리오 작가는 눈을 깜빡이며 고개를 갸웃했고, 나는 믿어야 할 필요는 없다고 했다. 단테문학관을 떠돌았던 그 혼령들은 일생의 가장 행복한 순간을 기억하지 못해 이승의 카르마에서 벗어나지 못했던가. 산신제에 위로받아 구천으로 돌아갔다면 다행이었다.

"우리도 언젠가 죽으면 깨끗이 이승을 떠나기 위해 일생에서 가장 행복한 순간을 기억하고 있어야겠어요. 저승 앞에 서면 「백만송이 장미」 노래라도 떠올릴래요."

이 말로 우리의 저녁 티타임은 끝났다. 윤성호는 이연주 방에서 나서자 동백관으로 혼자 걸어갔다. 나는 수국관 아래층 102호실에 들어서자 피로를 느끼며 침대에 털썩 누웠다. 창으로 반달보다 조금 부푼 달이 비치니 사나흘 뒤면 보름이 되겠다. 나는 구노의 「아베마리아」를 요요마 첼로로 들으며 잠이 들었다.

다음 날 점심시간에 윤성호가 보이지 않더니 저녁에 식당에서 마주쳤다. 겨울이라 벌써 밖이 캄캄한데 우리는 접시를 들고 창가에 마주 앉았다. 윤성호는 자리에 앉자마자 점심때 지인이 찾아와 부근에서 외식하고 왔다고 일러주었다. 물어보기나 한 듯.

"들어올 때 마침 불교용품점이 보여서 향을 한 통 사 왔어요."

"향을?"

무슨 소린가. 나는 젓가락을 든 채 멀뚱히 그를 바라보았다. 윤성호가 양미간을 세운 채 창을 흘긋 보며 말했다.

"어제 한밤에 누가 쇠창으로 바닥을 치듯 탕 탕 탕 울리며 동백관 안을 저벅저벅 돌아다녔어요. 저승사자같이. 호랑이도 제 말 하면 온다던가……"

나는 긴 숨을 내쉬었다. 순간 차가운 콧숨 속으로 저 멀리 빈 들판에서 불어오는 바람과 저벅거리는 무거운 발자국 소리가 환청처럼 밀려오는 듯했다.

보루빌에서 만난 우리

너 또 어기는구나.

거짓말. 보름 전엔 통장서 보험료가 빠져나가 못 보냈다고 우는소리 하고, 열흘 전엔 들어올 돈을 기다리는 중이라 하더니 그 인간이 펑크 냈다고 둘러댔지. 난 그 인간이 누군지도 모르는데. 이번엔 회사 핑계야. 금요일 월급날이 휴일이라 전날 입금할 줄 알았더니 안 넣었다, 출근하는 월요일엔 지급할 거라고. 전엔 월급날이 25일이라더니. 초하루에 월급 받는다고? 월요일엔 또 무슨 핑계 대려나. 그동안 계속 속아왔으니 무리가 아니지. 양치기 소년 이야기를 너도 알겠지.

지난 3월부터 시작된 이 놀음이 언제 끝나려나. 난 빨리 이런 관계를 끝내고 싶을 뿐이야. 인연이 유죄구나. 작년에 네가 갑자기 전화해서 언니 백만 원 있어? 나 한 달 뒤 줄게, 백만 원만 돌려줘, 하고 말했지. 나는 깜짝 놀랐어. 네가 한국에 귀환한 뒤 한 번 만났을 뿐 두어 번 통화하고 서로 보지 못했어. 가족에게도 말하기 힘든 돈 얘기를 천연덕스럽게 던지니 말이다. 난 떨떠름하게 빌려줄 돈 있으면 내가 이렇게 살겠어, 한마디만 했어. 넌 다짜고짜 맞받았지. 그러니까 언니 당연히 이자 받아야지, 나도 그렇게 살아, 하고.

강남 오십 평 빌라를 시댁에서 물려받은 네가 이자로 산다니. 넌 오백만 원 단위로 넣어 일 할 이자를 받는데 모자라는 백만 원을 넣어주면 그 몫의 이자를 주겠다고 했어. 난 피식 웃었다. 아무리 내가 물정을 몰라도 어느 사기꾼이 일 할 이자를 준다니.

너는 미심쩍으면 그냥 빌려달라고 사정했어. 급하니 도와달라고. 나 같은 무직자가 가진 돈이라야 비상금 조의 통장 잔금 백만 원 정도야. 출판사 편집장인 후배가 권해서 원고 교정 일로 용돈 벌고, 두 가구가 주거하도록 설계된 경기도 아파트에서 받는 월세가 내 수입의 전부야. 그건 너도 알고 있잖아.

그야말로 통장 잔고를 빌려준 것은 네가 도와달라고 간청했기 때문이야. 스스로 병적이라 생각할 정도로 나는 마음이 약해. 소도시 병원이라 환자가 치료비를 외상으로 미루어도 묵인했던 아버지, 외상이 쌓여서 결국은 문을 닫고 동창이 운영하는 종합병원에 더부살이했던 비현실적인 아버지. 난 그의 심약한 유전자를 물려받았어.

넌 입금과 동시에 내 계좌번호를 알려달라 했고 정확히 한 달 뒤 돈을 넣었어. 십만 원을 덧붙여서. '언니, 고마워서 점심값 보낸 거라고 생각하면 돼. 다시 한번 고마워'라는 문자와 함께. 생각지도 않았건만 입금한 걸 돌려준다고 해봤자 호들갑만 떠는 꼴이 될 거라 언제 얼굴도 볼 겸 점심이나 사야겠다 마음먹었어. 그것으로 끝나면 좋았겠지만 그건 시작이었어. 넌 그 뒤로 세 번 더 사정했고 우유부단한 나는 냉정하게 물리치지 못하고 비상금을 돌려주었어.

너의 정체가 뭘까. 그때 보낸 문자가 떠오른다. 동생한테도 빌려서 삼백을 보내주면 좋겠다고 할 땐 참지 못하고 정체를 물었어. 넌 즉각 전화했지. "언니 나 그런 사람 아냐. 요새 석이한테 돈이 들어가서 힘들어 그래" 하고 상황을 말했어. 결혼 뒤 반년도 못 되어 이혼하고 사십이 넘도록 백수인 남동생을 재기하도록 도운다고 말야. 나한테 모자라는 혈육에 대한 끈끈함은 진심이라 믿었고 난 마침 들어온 교정료를 보태 이백만 원을 보내주었지. 나도 석이를 아니까. 이건 자청해서 마지막으로 빌려주는 거니 약속 날짜만 지켜달라는 다짐을 받고서.

넌 보답을 분명히 한다는 듯 한 달 뒤 이십만 원을 더하여 입금했어. 난 받자마자 이십 만원을 네 통장으로 돌려주었고 그 돈은 탁구공처럼 되돌아왔어. 언니 이건 내 세계니 따라 줘, 라는 문자와 함께. 할 수 없이 그 돈을 호텔 뷔페비로 쓰리라 생각하고 점심 약속을 하자고 했어. 호텔이란 말에 넌 대뜸 "그런 데서 먹으면 체해. 난 롯데리아 체질이야"라고 잘라 말했어. 내가 머쓱했어. 재산으로 따지자면 롯데리아에서 점심 먹을 사람은 내가 아니겠니. 어쨌든 얼굴 한번 보자면서 며칠 뒤 우리는 강남에서 만났지. 네가 원한 대로 강남터미널 롯데리아에서.

그날 만난 너의 모습을 난 지금도 생생히 기억해. 넌 앞 챙이 가려진 볼캡 야구 모자를 쓰고 나왔어. 오십이 넘은 여자가 볼캡을 쓰는 일이 드물진 않지만 넌 원래 미모라 어색하지 않았어. 그걸 보는 순간 왠지 CCTV에 찍힌 용의자들이 늘 저런 모자를 쓰고 있었다는 것이 떠올랐어. 얼굴을 가려야 하니까. 보통 시민인 네가 얼굴 가릴 일이 있겠냐마는 어쨌든 네가 변했다는 느낌이 들었어. 사 년 전 보루빌에서 만날 때와 달랐어. 이십 년이란 세월이 지났는데도 긴 곱슬머리와 소녀의 인상은 여전했어. 롯데리아에서 다시 만났을 땐 단발이었지. 야구 모자 밑에 눌린 단발머리 모습이 낯설었던 건지도 몰라.

그날 넌 자리에 앉자마자 취직이 됐다고 했어. 작년에 공인중개사 자격증을 땄고 실습을 거쳐 다음 주부터 정식으로 근무한다고. 한국에선 나이를 따져 오십대 여자가 정식으로 취직하기 힘들고 나이와 상관없이 할 수 있는 것이 부동산업이라고 했어. 나는 축하하면서 너의 의지에 감탄했어. 이혼 뒤 나는 아동도서 세일즈부터 여러 일을 해봤지만 단 한 번도 자격증을 따겠다는 생각을 하지 않았어. 복지사 같은 직종을 진작 알았으면 내가 시도했을까. 무직을 스스로 무능력으로 여기는 사람이라 난 너의 자립심을 긍정적으로 생각했어. 시아버지를 모시고 고가의 빌라에서 살지만 남편이 호주에서 귀환 후 직업을 갖지 않으니 네가 나서는 것이 과욕은 아니야.

네가 나의 근황을 물어서 바리스타 수업을 한다고 알려주었어. 커피를 좋아해서? 라고 물어서 나는 하하 웃었어. 언젠가 커피숍을 할 수도 있으니까. 다른 건 할 수 있을 것 같지 않아서. 내 말에 너는 무어든 해, 돈 벌어야지. 돈이면 인생의 98퍼센트가 해결돼, 하고 남은 오렌지 주스를 단숨에 비우더구나. 그 말에 체증을 느끼며 나는 취직 축하 선물을 하겠다고 센트럴시티 쇼핑몰로 너를 끌고 갔어. 너를 만나러 가기 전 세일 중인 스니커즈 워킹화를 미리 봐두었거든.

네가 다시 연락한 것은 그로부터 두 달 뒤였어. 입지가 좋은 서해안에 삼백만 평이 넘는 국가산업단지가 들어서기로 확정됐다, 개발사업이 가속화될 거니 동생이나 주위 사람들에게 소개해달라는 부탁이었어. 평당 오십만 원도 안 되는 싼 값이지만 앞으로 오를 것은 불을 보듯 훤하니 이런 걸 안 사면 장님이라고. 나는 그런 정보를 알려줄 사람이 떠오르지 않았어. 가끔이라도 만나는 사람이 손에 꼽을 정도인데다가 부동산 투기가 대화에 오른 적이 없어. 네가 아는 우리 형제도 이재에 밝은 사람이 없어. 전형적인 강남 중산층인 막내 여동생은 제부가 워낙 부지런해서 따라가는 정도야. 너는 사업설명회 들으러 오라고 강남역 부근의 사무실 위치를 알려주었어. 나는 막내에게 전해주겠다고 건성으로 말하고 전화를 끊었어.

너는 그 주에 계속 경제신문에 실린 '국내 최대 규모 국가산업단지'에 관한 기사를 보냈어. 항에 요트단지가 들어온다, 인근 도시의 땅 박사 교수 몇 명이 은행에서 감정받아 함께 샀다니 서두르라 하셔요, 라고 문자 보냈어. 동생은 그런 일에 관여하지 않는다고 나도 답했어. 다음 날 넌 내게 전화했지. 남은 땅이 얼마 없다, 큰 덩치는 다 팔렸고 상업지구 육십평을 회사에서 아직 갖고 있으니 너와 내가 함께 절반을 사자고 했어. 삼십 평이면 커피숍을 하고도 남을 땅이고 천오백 정도로 살 수 있으니 최고의 노후대책이라고. 노후대책이란 말을 늘 먼 나라 얘기처럼 들었지만 커피숍을 하라는 말이 화살처럼 귀에 꽂혔어.

"노후대책도 기본이 있어야 하지. 영세민이 천오백을 어디서 구해. 그달 그달 살아가는 건데."

내 말에 너는 기다렸다는 듯 말했어.

"땅을 자기 돈으로만 사는 건 아니지. 이런 땅은 융자라도 받아 사놓는 거야. 지금 금리가 얼마나 싼데. 언니 아파트를 담보로 대출 얻으면 돼. 아파트는 시세의 칠십 프로까지 대출 받을 수 있어."

믿지 않겠지만 난 나이 오십이 되도록 아파트를 담보로 대출받는다는 걸 처음 알았어. 신문에서 비슷한 기사를 본 적은 있지만 건성으로 봐서 머리에 전혀 각인되지 않았어. 어리숙한 난 겨우 이렇게 반박했어.

"언제 지을 줄도 모르는데 마냥 이자를 내란 말이지."

"은행 이자라 해봐야 고작 삼 퍼센트대일걸. 그것도 계속 내기 부담스럽다면 방법이 있어. 아예 오천만 대출받아서 나한테 맡겨줘. 천오백으로 땅 사고 나머지는 괜찮은 금리로 관리해줄게. 차용증도 써줄 수 있어."

"됐어. 난 큰손이 아니야. 커피숍 지을 땅은 고려해볼게."

네가 강남 큰손처럼 말해서 손사래를 쳤지만 요트장이 들어설 항의 커피숍 정경이 눈에 떠올랐어. 사람이 홀리는 건 잠깐이더구나. 은행 대출로 땅을 사고 네가 주는 이자로 은행 이자를 갚는다? 난 갑자기 커피숍에 홀려서 당장 가게를 열기라도 할 듯 머릿속으로 삼층 빌딩을 올렸어. 이국적인 찻잔들이 설치미술처럼 벽면에 진열되고 파키라와 수국 화분이 있는 실내에서 커피 냄새에 젖어 하루를 보낸다. 밤이면 고단한 현실에 문을 닫아걸고 여고 때부터 들었던 비틀즈 음반과 아바로 위안을 받겠다고. 이 작은 로망을 위해 억대도 아닌 이천만 원 대출이 무슨 대수인가. 나는 마치 무너진 생을 보상받겠다는 듯 월요일 아침 대출 파트의 첫 고객으로 은행을 찾았어.

꿈이 그토록 쉽게 이루어진다면 나 전진희의 생이 아니지. 밭 천여 평 중 서른 평 소유권 이전등기한 영수증을 폰으로 받고 일주일 뒤 네가 전화했어. 구획정리할 때 공공도로가 빠지면 평수가 얼마나 줄어들지 모르겠다고. 순간 네 목소리가 꿈을 깨는 소리라는 걸 알았어. 그런 얘기를 뒤늦게 하다니. 오십 생애에 땅이란 걸 처음 사보는 사람이 구획정리가 뭔지 알겠니. 너도 네 몫을 팔고 싶다고 말해서 어이가 없었다. 아직 집단 등기를 안 했다고 해서 돈을 돌려달라고 했어. 너는 회사에서 돈을 내줄 수 없다 하니 다시 매물로 내놓으라 했어. 일주일 뒤 만나서 나는 통고했어. 두 달 지나도 안 팔리면 네가 내 몫을 떠안아 사고 돈을 돌려달라고. 회사에서도 네 잘못이라고 한다니 네가 책임지기 바란다고. 너도 그러마, 했지.

그거 임기응변이었지. 넌 팔 개월이 지나도록 땅값은 둘째 치고 네게 맡긴 오백만 원조차 주지 못했어. 강남 큰손이라면서. 이 개월 뒤엔 땅이 안 팔리니 매달 이십만 원을 주겠다, 은행 이자를 내라고 무마했어. 은행 돈이라 생각하니 넌 느긋하겠지.

이 편지를 쓰다가 네가 보낸 소유권 이전등기 영수증을 다시 폰으로 보니 법무사의 취급자 도장이 찍혀 있지 않구나.

이제야 눈에 들어오다니 내가 뭐에 씌인 거야. 난 그때 가벼운 골절상으로 병원에 잠시 입원해 있었지만 네가 갖다 주었다 하더라도 속았을 거야. 아무것도 모르는 백치에다가 나의 치명적인 태무심이 너의 눈가림을 도왔을 거야. 어릴 때 함께 자란 동생이라 믿고 맡겼으니까. 이 영수증도 네가 조작한 게 아닐까. 너의 정체가 뭔지 이제는 분명히 알아야겠다는 생각이 든다.

10월

어제 드디어 네가 전에 다닌 강남역 부근의 부동산 사무실을 찾아갔어. 매매계약서에 찍힌 주소를 보고서. 넌 작년 겨울 더 좋은 회사로 옮긴다면서 내 땅이 팔리는지 계속 인터넷으로 체크한다고 했어. 이 일을 상의한 후배는 나를 차로 데려다주고 주차장에서 기다렸어. 우리는 부동산 사무실에서 들을 이야기가 별로 없을 거라고 생각했지만 정말 들은 게 없어. 내가 확인하려 했던 것, 산업단지가 될 서른 평 밭에 묻은 돈의 행방조차 듣지 못했지. 내가 너와의 관계를 말하자 얘기 들은 것 같아요, 하고 반색했으나 계약자로서 찾아온 용건을 말하자 얼굴을 확 바꾸었어.

"안 한다고 했다면서요. 그걸로 끝났어요. 그 뒤는 두 사람의 문제예요. 회사와 아무 상관없어요. 남의 프라이버시를 잘못 말하면 큰일 나지. 그런 말은 못해. 알고 싶으면 윤영애 씨 데리고 와요."

땅이 안 팔렸다면 지금이라도 등기해도 되는지 상의하고 싶다고 돌려 말해도 두 사람 문제는 두 사람이 해결하라, 회사와 관계없으니 다시 여기 오지 마라고 소리치더라. 그래, 너와 해결할 문제라는 건 나도 짐작하고 있었어.

내 얘기 듣더니 후배는 그럴 줄 알았어, 그 사람 사기꾼이에요, 하더라. 시아버지는 돌아가셨지만 국회의원 며느리가 억대도 아닌 이천만 원을 떼먹겠냐고 나는 스스로를 안심시켰어. 부자라도 돈에 쪼들릴 때가 있어. 나한테 유혹했듯이 네 집을 담보로 대출받아 갚아달라고 할 거라고. 돈을 떼먹어서 사기꾼이 아냐. 남의 돈을 멋대로 이용하는 그 수법이 사기야. 네가 남의 돈을 떼먹는 사람이라곤 생각한 적 없지만 사기 기질은 분명히 있어.

나는 너와 철없이 돈 관계로 얽히면서 네가 변질됐다고 생각했어. 너무 큰일을 당해서 변한 걸까. 더 이상 잃어버릴 것이 없다고 돈이라는 물신을 잡은 건가. 구질구질한 노후는 싫다, 뒤에 럭셔리한 요양원에서 살기 위해 돈을 벌겠다고 했지만 목적이 수단을 정당화할 수는 없어. 이번에 경험한 너의 무책임과 거짓말, 교활함…… 이 모든 것이 선과는 거리가 멀어. 네 본성이 그런 걸까. 돈 얘기만 하는 너의 내면엔 시멘트 바람이 불어. 연말에 돈 때문에 통화하고 끝내면서 새해 잘 보내, 라고 내가 인사하자, 넌 어? 하고 얼떨떨해했어. 친하건 안 친하건 누구나 하는 신년 인사지만 넌 그럴 마음의 틈조차 없더구나. 삼십여 년을 동고동락해온 네 남편은 참선을 하고 싶어한다지. 부부라도 이렇게 다르구나.

사 년 전 가을 보루빌이 생각난다. 레인디어 게스트 하우스 아침 식탁에서 바나나 라시를 마시고 있을 때 누가 옆에서 속삭이듯 내 이름을 불렀어. 진희 언니 아냐? 난 소리만 듣고도 놀랐어. 여기까지 와서 아는 사람을 만나다니. 하긴 한국인들의 발길이 닿지 않는 곳이 세계 어디에 있겠니. 아프리카 오지에 가도 만난다던데. 나는 고개를 들고 바라보다 눈을 치떴어. 구불거리는 긴 머리와 웃을 때 살짝 파이는 보조개가 대학 때 본 모습과 다르지 않았어. 어릴 때 넌 만화에 나오는 공주 같았어. 커서는 르누아르의 그림 속 핑크빛 소녀 분위기였어. 넌 나보다 두 살 아래이니 그때 마흔일곱이었지만 화사한 분위기는 잃어버리지 않았어. 긴 머리 때문일까.

"여기 어쩐 일이냐. 이게 얼마 만이야?"

난 너를 마지막 본 것이 언젠지를 떠올리려다, 호주로 이민 갔다는 소리를 들은 것이 너에 대한 마지막 소식이었음을 상기했어.

"우리 이십대에 보고 처음 아냐. 나 스물다섯에 결혼하고 언니 만난 적 없으니까. 아직 서울 살아?"

"응, 경기도니까 서울권이라 생각하지. 넌 호주로 이민 갔다면서. 잘 살고 있지?"

이렇게 말이 시작되어 우리는 그날 오전을 게스트 하우스 식탁에서 보냈어. 넌 호주에서 이십 년 넘게 살았지만 한국으로 돌아갈 채비를 하고 있다, 보루빌 공동체에는 남편 친구가 살고 있고 자꾸 그곳에 들어오라고 하여 인도 구경 겸 어떤 곳인가 살펴보러 남편 대신 왔노라 했어. 온 지 사흘이 되고, 너희 부부가 살 곳이 아니어서 내일 돌아간다고 했어.

"남편한테 정신 차리라고 해야겠어. 국제 공동체라 해서 난 뭐 글로벌한 파라다이스가 펼쳐지는 줄 알았네. 이걸 자연의 삶이라 하는지 모르지만 도로포장도 안 된 울퉁불퉁한 흙길을 오토바이로 계속 다니면 허리부터 망가지겠지? 여기 있으니까 추방자가 된 것 같아. 루저……"

넌 신랄하게 평했고 난 이상향은 꿈속에나 있는 건지 몰라, 하고 조용히 대꾸했어. 나 역시 공동체에 관심이 있어 회원이 되고자 여기 왔다고. 회원이 될 기본 자격인 이곳 게스트 하우스에 두 달 머물 예정이지만 기대와 다르다고 했지. 두 달 뒤 공동체위원회와 인터뷰하여 준회원으로 받아들여져도 이년간 봉사활동을 하고 정식 회원이 되는 과정을 거쳐야 한다니. 넌 내게 왜 공동체에 들어가려 하는지 물었어. 이런 물음엔 어떻게 간단히 대답해야 할지 막막하지.

"터닝 포인트라는 말 있지. 인생을 지금과 다르게 살아보려면 터닝 포인트가 있어야 하잖아. 이혼하고 몇 년간 이것저것 했지만 직업이라 할 만한 것도 찾지 못했고 재혼도 쉽지 않았어. 코앞에 오십이 닥치니 절박하게 다시 인생을 시작하고 싶다는 생각이 들어서."

넌 잠자코 있다가 애는 없어? 조심스레 물었어. 나는 머리를 내젓곤 넌 애들이 다 컸지? 되물었어. 잠시 침묵하던 네 입에서 생각지도 못한 말이 나왔어.

"남매를 잘 키웠지. 주위에서 부러워할 정도로 아주 예쁜 애들이야. 아들은 삼 년 전 혈액암으로, 딸은 작년에 호수에서 카약 사고로 다시 우리 곁에 돌아오지 못했어. 둘 다 스무 살에."

나는 입을 다물지 못했고 아무 말도 못했어. 섣부른 위로는 가식이 되고 오히려 상처를 준다는 걸 알기에 "엄청나게 큰일을 겪었구나……" 혼잣말처럼 했을 뿐이야. 그제야 네 눈 밑에 드리운 다크서클이 보였어. 달려온 운명을 누군들 막을 수 있겠나. 너는 행복의 상징 같은 사람이었지만. 국회의원 아들인 인기 미남 아나운서는 만난 그날로 네게 반해서 결혼 때까지 하루도 안 만난 날이 없었다지. 우리 세대는 그 연애담을 부러워하며 친구에게 전하곤 했어. 신을 믿지 않는 내 입에서 하느님이란 말이 튀어나왔어.

"아이들은 하느님이 데려가신 거야. 스무 살이라니. 천사 같은 영혼은 빨리 데려간다더라. 세상에서 상처받고 흙터 생길까 봐. 업이 많은 인간들이 오래 살아. 업 닦으라고."

"정말 깨끗한 애들이야. 큰애가 병실에서 마지막 한 말은 하느님에게 먼저 가는 거니 슬퍼하지 말라, 였어. 그 애가 세상을 떠날 때 이백 명이 넘는 조문객이 줄을 서서 영전에 꽃을 바쳤어. 같은 스무 살에 여동생이 사고사를 당하니 오빠가 데려간 거라고 사람들이 말하더라. 위로의 말이지만 천국에서도 외로운 것보다 사랑하는 동생이 있으면 좋겠지. 둘이 우애가 깊어서 쌍둥이처럼 붙어 다녔거든. 그렇다고 생각하니 마음이 놓였어. 딸의 장례 때는 더 많은 조문객이 밀려와서 마치 축제 같았어. 우리는 슬퍼할 겨를도 없었어. 그걸 보고 친정엄마가 너는 참 잘 살았다고 등을 두드려주더라."

자식 잃은 부모 고통을 내가 상상할 수 없지만 너는 잘 극복한 것 같았어. 혹여 슬픔을 동정받을까 봐 의연하게 대처하는 거라면 자존심도 보기 좋았다. 고명딸로 부모 사랑 독차지하고 유복하게 자랐으니 그만큼 삶의 자세도 긍정적이겠지. 우리는 지방 소도시에서 태어나 서로의 집을 드나들며 함께 자랐어. 네 식구들은 아버지 병원의 단골이었고 엄마끼리 친구여서 우리 집에서 곧잘 점심을 먹었어. 돼지고기 수육이 접시에 가득 놓인 날 어린 네가 수육을 초간장에 찍어 채 썬 마늘과 음미하듯 먹는 걸 보고 오빠가 했던 말이 기억난다. 부잣집 딸이라 고기를 잘 먹는구나. 그래, 넌 학교에서 선생님을 비롯해 전교생이 알 정도로 부잣집 딸이었어. 방직공장 사장 딸인 네 집에는 국회의원이 선거 때마다 돈을 받으러 오고, 보리밥 도시락이 흔한 그 시절에 넌 늘 승용차를 타고 학교에 와 눈을 끌었지.

어릴 때 같이 자랐다지만 그런 외양 외엔 너에 대해 아는 게 없다고도 할 수 있겠다. 넌 중학을 졸업하자 서울로 이사 가서 예고를 들어갔어. 어릴 땐 피아노를 배웠지만 대학은 무용과에 들어갔어. 난 데모 한번 하지 않는 태평한 대학까지 아버지 병원이 있는 소도시에서 다녔지. 네가 무용과 졸업반 때 무슨 일론가 너희 집에 가서 생상스의 「서주와 론도 카프리치오소」를 들은 기억이 난다. 넌 졸업 작품의 안무곡을 고른다고 했지만 가슴에 파고드는 화려한 멜랑콜리의 선율이 너와 겉도는 것 같았어. 지금의 네 남편이 집에 와서 네 오빠들과 트럼프를 하던 것도 생각난다. 네 엄마가 바다 냄새가 스민 대게를 큰 쟁반에 담아 식탁에 올려놓던 것도. 너와 연관된 모든 장면이 따뜻한 난롯가의 정경처럼 떠오른다. 그 분홍빛 뺨의 르누아르 소녀를 이십 년 뒤 보루빌에서 만나다니.

사 년 전 10월

난 그때 절벽 끝에 서 있는 사람 같았어. 이혼한 지 구 년째 되던 해였지. 언젠가부터 늘 새벽에 눈을 떴고 눈뜨자 덮쳐오는 생각은 죽고 싶다는 거였어. 그와 동시에 생존본능이 일어나는지 누가 날 안아줬으면 좋겠어, 외로워, 하고 속으로 흐느끼는 거야. 난 혼자 살아서는 안 되는 사람이었어. 혼자 사는 일도 자격이 필요하다면 난 분명 자격 미달이야. 내가 의존적인 사람이라는 건 이혼 전부터 이미 알았어. 독립적인 사람이라면 그런 결혼 생활을 십 년이나 채웠을 리 없지.

거의 모든 한국인이 그러하듯 나도 결혼은 누구나 해야 하는 거라고 생각했어. 지금도 사랑의 꿈을 버리지 않고 있지만 인생이 공평하지 않다는 것, 인연이 인생을 좌지우지한다는 것, 누군가에게는 그것이 혼란의 심연을 보여주는 입구라는 걸 알게 되었지. 내가 전에 남편이라고 불렀던 남자, 지금도 수수께끼 같은 남자, 좋은 사람이면서 나쁜 사람이지만 구름처럼 잡을 수도 없고 실체가 없는 사람을 어떻게 설명해야 할까.

나는 먼 친척의 중매로 그와 선을 보고 세번째 만나는 날 결혼 신청을 받았어. 안경을 쓰고 큰 키에 건들건들 걷는다는 점만 눈에 들어왔을 뿐 수수한 인상이었어. 나와 같은 소도시 태생이지만 S대 상대를 수석으로 입학했다는 수재였어. 당시 우리 식구들을 사로잡은 건 그 잘난 학벌이었을지도 몰라. 엄마는 물론 그것이 나의 미래를 탄탄하게 해줄 거라고 믿었겠지. 여성인 나의 뇌도 그것이 적자생존에 유리할 거라고 간파하지 않았을까. 신혼여행은 제주도로 갔어. 서귀포의 호텔에 여장을 풀고 관광 코스를 둘러보고 나자 녹초가 된 기분이었어. 서로 샤워하라고 권하다가 내가 먼저 하게 됐고 나는 욕실에서 나오자 가벼운 기초화장을 하고 가운을 입은 채 침대에 앉아 협탁에 놓인 잡지를 들쳐보았어. 그도 가운을 걸치고 나오자 곧장 침대 내 옆자리에 나란히 앉았어. 난 자연스러운 분위기를 만드느라 많이 걷지도 않았는데 다리가 꽤 아파요, 하곤 내 종아리를 주먹으로 문질렀어. 그저 시늉에 불과했지만 아무 소리가 없길래 그를 흘긋 보았어. 그는 안경을 쓴 채 내 발 쪽을 뜯어보듯이 시선을 고정시키고 있었어.

그제야 그가 내 둘째 발가락을 보고 있다는 걸 알았어. 다른 사람들보다 한마디는 더 길어서 여름에 샌들을 신으면 단연 눈에 띄지. 외양에 남달리 예민한 여자아이들이 반드시 짚고 넘어가는 발가락. 대학 친구 하나는 괴상한 발가락 때문에 복이 달아난다고 수술을 권하기도 했어. 언청이 같은 기형도 아닌 걸 여름 한철 샌들을 신기 위해 수술까지 하라니. 그 발가락을 신혼여행 온 남자는 혹이라도 달린 듯 뚫어지게 바라보는 거야.

눈이 마주치자 그가 헤벌쭉 웃었어. 남의 결함을 발견한 것이 미안해서인지 모르지만 그 웃음이 싱겁다는 생각이 들었어. 그와 동시에 불이 꺼졌어. 그가 등을 꺼버린 거야. 어둠 속에 침묵이 고였고 그가 침묵을 거두듯 가운을 벗어 던지며 침대 속으로 들어갔어. 난 발가락을 웅크린 채 첫날밤을 치렀어. 무언지 모를 두려움에 숨을 죽이고. 그 후 다시는 그에게 맨발을 보이지 않았어. 십 년 동안 말이야.

참 이상하지. 그 짧은 순간의 눈빛을 떠올리면 바라본 나와 그 사이에 아득한 거리가 생긴다. 그때나 지금이나. 신혼여행에서 돌아와 석 달까지는 그런대로 일상을 유지했어. 하룻밤 집에 안 들어온 적이 있지만 밤새 술을 마셔서 인사불성이 됐다는 말로 넘어갔어. 휴대폰 같은 건 없을 때니까 연락할 방법도 없어.

두 번 세 번 그런 일이 이어지자 이삼 일 안 들어오기도 했어. 밤새 기다리다 아침에 회사로 전화하는 것이 고작 내가 할 수 있는 일이었어. 출근했어요? 물으면 응, 한마디로 끝이야. 회사 전화라 나도 더 이상 말 못하고 퇴근 후 들어오기만 기다렸지. 들어와도 아무 말이 없어. 억지로 말을 끌어낼 수도 없고 나는 회오리바람 속을 맴도는 듯했어. 하루는 시댁에 가서 시어머니에게 말했더니 "걔가 아직도 그러니. 고등학교 때부터 툭하면 집 나가서 며칠 뒤 돌아오고 했어. 그래도 늘 일등 하니까 내버려뒀지" 하더라. 시아버지가 무직이라 시장에서 메리야스 도매점을 했던 시어머니는 공부 잘하는 삼 형제만 보고 살았어.

십대 때부터 버릇이라는 남편의 외박 병은 급기야 회사까지 무단결근하는 사태로 이어졌어. 두 번이나 퇴사하고 나중엔 외삼촌의 유리회사를 인계받아 운영했지만 삼 년도 못 가

다른 사람에게 넘어갔어. 집에는 외박, 회사는 무단결근으로 일상은 헝클어진 실타래가 되었어. 그는 도대체 어디로 가는 걸까.

홍신소에 알아볼 수도 있지만 사실이 두려웠어. 시어머니에게 넌지시 물으니 "공원이나 빈 건물, 어디든 노숙하는 거겠지." 별일도 아니라는 듯 덤덤히 말했어. 바람을 피울 위인은 아니니 그건 걱정 말거라, 라고 오히려 나를 안심시키려 했어. 그녀의 아들은 모태 방랑자인가. 세상에 매이지 않는 자유인인가. 규율에 책임지지 않는 망아지일까.

이런 말만 하면 그가 무책임하고 나쁜 사람 같지만 그렇지도 않아. 생활비는 차질 없이 주었어. 어느 땐 범생이 남편처럼 내가 좋아하는 과일을 백화점에서 사 오기도 했지. 갈지자 행보를 구속당해서 잘 타지 않는 승용차는 저절로 내 몫이 되었어. 나의 자유를 제한한 적도 없어. 친한 친구 어머니 초상 때 지방에 하루 다녀오겠다고 하자 흔쾌히 가라고 했어. 결혼하고 사 년 만이야. 그 뒤로 떠보듯 제주도나 어디든 여행 가겠다, 해도 그러라고 하곤 더 이상 묻지 않았어. 돌아와 보면 침대는 내가 정리해둔 그대로야. 나의 방랑벽이 생긴 건 이때부터였어.

기다림에 지치고 무책임에 분노하다 포기하기에 이른 것은 나의 무능을 절감했기 때문이란다. 이혼을 생각하지 않은 건 아니지만 이혼 뒤의 일이 감당되지 않았어. 혼자 살아가는 것 말야. 내가 할 줄 아는 것이 하나도 없다는 생각이 들었어. 난 못 하나도 제대로 박을 줄 몰라. 올봄에도 원하는 크기의 테이블을 인터넷으로 주문했으나 뒤에 보니 조립을 해야 하는 거였어. 결국은 계절이 바뀌고야 아파트 관리인에게 담뱃값을 주고 부탁했지. 혼자서 일상의 그 많은 것들에 부딪치느니 유령 같은 남편이라도 옆에 있는 것이 낫다고 결론지은 이유야.

미루고 도피해도 막다른 골목과 마주치는 건 필연적이야. 전국을 휩쓸고 홍콩과 방콕까지 헤매고 다녀도 뻥 뚫린 가슴은 채워지지 않아. 뿌리 없는 삶에 나는 메말라 시들어가는 것 같았어. 미루고 외면하다 목구멍까지 숨이 차올랐을 때야 유령 같은 남편 곁을 떠났어. 그것이 사는 방법이라는 걸 몸이 가르쳐주었어.

성년이 되어 당연한 듯 가정을 갖고 새로운 삶을 시작하려 했지. 평범한 꿈이었으나 헛되이 기다리는 모욕감에 망가지면서 불안정이 나의 기조가 된 것 같아. 이혼 뒤 호구지책으로 한 아동도서 전집 세일즈는 반년도 못 채우고 끝났어. 전공한 불문학은 교사 시험에 거듭 떨어지자 무용지물이 되었지. 옷가게도 해봤고 원나잇 스탠드도 했어. 살을 부딪치며 내가 살아 있다는 걸 느끼고 싶었지만 새벽에 눈을 뜨면 낯선 얼굴을 수건으로 덮어버리고 싶었어.

내 긴 둘째 발가락에 발 가락지를 채워줄 남자는 세상에 없는 듯했어. 어릴 때 아버지는 "희야 발가락엔 버섯이 피었구나" 하고 쓰다듬었지만 문밖을 나서면 남의 눈을 찌푸리게 하는 흉물일 뿐이야. 한 시인의 시 구절처럼 "눈밭에 덜 미끄러지도록 겨우 발가락 하나 길어졌을 뿐"인데. 도망치듯 이른 아침 모텔을 빠져나와 걸어가노라면 내 얼굴에 바다표범 기름이 눈물처럼 흘러내리는 듯했어. 에스키모들이 슬픔을 표시하는 방법으로 얼굴에 바른다던 바다표범 기름.

보루빌로 간 건 오십 문턱을 앞두고서야. 텔레비전에서 보루빌 공동체 다큐를 봤어. 삼십여 개국 사람들이 인습이나 고정된 규율에 매이지 않고 국적을 초월하여 자유롭게 산다니 눈이 번쩍 뜨였어. 이런 곳이 지구상에 한 곳은 있어야 한다는 모토로 오십여 년 전에 세워졌다니 구원을 받은 듯했어. 너무 뒤늦게 알았다고 한탄하며 나는 인도 남부로 향했어. 나는 구름이 아니라 나무처럼 뿌리 내려 그늘이라도 이루고자 했고 공동체를 숙주로 자신을 꾸려가고자 했어. 인간에게 덧없이 의존하지 말고 이념의 공동체를 동지로 삼자고. 결국 이념과 현실이 다르다는 걸 거기서 보고 말았지만. 누군가는 떠나간 정부 집에 불을 지르고 누군가는 본국에서 편지 한 통 받고 부엌 천장에 줄을 걸어 목을 매었어.

넌 여기서 만난 사람들이 추방자들 같다고 했지. 태어난 나라에서 주어진 삶에 적응하지 못하고 인도 오지까지 갔으니 나도 추방된 자인지 모르겠다. 소시민의 일상으로부터 추방, 사랑의 꿈으로부터 추방. 이제 나는 스스로 추방됐어.

그런데 넌 왜 이 오지의 공동체를 방문했니. 바이올린 케이스도 액세서리처럼 들고 햇살이 부서지듯 웃던 너, 혼숫감을 두 트럭에 실어 보내고 티파니의 목걸이를 반짝이며 예식장에 들어서던 너, 행복의 상징이었던 그 윤공주가 풍요의 나라에서 파라다이스를 찾아오다니.

문득 우리가 머물렀던 '레인디어 게스트 하우스(Reindeer Guest House)'란 이름이 떠오른다. 무더운 열대의 숙소에 유목지대 동물 이름을 붙였을까. 게스트 하우스 주인이 러시아인인지도 모르지. 아님 여행자가 순록처럼 지나가라고. 순록이란 명사가 내가 기억하는 시 한 편을 입가에 맴돌게 하는구나. 넌 계산기만 끼고 앉아 책이라곤 읽지 않으니 전생을 일깨워주는 먹먹한 시를 들려줄게.

—나는 굵은 점선을 볼 때마다 순록 떼가 생각난다.

꼭 자기 몸집만 한 업보를 짊어지고
화석처럼 얼어붙은 강을 건너는
種이 있다
가는 다리에
가죽은 그리 쓸 만하지 않지만
種은 여기서
근근이 수만 년을 존속했다

눈밭에 덜 미끄러지도록
겨우 발가락 하나 길어졌을 뿐

오래전 배운 재주 그대로
그들은 눈발을 건넌다
한지 위에 떨어뜨린 핏방울처럼
그들이 찍어놓은 방점은
질기게 이어진다.

뭔가 새로운 일이 있을 거라고
내일을 기원하던 웅성거림이 모여
수만 년이 흘렀다.

그들은 호르몬에다
한을 새겼지만
신은
귀 기울여주지 않았다.

툰드라.*

* 허연, 「툰드라」, 『오십 미터』(문학과지성사, 2016).

'얼어붙은 강을 건너는 種' 순록 떼, 내게 탄식과 환희를 동시에 주었던 이 시. 혹시 우리가 만난 곳이 툰드라가 아니었나.

발 없는 새

요즘은 그런 일이 거의 없지만 옛날엔 아침부터 뜬금없이 멜로디가 입에서 흘러나와 종일 맴돌곤 했다. 어느 날은 「렛 잇 비」가 어느 날은 「세노야」 등, 생각지도 않은 노래들이 튀어나왔다. 또 한 날은 부활의 「사랑할수록」이 자꾸 입가에 맴돌았는데 영서는 누군가와 커피숍을 나서면서 "저 언덕 너머 거리엔" 가사를 흥얼거리다 머쓱했던 적이 있다. 공적인 일로 만난 사이여서 더욱 그러했다. "예전 모습 그대로 서 있을 것 같은 사람"도 없으면서. 이렇듯 특정 곡이 제 의지와 상관없이 입에서 반복되면 그날의 주제가 되었다.

이와는 좀 다르지만 한 단어에도 순간 필이 꽂히면 마치 숙제처럼 종일 생각이 고리처럼 이어진다. 지난가을 우연히 잡지를 들춰보다가 '순지의 식탁'이란 화보가 눈에 들어왔다. 어느 지역 풍경과 함께 특산물까지 소개하는데 그 지역에서 만든 인스턴트 쌀국수를 순지의 요리처럼 화보에 내놓았다. 투박하면서 기품 있는 갈색 도자기 그릇, 면 위에 부케처럼 얹혀 있는 노란 국화 세 송이, 리넨 식탁보 위에 정물화로 놓인 수입 망고 두 개와 칠기 수저.

이천 원의 인스턴트 국수도 연출만 하면 고급 레스트랑 식사가 된다는 건가. 순지는 늘 그런 식으로 분위기만 내고 고가의 수입을 챙긴다. 갖가지 색의 삼각 천을 문양처럼 드문드문 박은 천연 염색 모시 커튼을 창 앞에 늘어뜨리고, 골동이 된 다듬잇돌을 집 안에 배치한 인테리어로 책도 출판했다. 호경제의 잉여로 외양에 눈 돌리는 중산층 욕구를 감지한 덕분에 손에 물 한 방울 튀기지 않고 어엿이 프로가 되었다. 잉여의 분위기로 말이다. 유명의 허명인가.

그날 집힌 잉여란 단어 때문인지 십오 년 전 영서가 도서관에 근무한 첫해가 퇴근길에 떠올랐다. 소도시의 텅 빈 대출실에 앉아 아침부터 책을 읽으며 시간을 보낼 때면 신선놀음인가 싶었다. 교수이며 베스트셀러 '문화 기행'의 저자는 "길은 감포 가는 길로 가고 싶고, 사서라면 시골의 공공도서관 사서가 되고 싶다"는 글을 썼다. 업무가 단순했던 그때만 해도 그가 동경하는 시골 도서관 같았다. 공무원으로서 첫 직장이라 이렇게 편히 근무하면서 월급을 받아도 되는 건가 과다한 양

심의 반문을 하기도 했다. 책을 많이 읽는 만큼 사서의 소양도 쌓았지만 도서관의 사회적 기능과 행정이 늘어나면서 초심자의 마음이 사라졌다.

이날도 출근하여 시민을 위한 인문학 강좌 프로그램을 짰다. 5월 마지막 주 나흘간 열리는 문화 행사의 주제는 '변방에서의 정체성'으로 정했고, 각 분야별로 강사를 찾았다. 신라의 천년 수도였다가 고려 때부터 변방으로 퇴락해간 고도의 특성에 맞추었다. 영서처럼 근무지를 자원한 경우도 있지만 발령받은 외지인은 물론 토박이도 소도시에서의 삶에 박탈감을 보이곤 했다.

이곳 한방 대학병원에서 처음 진료받을 때가 생각난다. 젊은 한의사가 능숙하게 침을 놓으며 경주 생활을 좋아하느냐 물었다. 조용해서 만족한다고 하니 그는 머리를 흔들었다. "피가 끓어요." 비어 있는 폐허의 유적지를 거닐며 '피로사회'에서 잃어버린 나를 돌아보기엔 젊음의 피가 너무 뜨거웠을까.

수서한 책 한 권을 빼 들기 전엔 여느 날과 다름없는 하루였다. 사무실에 가서 볼일을 보고 돌아오니 정리실에 북 트럭 두 대가 놓여 있었다. 보름마다 주문하는 책이 들어왔다. 북 트럭 아래위로 신간이 빼곡히 꽂혀 있고 장비 담당 현주 씨가 컴퓨터 작업을 하고 있었다. 영서는 습관적으로 신간들을 훑어보았다. 새 책이 들어오면 표지라도 봐야 한다. 위 칸에 꽂힌 책등에서 영서는 눈을 사로잡는 활자를 이내 발견했고 그 특별한 이름을 보자 반사적으로 책을 빼냈다. 張國榮. 흰 하드커버 표지엔 그의 얼굴이 동전 크기로 박혀 있었다. 그 위에 『그 시절 우리가 사랑했던 장국영』이라는 제목이 쓰여 있었다.

영서는 책을 들고 자리로 가 앞장부터 들춰보았다. 서문을 속독으로 읽으니 장국영의 열렬한 팬인 영화 담당 기자가 장국영 십 주기를 맞아 홍콩서 취재하여 쓴 책이었다. 무심히 수서했지만 2003년 4월 1일 홍콩에서 들어온 외신을 영서는 물론 기억하고 있다. 장국영이 사십칠 년의 생을 만우절에 마감한 것을. 그때 영서는 서른일곱이었고 홍콩 영화를 보며 청춘기를 보낸지라 그 세대의 한 아이콘인 장국영의 죽음과 함께 '우리의 젊음'도 마감된 것을 알았다.

며칠 뒤 영서는 북경에 전화했다. 남편은 박사논문 준비 중이었고 중국에 퍼진 사스로 모든 학교가 휴교 상태였지만 대학 기숙사에 남아 있었다. 영서는 사스가 가라앉을 때까지 한국에 나와 있으라고 했지만 "김치 먹는 한국인은 사스에 안 걸린다더라. 걱정 말라"고 했다. 그 소문에 중국인도 김치를 사는 통에 마트에 김치가 동이 났다고 남편은 힘주어 말했다. "그래도 와야 되잖아." 영서는 그 말을 하다 갑자기 목이 메어 친정엄마에게 수화기를 넘겼다. 육 년째 떨어져서 잘 견뎌왔는데 외로움이 북받친 것일까. 장국영 여파인지도 모른다.

남편은 그것도 모르고 논문 얘기만 했다.

책을 훑어보다 「아비정전」 스틸 사진에 시선이 머물렀다. 오른 페이지엔 그 유명한 맘보 춤 장면이 아홉 컷 실려 있고 왼 페이지 여백엔 아비의 대사만 네 줄의 푸른 고딕체로 섬처럼 떠 있었다.

세상에 발 없는 새가 있다더군.
날아다니다가 지치면 바람 속에서 쉰대.
딱 한 번 땅에 내려앉는데
그건 바로 죽을 때지.

발 없는 새…… 대사를 읽으니 생모를 만나러 필리핀에 갔다가 발길을 돌려야 했던 아비의 뒷모습과 삶의 진창에서 걸어 나와 참담한 눈빛으로 인력거에 앉아 있던 「패왕별희」의 여장 남자 데이가 생생히 떠올랐다. 옷깃에도 묻어 있는 공허와 절망, 그 밑에 깔린 두께를 알 수 없는 슬픔과 고독. 그는 아비 자체, 데이 자체 같았다. 호텔 창으로 몸을 던진 그 자기해체의 절망은 속옷 바람으로 홀로 맘보 춤을 추는 아비의 나르시시즘과 어떤 연관이 있을까. 나르시시즘의 극단에는 더 이상 세상과 화해할 수 없는 절해고도의 자아가 죽음의 얼굴로 웅크리고 있었던가. 이십여 년을 의연하게 동행했다는 동성의 연인조차 외면하고. 사랑도 구원이 될 수 없었나.

영서는 열시가 넘어 두 직원과 함께 남산으로 출발했다. 조경학과 명예교수로 이십 년 전 퇴임한 신재호 박사의 소장 전공서를 이날 기증받기로 했다. 지방대학 생명과학과 교수인 사위가 도서관장의 지인에게 한 달 전부터 장인의 기증 의사를 전했다. 신 박사는 노환으로 병원에 입원 중이었다. 사위는 어제 장인의 거처에 내려와 기증 증서를 받고 기념 촬영도 했다. 전공 관련서가 잡지까지 합쳐 이천여 권이라지만 소장 가치가 없는 책은 도서관에서 가져갈 수 없다고 알렸다. 사위는 건질 만한 육백여 권을 공식적으로 기증하고 나머지는 도서관에서 처리해주기를 당부했다.

화창한 4월 중순이었다. 여느 해보다 기온이 높아 벚꽃이 일찍 만개했고 며칠 전 비가 와서 시내엔 꽃이 거의 졌다. 남산 쪽 벚나무 가로수에는 채 지지 않은 꽃들이 아른하게 매달려 있었다. 포석정을 지나 솔숲 사이로 난 오솔길로 들어서니 왼편에 허름한 집 한 채가 나무 울타리 안에 묻혀 있었다. 그 앞을 지나자 샛길이 양 갈래로 나뉘었다. 왼편엔 힐링캠프란 푯말이 붙어 있고 오른편은 밭을 지나 소나무가 늘어선 오르막길인데 이 주사의 스타렉스가 솔숲으로 들어섰다.

남산으로 가는 길이라 민가가 없을 듯하지만 차에서 내리니 이내 창고용 간이 막사가 보였다. 노란 영춘화가 피어 있는 뜰 안쪽으로 내려서자 컨테이너가 눈에 들어왔다. 차양을 단 컨테이너 앞에 간이 탁자와 비닐이 뜯어진 의자가 놓여 있었다. 컨테이너 창틀과 문 옆에 낡고 부러진 우산들이 몇 개나 걸려 있고 허공에 붙박인 원형 빨래걸이엔 양말 두 짝이 매달려 있었다.

사람이 사는 건가. 가스통과 고무통, 헌 장갑과 모자, 금이 간 안경 등이 여기저기 널려 있는 풍경은 어수선했다. 컨테이너도 두 개가 나란히 설치되어 있고 겨울철 보온을 위해 철제 벽면에 씌워놓은 덮개가 반은 떨어져 나가 너덜거렸다. 아무 정보 없이 이곳을 발견했다면 고물 장수의 거처로 짐작했을 거다. 남산이 다가서는 마당을 등지고 살림집만 본다면 조경이란 단어와 어울리지 않는 정경이었다. 사위에게 기증 증서를 전하러 어제 와본 이 주사에게 "여기 맞아요?" 하고 영서가 묻는데 한 남자가 마당으로 걸어왔다.

"아, 도서관에서 나오셨죠."

붉고 큰 얼굴에 비해 눈이 작고, 팽팽한 와이셔츠 안의 몸집이 다부져 보이는 중년 남자였다. 이 주사가 자기소개를 하자 "저는 신 박사님 사위와 친구 됩니다" 하고 명함을 내밀었다. '요나 힐링센터 원장 김관주. 동방합창단 단장.' 태권도 사범 같은 인상이지만 목소리가 우렁차서 성가대원인가 보다 생각했다. 교회 집사일지도 모른다. 힐링센터 원장이 컨테이너 문을 열었다.

"박사님이 올 2월 갑자기 입원하신 뒤 여기 땅을 제가 관리하고 있어요. 전부 인수했거든요. 요 앞에 있는 힐링센터도 몇 년 전 박사님 사위를 통해 매입했죠. 여기도 곧 힐링캠핑장 작업에 들어갑니다."

언젠가부터 부쩍 사용하는 힐링이란 단어. 치유도 유행이 될 수 있는 건가. 힐링센터 원장은 땅 소유자로서 모든 권한을 인계받은 듯했다. 그를 따라 신을 신은 채 안으로 들어가니 한낮인데도 실내가 어두웠다. 컨테이너의 절반은 문을 달아 방으로 사용한 듯하고, 서재의 세 벽면에 설치된 여섯 단 앵글 책꽂이엔 책이 천장 아래까지 들어차 있었다. 방문 앞에서 있던 영서는 무심히 방 안을 들여다보았다. 구식 장롱과 책상, 오래된 티브이가 놓여 있고 몇 벌의 바지와 스웨터, 낡은 점퍼가 무더기로 침대 겸용 소파 위에 쌓여 있었다. 그 공간을 빼면 겨우 한 몸 움직일 만했다. 가족과 떨어져 박사님은 언제부터 이렇게 혼자 살았을까.

실내에서 맨 먼저 눈에 들어온 것은 시계였다. 윗단 앵글엔 둥근 벽시계가 여섯 개나 걸려 있고 선반과 문 위, 책상 위에 각기 놓인 뻐꾸기시계 네 개도 눈에 들어왔다. 작은 탁자 위에는 둥근 벽시계 세 개가 포개져 있고 벽에 나란히 걸린 팔각형, 사각형 시계까지 눈으로 세어보니 모두 열일곱 개였다. 영서는 스마트폰을 꺼내 시간을 보았다. 열시 오십분. 서재의 시계들은 지구상의 다른 나라인 듯 저마다 다른 시각에 멈추어 있고 문 위에 걸린 뻐꾸기시계만 현재 시각을 가리키고 있었다. 컬렉션이라기엔 너무 평범한 시계들. 검소 절약이 몸에 밴 구세대라 기념행사의 선물로 받은 것들을 우산처럼 쌓아둔 건지 모른다. 벽면 구석엔 '광명석유' 광고가 박힌 1월 달력이 붙어 있었다. 1월까지는 이 살림방에서 주인이 거처했나 보다. 원장이 서두르듯 말했다.

"이 책들 전부 가져가실 거죠? 컨테이너도 치워야 하거든요."

"일단 육백 권 추리겠습니다. 상태가 좋은 책만 기증받기로 박사님 가족과 협의했어요."

"나머지도 도서관서 처리해주세요. 남은 걸 불쏘시개 할 수도 없고."

"나머지까지 저희가 처리합니다."

가족도 새 주인도 애물단지나 되듯 책을 처분하려 했다. 필요치 않은 사람에게 책은 자리나 차지하는 성가신 짐일 뿐이다. 힐링센터 원장이 밖으로 나가자 현주 씨가 이 주사와 영서에게 면장갑을 주었다. 꽂힌 책들의 팔십 프로가 조경·원예식물에 관한 일본 서적이었다. 원예학 전공의 책 주인은 동경 유학생 세대이다. 누렇게 바랜 책들은 한눈에 둘러봐도 출판연도가 오래된 책들이었다. 책 위엔 먼지가 쌓여 있고, 천으로 제본한 밤색 표지의 책등은 삭아서 헝겊이 뜯어져 있었다. 책이 꽂힌 선반 앞 공간엔 십 원짜리 옛 동전이 가득 찬 드롭스 통, 명함, 고무밴드로 묶은 사등분된 전단지, 안티푸라민과 영양제 센트룸이 놓여 있었다. 세 묶음의 전단지는 뒷면의 백지를 메모지로 쓰려고 자른 것이다. 손자로 보이는 아이의 사진과

2007년 개근상 상장이 그나마 생기와 온기를 띠고 있었다.

세 사람은 반듯한 책들을 골라 무더기로 내려놓았다. 책에는 이력이 난 사서들이라 오래 걸리지 않아 육백 여권의 책을 골랐다. 남자인 이 주사가 가지런히 책을 쌓아 올려 밴딩기로 묶었다. 창으로 비치는 햇살에 먼지가 회오리치듯 빨려가고 영서는 문 입구로 물러나 마스크를 벗었다. 창의 프레임 안에 박힌 남산과 뜰의 나무가 그제야 눈에 들어왔다. 영서는 자라나는 감나무 새잎들을 보며 색이 짙지 않고 연둣빛이 더 나서 단감나무라고 단정했다. 청도 시가에서 늘 보던 단감나무.

창밖에는 온 생명이 물을 올리는데 컨테이너 서재에는 고장 난 뻐꾸기시계들과 묵은 은행통장, 버림받은 책들만 쌓여 있었다. 봄의 변방이었다. 노주인은 시간의 변방에서 달려가는 시침처럼 순간순간을 살고자 했는지 모르지만 영원한 은신처는 없지. 육체는 구순의 문턱에서 닳은 톱니처럼 고장 났다. 자식과 떨어져 홀로 컨테이너에 살면서도 박사님은 왜 무용해질 전공 서적을 진작 처리하지 않았을까. 죽는 날까지 놓칠 수 없는 최후의 보루였나. 꺼꾹, 난데없이 뻐꾸기 소리가 울려 시계를 보니 열두시 이십분이었다. "쟈가 미쳤나." 이 주사가 포장을 마무리하다 너털웃음을 지었다. 아닌 게 아니라 뻐꾸기 소리가 딸꾹질 같아서 심심한 뻐꾸기가 장난을 치는 듯했다.

밖으로 나가서 영서는 뜰 앞의 느티나무 아래에 섰다. 안쪽의 컨테이너 앞에는 작은 때죽나무 세 그루가 나란히 서 있었다. 자세히 보니 가지치기가 되어 나무가 단정했다. 노학자가 입원하기 전 손질했나 보다. 풀들이 여기저기 깔려 있는 마당은 훤하게 드러나 있고 그 한가운데에 곧게 뻗어 자란 느티나무 한 그루가 우아하게 서 있었다. 드넓은 마당에 느티나무를 심은 것은 적절해 보였다. 그늘을 드리우기 위해 심는 나무였다. 원예학자의 뜨락은 다르겠지. 뜰 맨 안쪽에 철망을 둘러 만든 꽤 큰 개집은 비어 있고, 그 옆으로 대지의 경계선을 따라 울타리 겸 탱자와 사철나무, 등나무, 팽나무, 은행나무들이 심어져 있었다.

서편 가장자리를 걸어가며 나무들을 둘러보다가 모서리를 돌았다. 컨테이너 앞으로 펼쳐진 마당과 그 위쪽 둔덕의 경계에 심어진 수종은 매화와 살구나무, 뽕나무처럼 열매를 먹는 과실수이거나 불두화, 배롱나무처럼 꽃이 화려한 나무였다. 뺄 같은 배롱나무 줄기를 만져보다 언뜻 위를 올려다보니 거대한 눈송이가 허공에 쏟아지고 있었다. 4월에 내리는 눈이라니. 눈이 시려 안경을 고쳐 쓰니 그건 봄볕에 부서지는 수백 송이의 산목련이 아닌가. 환영처럼 꽃을 쏘며 생시에 서 있는 거목들을 세어보니 아홉 그루였다. 무연한 하늘에 산화하는 꽃의 폭발음이 적요를 가르고 파장을 일으켰고 순간 가슴에서 무언가 빠져나가 영서는 허물처럼 서 있었다. 그건 나비, 굶주린 허무의 나비였다.

"박 여사, 박영서 씨."

등 뒤로 부르는 소리가 들려 돌아보니 분관의 김 계장이다. 오전에 남산으로 출발하기 직전 그가 전화했다. 신 박사에게 기증받은 책을 다시 보고 싶다고. 영서가 지금 출발한다고 일러주니 그는 두어 시간 뒤에 가겠노라 했다. 김 계장의 관심은 육백 권을 빼고 남은 책이었다. 책 인계 소식을 전해 듣고 김 계장은 이미 지난 주말 이곳에 다녀갔다. 자타가 인정하는 애서가이니 얼마나 궁금했을까. 사서가 책을 사랑한다면 당연시하겠지만 김 계장의 경우 유별나다고 할 수밖에 없다. 도서관 공간이 한정되어 해마다 두 차례 오래된 책들을 골라 서가에서 빼는데 그것이 안타까워서 목록을 보며 이건 빼지 마라 저것도 좋은 책이다, 제지를 했다. 헤밍웨이 책도 대출자가 없어 미국의 도서관 서가에서 사라진다는데 하물며 낡은 책을 어쩌랴. 책에 대한 애착도 시인 기질일까. 김 계장이 전부터 혼자 시를 쓰고 있다는 건 알 만한 사람은 다 알고 있었다. 김 계장이 옆으로 다가와 넌지시 말했다.

"포장한 것 말고 다 버리는 건가. 나머지 책 필요 없는 거지요. 내가 가져가도 되지요. 분관에 갖다 놓든 고물상에 팔아먹든 상관없는 거지요."

"마음대로 하세요. 다는 못 가져갈 테니 나머지는 폐지 장수 불러서 처분하면 돼요. 여기 땅 새 주인도 책들 다 처분해 달라고 신신당부했어요."

"알아서 할게요. 왜 박사님 가족은 평생 모은 귀한 책을 헌 짚신 버리듯 하나. 사위는 생명과학과 교수라면서 식물 관련 책들을 귀하게 생각 안 하나. 딸은 와보지도 않고 남편한테 다 맡기나. 내 자식이 저런다면 어째야 하나. 아니, 내 생각이 잘못된 거야. 돈도 안 되는 고리짝 같은 서책, 당연히 버리는 거지. 애석해하는 내가 이상한 거지."

또 시작이다. 책 자체를 애호하는 진정한 사서이며 무언가에 늘 가슴 저리는 진정한 감성의 인간이지. 그 진정성에 알코올이 들어가면 같은 말이 되풀이되는 동영상을 펼치고, 시외곽 소도서관에 근무할 땐 술이 덜 깬 얼굴로 출근해도 코묻은 아이들을 보면 데려가서 짜장면을 사주곤 했다. 영서는 도서관이 있는 보육원은 없나 찾아보라고 권했다. 김 계장이 오늘 영서처럼 장국영 십 주기 책을 보았다면 고독한 스타가 지상을 떠난 4월에 또 한잔 소주를 걸칠 것이다.

김 계장이 실컷 책을 고르도록 놔두고 본관의 사서들만 남산에서 돌아왔다. 늦게 먹은 점심이 체했는지 영서는 속이 좋지 않았다. 잠시 일손을 놓은 채 서고에 들어온 원예학자의 책을 훑어보았다. 정리는 시간이 걸릴 테지만, 기증 책을 고를 때 제목도 볼 틈이 없었다. 원색도감 원예식물, 造園의 역사, 農의 미학, 공간의 경험, 일본 원색 잡초도감, 樹木, 사료작물 생태학, 庭園 死……

영서는 십자로 묶은 끈을 벌려 『일본 원색 잡초도감』을 꺼냈다. 첫 장을 들추니 오른편 위 여백에 찍힌 네모 도장이 눈에 들어왔다. 申齋昊. 소장자 이름이 찍힌 장서인이었다. 낙관처럼 멋진 예서체의 붉은 도장이 책에 무게를 더하는 듯했다. 천천히 페이지를 넘기니 서문과 목차가 나오고 25페이지부터 쇠뜨기를 시작으로 잡초 이름과 그림, 설명이 붙어 있었다. 페이지마다 양쪽으로 네다섯 개의 잡초 명이 나오는데 어디를 들추어도 일본어 표기 밑에 줄을 긋고 옆에는 일일이 '꿩이밥' '나도생강' 등 한글 이름을 달아놓았다. 사전식 나열이 끝나는 351페이지의 타래난초까지 빠짐없이 한글 이름을 써놓아 놀라웠다. 줄잡아서 친삼백여 개 잡초의 이름을 써놓은 셈이다. 원예학자의 철저한 공부였다.

이번엔 옆에 놓인 책 묶음에서 『원색도감 원예식물』을 빼냈다. 한 손으로 들 수 없을 만큼 크고 묵직한데 첫 페이지엔 역시 도장이 찍혀 있었다. 제목과 '재판을 펴내며'가 서문처럼 쓰여 있고 이어 무희의 치마처럼 대담하고 화려한 원색 식물 그림이 펼쳐졌다. 양 페이지 모두 절반은 꽃 그림으로 채워져서 책을 펼치면 꽃들이 글자를 감싸고 만발해 있는 형상이었다. 세상의 꽃이란 꽃은 다 모여서 육백 페이지가 넘는 책은 마치 우기의 밀림을 품고 있는 듯했다. 극락이 여기 있었다. 천상의 넝쿨이 그네를 뛰었다. 진시황이 찾던 불로초도 평범사(平凡社)의 이 마법 속에 잠자고 있을 것 같았다. 원예학자는 마음의 투시원장(透視垣牆)으로 무릉도원을 드나들었다. 환히 보이는 낮은 담? 주인이 책에 꽂아둔 달력 뒷면의 조각 메모지에는 원서에서 본 한자를 공부한 흔적이 있었다.

透視垣牆. 垣 : 담 낮을 원, 牆 : 담 장 = 墻

아프던 명치도 어느새 풀렸으나 영서는 한 권만 더 보기로 했다. 『庭園 死 데스』란 제목이 호기심을 끌었다. 직역하면 '정원에서 죽다'이지만 그런 뜻이 아닌 것 같다. 정원에 목숨을 바치다, 전력을 다하다, 그런 뜻이 아닐까. 일본다운 제목이 아닌가. 책을 들추니 교토의 수학원(修學園), 나라의 자광원(慈光園) 등 유명한 정원 사진이 나뭇가지 하나도 살아 있는 듯한 뛰어난 인쇄술로 눈을 사로잡았다. 이십 년 전 출판된 책 저자의 서문부터 보니 중간 문단에 붉은 줄이 쳐져 있었다. 영서는 짧은 실력으로 더듬어 읽었다.

"고대의 귀족들은 정원들을 바라보며 내세를 상상하였다. 사막 지역에 조성된 이슬람의 물의 정원도 그러한데 감미로운 쾌락과 같은 조용한 죽음이 다가오는 것 같다. 알함브라 궁전의 아름다움은 시간을 멈추게 하는 듯한 전율을 준다."

자연을 재단하여 문명을 만들고 그 속에서 탐미적인 죽음까지 교감하는 인류. 노원예학자도 정원에서 감미로운 쾌락과 같은 조용한 죽음이 다가오기를 기다린 것일까. 목련나무 뿌리를 베개 삼아 눈송이처럼 떨어지는 꽃을 맞으며. 장서가는 오십 리마다 이정표를 세우듯 50, 100, 150페이지에 어김없이 인장을 찍어놓았다. 세 권이 같으니 그의 모든 책이 그럴 것이다. 책을 덮기 전 무심히 맨 뒷장을 펼치니 반으로 자른 전단이 세로로 끼워져 있었다. '입시 미술은 미술과 다릅니다.' 미술학원 광고문인데 무슨 뜻인지 알쏭했다. 전단 뒷면을 흘긋 보니 누렇게 바랜 신문 기사가 붙어 있었다.

'자식에게 부담 주는 노년기 10대 질병과 예방법'

그 밑에 누구나 상식으로 아는 병명들이 나열되어 있고 기사 중 정기적인 뇌동맥 검사, 근력운동, 친구와 어울리기, 긍정적 마음 갖기 등에 빨간 줄이 그어져 있었다. 맨 밑의 종이 여백에는 귀뚜라미 보일러 AS 대리점 전화번호와 1월 14일의 지출이 적혀 있었다. 회덮밥 2人 14,000, 딸기잼 6,750, 회충약 2,000.

퇴근을 십 분 앞두고 김 계장이 메일을 확인하라는 전화를 했다. 시인은 아날로그식을 고수하겠다며 계속 알뜰폰을 사용하고 그뿐 아니라 아직까지 문자 보내는 법을 모르고 있었다. 19세기에 살았더라면 좋았을까. 용건도 없는데 갑자기 무슨 메일일까. 흔치 않은 일이라 영서는 알았다고 한마디만 하고 막 끄려던 컴퓨터로 메일을 열었다. 뜻밖에도 시를 보냈다.

남산서방(南山書房)
—원예학자의 마지막 거처에서

경주 남산 가르마 같은 오솔길 지나

뒤울은 오죽(烏竹)으로 두르고
앞울은 목련꽃 구천(九天)으로 피었네
컨테이너 안, 모서리까지 빼곡 찬 서책들
멈춰버렸거나, 흩어진 병아리처럼 돌아가는 시곗바늘들
그중 한 마리 뻐꾸기가 운다, 치매 걸려 수시로 시(時)를 모른 채

공(空)을 조경(造景)하는 저 울음 속
책 하나 애비 잃은 듯 철퍽,
삭은 먼지 토하네
살림방 앞 때죽나무 삼 형제는 우두커니
누군가를 기다리며 귀만 열어놓고,
주인은 칠불암 갔는지, 용장사 갔는지

서가에 허물처럼 남아 있는 책들
이제, 하산(下山)의 바라춤으로 적멸을 꿈꾸어야 할 때
구십 생애 노학자 설계도가 바로 너희들이었을 터
어느 나무, 풀 한 포긴들 영원할까마는
젊어도 오래되면 버려지는 세상에
신장(神將)일랑 바라지는 말게나

땅거미는 점점 옥죄어 오는데

서치(書癡)가 마지막 보듬어보는 것은
차마 날아가지 못한 묵은 책 향기.
—김우복

같이 근무한 지 십 년이 넘었지만 시를 보여주는 건 처음이다. 남산에 먼저 다녀와서 시상이 떠오른 모양이다. 남은 책을 마음대로 처리하라 했더니 원예학자의 먼지 쌓인 서가에서 초고를 다듬었나 보다. 세 군데 수정을 했는데 치매 걸린 빼꾸기로 노학자의 변경을 절묘하게 그렸다. '공을 조경하는', '하산의 바라춤으로 적멸을' 같은 불교적 사유는 시에 깊이를 더한 듯하다.

시는 좋다만 그럼에도 시는 시고 현실은 현실이야. 난 시인이 아니어서 남루한 현실을 직시할 거야. 자신의 이상국인 정원을 세워도 자식에게 부담 주지 않기 위해 근력운동을 해야 하고 회충약도 먹어야 하는 현실. 오십 페이지마다 출석부처럼 인장이 찍힌 원예학자의 책을 더 이상 보지 않으리라. 영서는 앞에 놓인 칼슘제 한 알을 삼키고 책상을 정리한 뒤 남편에게 문자를 보냈다. '오늘 들어올 때 가져오는 거 잊지 않았죠?'

영서는 퇴근길에 초록마을에 들렀다. 한산도의 무농약 땅두릅과 건표고, 딸기와 주문해놓은 백 프로 카카오 파우더를 샀다. 죽집에 들러선 단팥죽 2인분을 포장해 집에 돌아왔다.

국산 팥에 많이 달지 않아서 남편도 좋아하는 간식이었다. 거구의 시어머니가 요리하는 것을 즐기지 않아 시가의 부엌 찬이 단출했지만 둘째 아들인 남편은 입이 짧고 까다롭기가 영서를 앞섰다. 초록마을을 드나드는 영서를 보고 한 직원은 "두 식구라서 입맛대로 사는 거야" 했다. 친환경 가게가 사치라는 뜻일 거다. 영서는 그저 반자연적인 식품에 거부감을 가지고 있을 뿐이다. 아이까지 있다면 식비 지출이 많아 엥겔지수가 높은 가구가 될지 모른다. 궁금한 책은 통장이 바닥나도록 사는 남편의 지출만 아니면.

아파트 주차장을 나서다가 경비 아저씨를 만났다. "아까 택배 왔어요. 가져가시죠." 경비를 뒤따르며 "또 책이죠" 하고 영서가 시큰둥 말하니 경비가 되려 두둔했다.

"교수님이 책을 안 보면 누가 봅니까. 우리 같은 무식꾼은 공부만 하는 민 교수님이 존경스러워요."

"별말씀을요."

정확히 말하면 남편은 시강이다. 교수 임용 제한 나이인 오십 세가 넘었으니 평생 강사 평강이 되겠지만 두 사람 다 개의치 않으므로 호칭은 내버려둔다. "한국엔 '샘'이란 이름이 왜 그리 많으냐"고 외국인이 물을 정도로 권위 지향 사회이고 학생들도 교수님이라 부르니까. 택배는 당연히 인터넷서점에서 민정우 씨에게 보낸 책 보따리였다. 일주일이 멀다 하고 오는 책 택배, 보고 싶은 마음도 없다. 영서는 현관에서 서

재로 곧장 들어가 택배를 방바닥에 밀어놓았다. 책상 위를 훑듯 보니 앉아서 팔을 놓을 정도의 공간만 빼고 백 권이 넘는 책들이 디귿자 블록처럼 에워 쌓여 있었다. 영락없이 보루다. 강의를 위한 광범위한 공부이지만 그 모습을 위에서 내려다보면 책 속에 호두 같은 뇌가 박혀 있는 그림이 될 것이다. 책상에는 읽다 둔 『밖에서 본 한국사』가 엎어져 있다. 책을 읽기에 눈이 흐린 나이가 되면 우주에서 본 지구사를 생각하며 책장을 정리하려나.

지난주만 해도 남편은 책상에 티팟을 올려놓고 차를 마시며 작업했다. 어느새 책이 이렇게 불어난 것일까. 여덟 단으로 손수 짠 서른세 개의 책장에는 천장까지 책이 꽉 찼다. 한 권도 비집고 들어갈 틈이 없으니 책장 앞바닥에 진열되고 안방과 거실까지 책장이 진출해서 다시 책상 위로 올라갔다. 만물박사란 별명은 그냥 얻어진 게 아니다. 노동운동을 하다 신생 정당에 들어갔고, 학문으로 방향을 돌려 뒤늦은 중국 유학을 칠 년 만에 마쳤다. 철학박사 학위와 함께 선박으로 도착한 책이 예전의 서른두 평 아파트를 점령군처럼 장악했다. 책이 계속 불어나자 몸에 부딪칠 지경이었다.

사 년 전인가 남편이 책을 잔뜩 사 온 어느 날 영서는 라면박스 두 개를 가져와 제 책들을 무차별로 쓸어 넣었다. 대학원 논문 주제였던 작가 테오도르 폰타네에 관한 자료들과 독일어 문법책, 원서들과 문학 이론서, 독어 사전, 창간호부터 모은 문학 계간지들을 과감하게 제 책꽂이에서 뽑아냈다. 민정우 씨는 어리둥절한 눈으로 바라보다가 박스를 들고 현관으로 나가려는 영서 앞을 막아섰다 "와 이라는데, 갑자기."

"책이 뭔데 못 버려. 당신이 안 버리면 내라도 버려야지. 책에 눌려 죽겠어." 영서는 그의 팔을 뿌리치다 봇물이 터진 듯 엉엉 울면서 두 박스를 차례로 내다 버렸다.

어차피 무용해진 전공 서적이지만 청춘기의 발자취였다. 신입생 때 그와의 연애로 성적이 처지자 영문학 대신 택한 독문학이었다. 대학원 시절엔 유학도 생각했지만 결혼으로 포기했다. 독어, 불어가 사양길로 들어서니 취업도 힘들어 사서가 되었다. 한때는 독어를 잊어버리지 않기 위해 사전을 책상 앞에 두고 빔 벤더스 감독의「베를린 천사의 시」DVD를 계속 보았다. 남편은 이 모든 과정을 알고 있다. 중국 버스표도 버리지 않고 책갈피에 끼워두는 활자 애착증이라 영서의 결단에 놀라겠지, 했지만 오산이었다. 일주일도 안 되어 영서의 빈 책꽂이에 그의 책이 꽂히기 시작했다. 영서는 이내 체념했지만 더 이상 제 책은 사지 않았다. 도서관에서 책에 묻혀 있다 돌아오면 집에까지 책꽂이가 닥나무 숲길을 만들고 있으니 전생에 글에 굶주렸던 서생이었나.

하긴 영서도 굶주린 듯 책을 읽은 시기가 있었다. 단기 과외도 했던 독어 강사 시절엔 시간만 나면 시내 서점에 가서 밤늦도록 서서 책을 읽곤 했다. 정신세계사 책과 증산교까지 주로 종교 서적을 뽑았는데 광물학자며 수학자로 명상 상태에서 천국과 지옥을 오갔다는 스베덴보리와 미국의 예언자 에드가 케이시는 지금도 기억하고 있다. 그의 윤회사상은 불교와 비슷하여 흥미로웠는데 서점에서 종일 머리 숙이고 이런 책을 읽은 다음 날이면 머리가 깨지는 듯 아팠다. 영적 세계를 다루는 종교서들은 보다 초월적이어서 관심을 끌었지만 살 필요를 느끼진 못했다.

데친 땅두릅과 표고탕수를 식탁에 차리고 초고추장을 만드는데 남편이 돌아왔다. 한 손엔 늘 들고 다니는 서류 가방과 또 한 손엔 식빵이 들어갈 만한 크기의 종이봉투를 들었다. 제과점이나 양품점 쇼핑백 같지 않았다. 남편은 곧장 서재로 가서 가방을 놓고 나오는데 손이 비어 있었다.

"거기 들렀어요?"

영서가 묻자 그는 시계를 풀고 다시 방에 가더니 작은 봉투를 들고 나왔다.

"학교서 걸어 나오는데 미술사 김 선생이 역까지 태워주겠다고 해서 탔지. 기차 타고 자리에 앉는데 옷 생각이 나데. 다음 주에 강의 있으이 내주에 꼭 찾아줄게."

영서는 대꾸 않고 쳐다보기만 했다. 이번이 두번째다. 삼세번을 채우겠다는 건가. 영서는 이십 일 전 그가 강의하는 대학이자 모교에 갔다가 학교 앞 양품점에서 오랜만에 모직 재킷을 샀다. 집에 와서 보니 녹색 계통의 재킷이 체크와 함께 두 개 있었다. 녹색을 좋아해서 무심히 고른 모양이나 청색으로 바꾸고 싶었다. 가게에 전화하니 청색 재킷은 팔렸지만 사흘 뒤 갖다 놓겠다며 그때 오라고 했다. 마침 다음 날 남편의 강의가 있어서 그편으로 먼저 옷을 보냈는데 민정우 씨는 이런저런 이유로 찾아오는 걸 잊어버렸다.

"사람이 어떻게 그럴 수가 있어요. 다음 주면 봄이 다 가잖아. 올봄에 입으려고 산 건데 입지도 못하겠어. 명품을 사달라는 것도 아니고 내 돈으로 산 옷 교환만 해달라는데 그것도 못해. 자기 책이라면 지게를 지고도 올 거면서."

영서는 쌀쌀하게 말하고 돌아서려다 그의 손에 들린 작은 봉투를 흘긋 봤다.

"그건 뭐예요?"

그제야 남편이 봉투에서 물건을 꺼내는데 시디가 다섯 장이나 들어 있었다.

"아, 며칠 전 주문한 시디 갖다 놨다고 어제 문자 보내서 강의 전에 들러 가져왔지."

그가 보라고 시디를 내밀었지만 영서는 손으로 밀쳤다. 민정우 씨에게 책 말고 또 하나의 컬렉션이 있는데 그건 시디였다. 클래식부터 재즈 가요까지 다양하기도 했다. 몇 년 전에는 비구니 웅산과 나윤선 시디를 밤낮 듣더니 작년엔 갑자기 베토벤의 격정적인 「크로이처 소나타」를 시도 때도 없이 틀어서 영서는 혼자 들으라고 당부했다.

"당신은 사람이 너무 편중돼 있어. 『금강경』 독송만 들을 게 아니라 싸이와 케이팝도 들어봐. 한 시대의 문환데."

"편중? 편중된 사람이 누군데요. 당신은 대학서 강의하니까 애들 정서에 발맞추는 척하지만 B급 문화를 나까지 얼마나 들으라고. 시디장도 꽉 찼던데 내 것 비워줄게."

영서는 주방 뒤 다용도실로 가서 빈 박스 하나를 꺼냈다. 저녁이고 뭐고 입맛이 달아났다. 그것을 거실에 놓인 장식장 앞으로 들고 가 맨 아래에 꽂혀 있는 LP판들을 모조리 뽑아냈다. 팔십년대에 누가 칠십만 원 주고 산 것을 영서가 삼십만 원에 물려받은 판소리 시리즈와 신도굿, 단가 등 전통음악 레코드들, 바흐의 파이프오르간과 바로크 음악들, 영서가 좋아했던 「저기 위쪽에 그의 방이 있네」가 포함된 밀바의 독일어 노래집과 김민기의 「아침이슬」까지. 들어낼 때마다 속이 쓰렸지만 영서는 입을 악다물고 박스를 채웠다. 민정우 씨도 이번엔 놀랐는지 당황한 얼굴로 영서 팔을 잡았다.

"와 그라는데 또. 그만두자. 내가 잘못했다."

"뭘 잘못해요. 세상 이치 다 아는 만물박산데. 오늘 도서관에서 전직 교수인 원예학자가 기증한 전공서 받으러 나갔어. 구십 세 노학자야. 삼릉 숲속의 컨테이너가 살림방인데 앵글로 짠 서가에 책들이 천장까지 쌓여 있어. 먼지가 수북하고 책은 삭아서 떨어질 지경이야. 컴컴한 살림방에 고장 난 시계를 몇 개나 걸어놓고 책만 쌓아놓고 혼자 사셨대. 당신 생각이 났어. 내가 없으면 당신도 그렇게 될 거야. 병원에 실려 가면서야 책을 기증해달라고 유언할 거야. 자식이 있어도 버려질 책. 그게 애착 집착의 결말이야. 책? 시디? 지식? 무덤에 아무것도 못 가져가요. 이것 봐."

영서는 남편 팔을 뿌리치고 현관문을 나섰다. 처음엔 화가 났지만 한 상자 들고 나오니 한숨만 나왔다. 언젠가 해야 할 일이다. 레코드를 듣지 않은 지 몇 년이 되지 않았나. 곧 골동품이 될 것이다. 엘리베이터를 타고 박스를 내려놓으니 붉고 푸른 꽃무늬 원피스를 입은 백발의 할머니가 음식물 쓰레기통을 들고 있었다. 할머니의 화려한 옷을 보자 이 년 전 돌아가신 시어머니가 문득 생각났다.

옛날 여자치고 체구가 크고 목소리가 걸걸해서 남성적으로 보이지만 시어머니는 옷탐이 심했다. 아들들이 용돈을 주면 어김없이 옷을 샀고 장 속엔 빼내기도 힘들 만치 옷이 가득했다. 며느리가 넷이지만 단 한 번도 옷 준다는 말을 하지 않더니 암 투병하다 푸른 환자복을 입은 채 세상을 떠났다. 여자의 발판인 양 쌓아둔 옷만 남기고. 두 발이 있기에 존재의 발판이 필요한 인간은 부와 쾌락, 명예와 미를 끝없이 탐하지만 시간은 살아 있는 모든 것을 무동 태우고 소멸을 향해 번지점프 한다.

영서는 쓰레기 수거장에 박스를 내려놓고 미련을 갖지 않기 위해 얼른 자리를 떴다. 누군가 가져갈 것이다. 팔든 감상하든 원하는 사람이 쓰면 된다. 남편은 또 그 자리에 시디장을 만들어 채울 것이다. 그 시디장이 채워지면 말하자. 당신 십 년 뒤 퇴직하면 큰절에 들어가라고. 스님이 되면 선방에서 그동안 읽은 책들 하나씩 하나씩 지우라고. 그게 진정한 삶의 준비라고. 영서가 전부터 생각하고 있는 진심이었다.

영서는 손을 털고 아파트 단지 밖으로 나가 논길을 따라 걷기 시작했다. 하늘은 벌써 어둑어둑했다. 가로등이 밤의 무게를 지탱하듯 일렬로 서서 파리한 빛을 뿜고 있었다. 아직 4월이나 낮에는 콧등에 내려앉는 햇살이 다가올 더위를 예감케 하지만 날이 저무니 대기가 푸른 빰을 내민 듯 선뜩했다.

남쪽 하늘 한쪽엔 먹장구름이 밤의 이불처럼 낮게 깔려 있었다. 순간 짙은 주황빛 섬광이 먹장구름 속에 접시처럼 솟아 두 번 짧게 번뜩이고 사라졌다. 가깝게 느껴지는 거리여서 계속 지켜봐도 구름 밖으로 빛을 깜박이며 꼬리를 물고 달려가는 비행기 같은 건 없었다. 조명탄이나 도깨비불은 더더욱 아니다. UFO? 영서는 입을 물고 주황색 섬광이 사라진 먹장구름만 뚫어지게 바라보았다. 저녁 뒤 늘 함께 산보하는 남편이 옆에 있다면 핀잔을 줄지 모르지만 번뜩이다 제 존재를 감추는 UFO도 있다고 하지.

UFO 얘기는 중학교 때부터 들어왔다. 수백만 개의 행성에 외계 생명체가 있을 거라는 상상은 황당하게 여겨지지 않았다. 아폴로 11호에 탔던 승무원도 지구 밖에 있을 때 자신을 지켜보는 존재가 옆에 있다는 느낌이 들었다고 했다. 인간이 고립되거나 독립된 존재가 아니라고. 교황청도 신의 자식들이 지구에만 있는 것이 아니라 지적인 고등 생명체가 가까이 있다고 발표하지 않았나. 필립 K. 딕의 소설 『화성의 타임 슬립』에 그려진 검은 피부의 원주민 블리크맨을 떠올리는 것도 아니다.

영서가 고개를 무심히 동쪽으로 돌리는 순간 아까와 같은 진한 주황빛 섬광이 접시처럼 다시 번뜩이고 사라졌다. 탐색하듯, 저를 지켜보는 한 지구인에게 제 존재를 인식시키듯. 배회하는 UFO인가. 기대치 않았던 세번째 출현에 영서는 상기되었다. 가로등 밑에서 주황빛이 사라진 허공을 눈으로 한참 더듬다 영서는 특별한 존재와 소통하려는 듯 잊고 있었던 독어를 천천히 발음했다.

"Bruder von Jupiter, bist du auch ein vogel ohne fuesse?"

목성의 형제여, 그대도 발 없는 새인가?

오백 마일

자오차(早茶)

중국인들은 식도락을 위해 사는 사람들 같다. 인생을 아는 거다. 아침엔 꽃방석에서 아편을 피워도 저녁엔 병실에서 폭풍을 맞을 수도 있다는 걸. 한 치 앞도 알 수 없는 인생인지라 그날그날 맛있는 걸 먹으며 그 순간을 즐겨야 한다는 걸.

얌차(飮茶)의 습속이 있는 광저우(廣州) 사람들은 아침 일곱시부터 열한시까지 자오차(早茶)라 하여 차와 함께 간단히 아침을 먹고 정오부턴 우판(吾飯)이라고 부르는 점심을, 두시부터 네시까지는 간식과 함께 시아우차(下吾茶)를, 저녁엔 갖가지 요리의 완판(晩飯)을 벌이고 밤 아홉시부터 열두시까지

늦도록 식당에 앉아 야차(夜茶)를 즐기는데 야차의 관습은 오직 광저우에서만 볼 수 있다. 여행 때도 차 마실 보온병을 들고 다니는 중국인들. 아주 흔한 일이라 '다반사(茶飯事)'이다.

식재광주(食在廣州), 이른 아침부터 이렇게 식당이 바글거리는 걸 보아도 음식 문화의 고장이란 말이 틀리지 않는다. 하긴 부지런한 중국인들은 인영이 자리에 누우려는 새벽 시간에 벌써 아파트 공원에 나와 있다. 뒷걸음질 운동과 체조를 하고 해 뜨는 시각에 밖에 나와 잡담을 시작하니 지금이 늦은 시각도 아니다.

테이블 옆으로 갖가지 죽이 담긴 카트가 다가왔다. 고기죽, 생선죽, 피단을 넣은 계란죽, 종류도 적지 않다. 이천 년 전 마왕퇴 한묘에 부장된 견책에도 식품 중 고기죽 한 종목만 다섯 종류에 스물네 가지가 기록되어 있다니 요리의 천재들이다. 중국에서 죽 요리법도 일찍이 발달했나 보다. 인영은 입이 깔깔하여 차오저우(潮州) 흰죽을 골랐다. 어제는 학교에 가지 않아 아파트 앞 식당에서 생선죽을 먹었으나 흰죽은 보다 담백할 것이다.

작은 대나무 찜통이 쌓여 있는 또 다른 카트가 지나가서 뚜껑을 열어보니 분홍 새우가 비칠 만큼 얇은 피로 싼 새우 교자, 해물과 고기를 섞어 넣은 연둣빛 교자 등이 있다. 인영은 깐정 사오마이(干蒸燒売)라고 부르는 만두소 같은 완자찜을 들어냈다.

고소한 흰 쌀죽이 목으로 부드럽게 넘어가니 창호지에 물이 스미듯 위에 스며드는 것을 느낄 수 있었다. 흰죽, 녹두죽, 전복죽을 즐겨 먹었던 외할머니 덕분에 인영은 어릴 때부터 죽을 좋아했다. 아이가 아침을 먹지 않으려 하면 죽 대신 뜨물로 끓인 숭늉이라도 만들어 먹이곤 했는데 할머니 없이도 죽을 매일 먹을 수 있다니 중국 생활에 만족한다.

흰죽으로 속을 풀고 완자 두 개를 집어 먹고 나니 또 카트가 다가왔다. 이번 카트엔 떡과 양과류가 실려 있다. 인영은 접시들을 한눈에 훑어보고 황진까오(黄金桀)와 꾸이린까오(龜洛膏)를 집어냈다. 찹쌀과 밀을 섞어 만든 황금떡은 광저우의 한 식품회사에서만 제조되는 것으로 광저우 특산물 같은 떡이다. 프라이팬에 구워서 약간 기름지지만 찹쌀이라 쫀득한 맛이 있었다.

인삼우롱차는 빈 자기 주전자에 따라놓아서 진하지 않다. 차의 달큰한 뒷맛이 황금떡의 기름기를 가셔주었다. 황금떡을 반쪽만 먹고 인영은 후식으로 먹을 꾸이린까오를 앞에 놓았다. 갖가지 약재를 고아 만든 검은 곤약에 연유를 뿌려 먹는 젤리 같은 음식인데 쌉싸름한 맛과 달큼한 연유가 조화를 이루었다.

아홉시가 넘어서니 한 무리의 사람들이 들어왔다. 남녀와 아이까지 섞여 있는 걸 보면 친척인 듯했다. 주칠이 된 견고한 중국식 의자에 앉아 대리석 테이블에 한 팔을 고인 채 인영은 물끄러미 오가는 사람들을 바라보았다. 대부분이 중국인과 동양인이지만 호텔 투숙객인 듯한 서양인도 몇 군데 앉아 있고 어떤 중년 남자가 차지한 테이블 옆에는 큰 가방이 놓여 있었다. 투숙객은 아침 식사를 하고 떠나려나 보다. 차이나호텔 레스토랑에서 자오차를 마시면서 떠나는 여행객들을 쉽게 볼 수 있다. 석 달 전 인영도 차이나호텔 앞에서 홍콩행 버스를 타지 않았나. 인영은 어디론가 떠나는 사람들을 보며 호텔 식당에서 아침 식사하는 것을 좋아했다.

광저우의 모든 호텔이 그렇지만 차이나호텔 십팔층 건물의 절반은 호텔 객실이고 반은 고급 아파트이다. 아파트엔 주로 외국인 주재원 가족들이 머물고 있는데 호텔처럼 청소도 해주고 모든 것을 서비스한다. 고급 아파트 같은 건 부럽지 않지만 호텔 투숙객처럼 사는 건 멋지다. 오스트리아 출신 작가 바흐만은 호텔을 옮겨 다니며 글을 쓰고, 담뱃불을 끄지 않은 채 잠들었다가 화상으로 죽었다지. 그 얘기를 교양과목 독어 시간에 듣고 누렇게 바랜 바흐만의 소설을 도서관 서고에서 찾아내 읽었다. '삼십 세'란 제목만 기억하지만 호텔 방에서 생의 마지막을 보낸 여성 작가의 삶이 여운을 남겼다.

호텔 숙박객보다 더 자유로운 건 호텔 주인일 것이다. 뒤늦게 공부한다고 중국행을 택했지만 인영이 뒷날 하고 싶은 일은 가난하나 아름다운 남인도 평원에 통나무로 게스트 하우스를 짓는 일이다. 이 년 전 태국의 산간마을에 갔을 때 통나무로 지은 게스트 하우스에 머물며 그런 꿈을 꾸었다. 방값에 식사가 포함되어 있어 여행객들은 호텔 여주인이 베푸는 가벼운 토산주로 저녁을 들며 대화를 나누는데 그것을 보며 떠올린 생각이다. 오는 사람 맞고 가는 사람 떠나보내며 무심히 게스트 하우스 주인으로 늙어가는 것. 젊은 인영은 여행지에서 느닷없이 그런 상상을 했다. 아무도 영원히 머물지 않는 게스트 하우스 주인이 되고 싶다고. 속세의 절간 같은 상상의 게스트 하우스 이름은 '인연으로부터의 자유'라고 짓자.

아직은 공부를 해야 하니 차이나호텔에서 목요일마다 아침을 먹는 것으로 만족하자. 한국에서 가난한 유학생이 호텔 식당에서 빈번히 아침을 먹을 수 있겠나. 한국보다 물가가 싼 나라에 산다는 혜택으로 인영은 사치를 누리고 있다. 외국 유학생에겐 물가가 비싸지 않다는 것도 이 나라의 미덕이다. 가난한 시골 여자가 공원에서 노인에게 몸을 팔아 끼니를 해결한다는데 한국 돈으로 몇천 원 정도의 액수이다. 그걸 생각하면 이런 사치도 불공평하지.

열시부터 토론 수업이다. 외국인이 수강하는 어학원의 고급 한어반에서 비디오를 보여주고 그날그날 주제를 토론하는 회화 수업이다. 인영이 오 분 정도 늦어서 이미 비디오가 상영되고 있었다. 선생과 눈이 마주치자 인영은 고개 숙이고 뒷줄에 앉은 메이코상 옆 빈자리에 앉았다. 한국에서 나온 주재원 부인을 포함하여 일곱 명의 외국 학생들이 각자 자리를 차지하고 있었다.

화면에선 어린 여자가 공장에서 선반을 나르며 작업하고 있다. 여공의 노동을 보여주려나. 지난주에는 어머니가 반대하는 남자와 결혼하려는 딸이 어머니와 반목하다가 화해하는 이야기를 보여주어서 엄마 생각에 잠기기도 했다. 전화할 때마다 인영이 돌아올 날을 손꼽아보는 엄마. 남들은 다 남편과 잘 사는데 내 딸은 뭐가 모자라서 외국에서 떠도나, 내가 잘못 키운 거니? 하고 투정하듯 말했다. 잘난 서양 여자들도 몇 번씩 결혼하면서 여자의 행복을 찾아가더라, 젊음을 허송하지 말라고 당부하던 엄마. 가정만이 여자의 행복이라고 생각하는 전형적인 한국 어머니였다. 매사에 객관적인 아버지가 옆에 있었더라면 고루한 아내를 설득했을 텐데 삼 년 전 아버지가 돌아가시고부터 엄마는 인영에게 세속적인 모든 것을 걸려 했다.

하긴 몇 달 전 중국에서 만난 선배도 모친상 치른 얘기를 하면서 "이혼한 자식도 없고 모두가 반듯하게 잘 살아줘서 우리 엄만 행복하게 돌아가셨을 거야" 했다. 선배의 제부인 미학과 교수는 학교에 알려졌을 정도로 여교수와 열애에 빠진 적이 있고, 캐나다로 이민 간 남동생 부인은 심한 의부증이었다. 인영과 동창인 그를 우연히 만나 전화번호를 알려주었더니 얼마 뒤 부인이 국제전화를 했다. 남편 수첩에 당신 전화번호가 적혀 있는데 언제, 왜 만났는가? 집요하게 따졌다.

속을 들추면 너나없이 환부를 가지고 있건만 한국인들은 겉만 무사하면 잘된 삶이라고 생각한다. 인생에 대한 상상력이 결여되어서 인습을 행복의 조건인 양 섬기고, 남보다 가진 것이 많으면 성공이라 여긴다. 영혼의 질과 상관없는 가짜 행복들이 환부에 당의를 입힌 채 여기저기 굴러다녔다. 인영은 사람들의 행복이란 것이 가볍고 비속하다는 것을 알기에 무관심할 뿐이다.

인영이 딴생각을 하며 비디오를 보려니 어린 여자가 소리치며 제게 달려드는 남자를 결사적으로 밀쳐내고 있었다. 번들거리는 얼굴로 중년 남자가 다시 덮치려 하자 여자는 창가로 도망가 아래를 내려다보더니 창밖으로 순식간에 몸을 던졌다. 남자의 놀란 얼굴이 지워지고. 화면은 피투성이가 된 채 땅에 쓰러져 있는 소녀의 모습을 극적으로 보여주었다.

다시 화면이 바뀌면서 텔레비전 뉴스 장면이 나왔다. 여자 아나운서는 십팔 세의 소녀가 공장주의 강간 시도에 저항하다 창에서 뛰어내려 뼈가 부서진 사건을 전했다. 이어 병실에 누워 있는 소녀를 사람들이 문병하는 장면과 성금이 밀려왔다는 보도에 이어 치유되어가는 소녀의 미소 띤 얼굴을 클로즈업하고 끝났다.

비디오를 끄고 중국어 선생이 칠판에 '烈女'라고 썼다. 표준어인 보통어를 가르쳐야 하므로 선생은 광동 사람이 아닌 동북의 하얼빈 출신인데, 부인에게 이혼당한 뒤 일본 여자와 동거했다는 것을 자랑삼아 얘기했던 실없는 남자였다. 선생이 토론을 위해 오늘의 주제에 대해 말문을 열었다.

"이 소녀는 자신의 정조를 지키기 위해 목숨까지 아끼지 않고 창에서 뛰어내렸다. 가히 열녀라고 할 만하지 않은가. 동양에선 아직까지 이런 여자들이 있어 미덕을 지키고 있다. 한국이 어느 나라보다 유교적이라는데 샤오잉(小英)은 이 소녀의 저항을 누구보다 잘 이해할 것 같다. 그렇지 않은가."

샤오잉은 인영(仁英)의 끝 자를 중국 발음으로 부르는 애칭이다. 선생이 지각한 인영을 지목했으므로 인영도 말문을 열었다.

"나는 소녀에게 열녀라는 호칭을 붙이고 싶지 않다. 십팔세 소녀가 정조 관념으로 창에서 뛰어내렸다고는 생각되지 않는다. 그건 자기보호본능일 뿐이다. 폭력에 대한 공포감에 육체적 약자인 여자는 피하는 것으로 자신을 지키려 했다. 이런 여자들을 열녀라고 칭한다면 인구가 많은 중국엔 수없이 많은 열녀가 존재할 것이다. 그러나 이 년간 중국에서 살고 여행하면서 나는 단 한 번도 열녀비를 본 적이 없다."

"나도 샤오잉 말에 동감한다. 소녀가 정조 관념으로 뛰어내렸다면 유교 교육의 피해자일 뿐이다. 중요한 건 정조가 아니라 생명이다. 뒤바뀐 상황에서 남자가 그렇게 뛰어내렸다면 목숨도 아끼지 않고 동정을 지켰군, 하고 말하지 않을 것이다……"

옆자리의 메이코상이 이어 말하니 웃음소리가 교실에 퍼졌다. 남편 따라 중국에 온 사십대 일본 부인으로 평상시엔 거의 말이 없었다. 중국 선생은 두 동양 여자를 머쓱한 표정으로 바라보더니 여성 상위 시대라고 칠판에 썼다. 한국도 아랍도 아닌 중국에서 정조 관념이라니 시대착오적인 말이었다. 이곳은 문화혁명으로 남녀평등이 이루어지고 성에 개방적인 나라가 아닌가.

인영은 며칠 전 동네 백화점의 약국 진열대 위에 놓인 인조 성기 세트를 똑똑히 보았다. 크레용을 입힌 듯 투박한 살색 성기 모형엔 도깨비방망이처럼 돌기가 솟아 있었다. 자극을 위한 여성용 자위기구이고 다른 성기 모형엔 나무줄기 문양까지 장식되어 있었다. 단어 그대로 남근(男根)이어서 나무 문양을 넣었다고 생각했지만 함께 간 중국 친구가 발기할 때 팽창된 핏줄이라고 알려주었다. 선생이 여자에 대한 주제로 토론을 계속하라고 해서 인영이 다시 입을 열었다.

"동북 사람들은 사나워서 뭐든지 죽일 수 있고 상하이 사람들은 멋쟁이라 뭐든지 입을 수 있고 광저우 사람들은 식도락이라 뭐든지 먹을 수 있다고 한다. 당신은 사나운 동북 사람이라 순종적인 열녀를 좋아하는 것이 아닐까?"

"샤오잉, 난 동북 사람이라도 사납지 않아. 내가 열녀를 찬양한다고 해서 하얼빈 남자를 싫어하지 않기 바라. 난 중국인 아내와 이혼했고 동거했던 일본 여자도 떠나갔어. 한국 여제

자까지 도망가는 건 원치 않아."

공적 자리에서 사적인 얘기라 지나칠 법도 한데 재치 있는 말솜씨에 인영도 웃고 교실에서 다시 웃음이 터져 나왔다. 권위적이지 않고 소탈하여 더없이 편한 중국 남자들. 여자를 위해 요리하는 것을 당연한 일로 알고 약국에서 두 여자가 자위기구를 들여다보아도 아무도 쳐다보거나 히죽거리지 않았다. 땅이 크면 사람들도 대범해지는 것일까. 좁은 반도에서 유교가 허위와 가식의 문화를 만들었다면 혁명으로 스스로를 해체하고 쌓아올린 중국인들은 더 이상 꾸미고 과장할 것이 없다.

시아우차(下吾茶)

두 달간 우기가 계속되더니 6월부터 본격적인 남방의 열기가 밀려왔다. 에어컨 없는 버스에서 딱딱한 나무 의자에 기댄 채 손수건으로 땀만 훔치다가 해방중로를 지나칠 뻔했다. 이제 7월이고 10월이 지나야 선들선들해지니 더위는 당분간 계속되겠지.

지하철역 쪽으로 가려니 어린 소녀가 사내아이를 안은 채 저만치서 다가오고 있었다. 소녀의 가녀린 몸매가 멀리서도 힘겨워 보이는데 양팔에 안겨 있는 사내아이는 눈에 초점이 없다. 거기다 잇몸과 뻐드렁니가 기형적으로 드러나서 가까이 보니 윗입술이 코에 붙은 언청이였다. 소녀는 아이의 누이인 듯하고 초라한 행색으로 거지인가 했으나 여기서 거지를 본 적이 없으니 그저 극빈자인지 모른다. 찌는 듯한 한낮에 언청이 동생을 안고 소녀는 어디로 가나. 산다는 것에 순간 연민을 느끼며 앞을 바라보니 두 손을 연꽃처럼 벌리고 있는 백화점 광고 간판이 눈에 들어왔다. 이곳에 모든 귀한 제품들이 모여 있다는 상품광고였다.

흑묘백묘(黑猫白猫), 검은 고양이든 흰 고양이든 쥐를 잘 잡는 고양이가 좋은 고양이다. 덩샤오핑이 경제개방을 하면서 세계 자본과 함께 자본주의가 밀려오고 경제개혁으로 다시 태어난 차이나. 일찍이 광저우는 해상 실크로드의 기점으로 고대 무역의 중심지였다. 남경조약 이후 옛 영화를 상하이에 뺏겼으나 선전경제특구와 홍콩과 가깝다는 지리적 이점으로 인구 천만이 넘는 대표적 상업도시로 자리 잡았다. 그래 광저우엔 집집마다 재신(財神)을 모시고 있다.

상품광고는 사회주의 국가에 밀려온 자본주의의 표상이지만 허공에 그려진 두 손은 길을 잃었을 때 이정표가 되기도 했지. 해방중로에서 지하철을 타기 위해 버스에서 내렸는데 두번째 걸음이라 확신 없이 무작정 앞으로 나아가다가 건물에 걸린 광고를 보고 제대로 온 것을 알았다. 전에 지하철과 연결된 백화점 지하 슈퍼마켓에서 장을 보고 나오다가 손 광고를 눈여겨보았기 때문이다.

왜 손이 인영의 시선을 끌었을까. 작년 봄, 광저우 공항에 처음 내려 밖으로 걸어 나오자 인영의 눈에 처음 들어온 것은 두 손이 그려진 간판이었다. 허공에서 살며시 잡고 있는 손과 손은 중국 텔레콤 광고로 '교류는 손에서부터 시작된다'는 문구가 쓰여 있었다. 그 손을 보는 순간 인영은 광저우에 자리 잡자고 즉흥적으로 결정했다.

북경에선 한국 학생이 많아 어학연수도 더 이상 받아주지 않았다. 북경에 몇 달 머무는 동안 털모자가 달린 파카를 입고 늘 혼자 다니는 인영에게 에스키모 소녀란 별명을 붙였던 한국 학생들. 혼자 다니는 것이 소녀 취향으로 보였나 보다. 인영도 한국인이 적은 곳으로 가고자 광둥어를 쓰는 남방으로 무작정 내려왔다. 그때 인영은 갈 곳 없는 제 손을 누군가 잡아주길 바랐던 것일까.

챵쇼우루(長壽路)에서 내려 옷 가게와 건어물 가게, 주스 가게들을 지나가니 통닭과 다리, 발, 날개, 내장 등 닭의 모든 것이 진열되어 있는 닭 전문 식당이 나오고, 머리빗 가게를 스쳐 모퉁이를 꺾어 들자 보도 양편으로 상가가 늘어선 샹샤지우루(上下九路)가 나타났다. 상가 앞으론 회랑으로 길이 이어지는데 둥근 등이 일정하게 배치되어 있었다. 비가 자주 오는 곳이라 비를 피하기 위해 회랑식으로 지었다는데 여름에는 햇빛을 피할 수 있으니 실용적인 구조물이다.

19세기 서양 문물이 들어오면서 지어진 이삼층 건물들은 도시의 역사를 느끼게 할 만큼 고풍스럽다. 장쩌민 주석이 광저우에 올 때마다 들렀던 거리로 유명하거니와 밤이면 샹샤지우루는 얼마나 아름답게 변신하는지. 금빛과 자줏빛으로 칠한 중국적 문양의 창들, 황토색 기와를 올린 식당 지붕도 미학적인 조명으로 품격을 만들고, 평범한 건물도 반반씩 금빛 백열등과 형광빛으로 조명하여 금은으로 지어진 동화의 집 같았다.

맥도날드에서 아이스콘을 먹고 나와 인영은 리엔샹루(蓮香樓)로 들어섰다. 입구에 늘어진 연꽃 모양의 등이 거대한 보석처럼 천정에서 번쩍이는데, 아래층엔 월병을 파는 진열대가 있고 층계로 올라가야 홀이다. 중국에서 가장 유명한 월병이 만들어진 리엔샹루는 타오타오쥐(陶陶居)와 함께 광저우에서 가장 오래된 식당으로 백십일 년의 역사를 가지고 있다.

두시가 조금 지났으니 시아우차 시간이다. 세 칸으로 나누어진 홀은 빈자리가 없을 정도로 사람들이 가득했다. 인영은 삼층으로 올라가려다 수족관 앞에 놓인 둥근 식탁에 두 의자가 비어 있는 것을 발견했다. 대가족이 앉을 만한 큰 식탁엔 대여섯 사람이 이미 자리 잡고 있었고 만원일 땐 합석해야 했다.

인영이 자리에 앉자 여종업원이 이내 차 주문을 받으러 왔다. 인영은 난차(蘭茶)를 시키고 요리사들이 음식을 끓이는 조리실 앞으로 갔다. 진열대엔 가지, 피망, 닭발, 까만 콩을 갈아 고추를 넣고 찐 돼지갈비 요리가 작은 통에 담겨 늘어서 있고 솥에는 면을 만 육수가 끓고 있었다. 면 위에 얹혀 있는 초록 청경채가 식욕을 자극하고 교자가 든 대나무 찜통에서 김이 나지만 인영은 연잎에 싼 찰밥 쫑즈(㷉子)와 가지찜을 골랐다.

홀 어구에 놓여 있는 알루미늄 조리기엔 탕류가 담겨 있었다. 토마토와 토란이 걸죽하게 끓여진 위토우(芋頭)를 고르고 연근 가루로 만든 물고기 모양의 젤리를 후식으로 집어 드니 요리사가 계산서에 표시하고 위토우를 공기에 담아주었다.

식탁엔 차와 함께 네 가지 음식이 놓였다. 먹기만 하는 것이 아니라 차 마시며 휴식을 취하는 시간이라 늘 이 정도는 앞에 갖다 놓는다. 가짓수는 많지만 차와 함께 간단히 먹는 음식이라 양은 많지 않다. 오늘 점심으론 보다 간단히 커피와 샌드위치를 먹고 싶었지만 커피가 맛있는 양식당이 없다. 샌드위치에 비하면 차와 함께 먹는 딤섬(點心)은 화려하고 고전적이다. 샌드위치 백작 4세는 식사 때문에 카드 치기를 중단하기 싫어 흰 식빵 사이에 이것저것 넣어 오도록 했다. 여기서 샌드위치란 현대 음식이 발명됐다는데 백작이 죽었을 때 휠덜린은 이런 글로 추모했다지. "그는 인류를 뜨거운 점심 식사로부터 구해냈습니다. 깊은 감사를 드립니다!"

육수에 맑게 끓인 한국 토란국과 다르지만 갈분이 들어간 중국식 토란탕도 담백하여 입에 맞다. 인영은 토란탕으로 입맛을 내고 쫑즈의 잎을 풀었다. 굴원이 멱라강에 빠져 죽었을 때 고기가 시체를 먹을까 봐 어부들이 강에 던져준 밥에서 유래된 음식이다. 대추와 닭고기, 버섯 등을 찰밥 속에 넣은 간식으로 굴원과 함께 이천 년간 이어져왔다. 고기밥이 될까 봐 심려할 만큼 당대인들이 굴원을 흠모한 것은 시인의 아름다운 충정 때문이겠지. 찬미하고 추종할 영혼의 시인이 있다면 인영도 시인을 위해 물고기 밥을 만들어주리라.

차를 몇 잔이나 마셨는지 주전자가 비었다. 중국 음식을 먹을 땐 계속 차를 마시게 된다. 중국차가 기름기를 분해한다지만 맛이 강하여 많이 마시면 속이 메슥거렸다. 앞에 앉은 여자는 접시들을 밀어놓고 아이를 안은 채 담배를 피웠다. 인영은 엄마 품에서 잠든 아이를 보며 미소 지었다. 세 살이나 되었을까. 중국에선 여자의 흡연이 일반화되지 않았지만 아이를 안은 채 수수한 모습으로 담배 피우는 여자 모습이 자연스러웠다. 한국 엄마라면 식당에서 어린아이를 안고 담배를 피우지 않을 것이다. 하나부터 다섯까지 모성이 강요된 사회, 여자 스스로도 거의 강박관념처럼 모성에 매이는 사회라 아이를 위해 모든 것을 참을 터이다.

인영은 그제야 가방을 열고 수첩에 꽂힌 종이를 꺼냈다. 학교 앞의 단골 PC방에서 컴퓨터로 메일을 열어보니 오늘 정식으로부터 편지가 왔다. 여태 보낸 세 번의 편지처럼 아이에 관한 얘기와 당부였다.

—유치원도 이번 주부터 방학을 시작했소. 민우를 데리러 지난 토요일 유치원에 갔더니 선생이 칭찬하듯 내게 말하는 거요. "아이들에게 얼굴을 가리키며 '어디로 말하죠?' 물었더니 민우가 '눈으로 말해요' 하지 않겠어요. 다른 아이들은 모두 '입으로 말해요' 하는데. 정말 민우 말도 맞아요. 민우처럼 생각할 수도 있겠다 싶어서 저도 앞으로 그렇게 가르치려고 해요" 하고.

민우는 잘 있소. 손자가 예민하다고 할머니는 걱정하지만 둔한 것보단 낫지 않겠소. 가끔씩 투정하듯 엄마를 찾지만 얼굴을 모르니 민우에게 엄마는 추상일 거요. 지난봄 유치원에서 엄마 얼굴을 그려 왔는데 두 눈을 감은 듯 내리뜨고 있었소. "바람이 불어서 그래" 말했지만 녀석에게 엄마는 먼 바람 속의 사람인가 보오. 내게도 인영 씨는 먼 바람 속의 사람이었던 것 같소. 사 년을 함께 살았지만 실체가 느껴지지 않소. 인영 씨가 견딜 수 없어 하는 것들이 나를 견딜 수 없게 했기에 당신을 이 집에서 자유롭게 해주었지만 늘 기다리는 사람처럼 어떤 기척에 귀 기울이고 있는 자신을 발견하곤 하오. 민우 외할머니에게 물어보니 인영 씨가 겨울에 일단 한국에 나온다고……

인영은 더 이상 읽지 않고 종이를 접었다. 강물을 잡을 수 없듯이 흘러간 시간을 되돌릴 수는 없지. 인영은 허공을 바라보다 차를 따랐다. 빈 주전자 뚜껑을 반쯤 열어두어서 종업원이 차를 다시 가져왔다. 기관지가 나빠서 지난겨울부터 담배를 끊었지만 이런 땐 차보다 담배가 필요하다. 끼쳐오는 담배연기에 불현듯 흡연의 욕구를 느끼며 인영은 가만 연기를 음미했다. 순간 눈이 마주쳤고 인영은 같은 세대로 보이는 여자에게 "당신이 담배를 맛있게 피워서……" 하고 얼버무렸다. 여자는 식탁에 놓여 있는 중난하이(中南海) 담뱃갑을 인영 쪽으로 밀었다.

"피울 줄 알면 이걸 피워도 된다."

"담배를 끊었지만 한 개비만 피우겠다."

고맙다고 눈인사하고 담배를 피우니 목이 메케하면서 입에 쓰다. 몇 달 만인가. 칠 년 전 신혼여행 가서 첫 담배를 피울 때도 이랬던가. 담배 맛에 흥미를 느끼지 않았지만 그때는 담배를 피워야 할 것 같았다. 이국의 풍경은 아름다웠지만 손을 잡고 다녀야 될 것 같은 소년 같은 남자가 인영의 남편이었다.

신혼여행을 떠난 유럽에서 이방의 문화에 주눅 들어 관광안내소나 모든 곳에서 인영이 소통하도록 뒷짐만 지고 있던 남자. 익숙한 것이 아니면 볶음밥의 햄 조각 하나도 삼키지 못하는 편식가인데 마드리드행 열차에선 승무원에게 불려가 에로 잡지를 보고 볼에 입맞춤을 당했다. 게이가 찍을 만큼 곱상한 외모를 가졌지만 그 일로 남성의 자존심에 상처받고 밤새 몸을 뒤척였다.

그가 폭력적인 아버지를 혐오한다는 것도 신혼살림을 시작하고 한 달도 되지 않아 알게 된 사실이다. 시어머니가 멍든 얼굴로 외아들네 두 칸 방 아파트로 피신 왔다. 뒷날 보았지만 시아버지는 시어머니를 습관적으로 구타했고 그때마다 시어머니는 아들네로 딸네로 피신하곤 했다. 인영이 주말마다 시집에 가서 저녁상을 차리면 시아버지는 파자마 바람으로 누렇게 전 싱크대 안을 열어젖히며 "여편네가 맞을 짓을 하잖아" 변명하듯 내뱉기도 했다.

욕이 몸에 붙은 시아버지가 싫어서 인영은 밥도 함께 먹지 않았지만 매 맞는 어머니 옆에서 살아온 정식에게 동정심이 갔다. 딸이 늦게 돌아온다고 몽둥이를 들고 대문에 서 있는 아버지를 보곤 사흘간 가출한 것이 그가 할 수 있었던 최고의 반항이었다. 시어머니는 볼 때마다 태기가 있는지 물었지만 인영도 정식도 아이를 기다리지 않았다. 정식은 콘돔을 챙기며 불손하게도 대를 끊고 싶다고 말했다.

결혼하고 삼 년 만에 민우를 낳았다. 시집에서 늘 아이를 기다려서 의무를 다했다는 생각이 앞섰다. 인영은 한 달간의 출산휴가를 마치고 식품회사 홍보부에 복귀했다. 아이는 시집에서 맡아 주말에만 데려왔는데 직장 근무가 끝나면 학원에서 중국어 고급반 수업을 들었다. 결혼 전 이미 방통대에 입학해 중국어를 배우기 시작했지만 임신 중에 밤새워 졸업 논문까지 썼다. 그때만 해도 중국 유학은 생각지 않았건만 비상구를 찾듯 중국어에 매달렸다. 신혼 초부터 이 결혼이 정착지가 아니라는 걸 인영이 알고 있었던 건 아닐까.

아이가 잠을 깨어 두리번거리자 여자는 담배를 재떨이에 비벼 껐다. 여자는 젓가락으로 떡을 집어 아이 앞으로 내밀고 아이가 고개를 저으니 지갑을 들었다. 잠시 후 모자와 일행이 일어섰고 인영은 아이에게 손을 흔들었다. 아이는 얼굴을 비비며 딴짓을 했지만 까만 눈동자가 유난히 반짝였다. 민우도 저렇게 예쁘겠지. 아가, 잘 자란다니 고맙다.

인영은 자리에서 일어서려다 갑자기 비틀거렸다. 독살 맞은 년, 짐승보다 못한 년! 시어머니 말이 난데없이 튀어나와 쇠공처럼 등을 치는 듯했다. 온몸이 멍들도록 맞을 때마다 저주의 눈빛으로 이혼한다고 뇌까리지만 부기가 빠지고 나면 딴사람처럼 수다 떠는 시어머니. 당숙의 아들이 신혼여행 때 벌인 일은 인영도 몇 번이나 들었다. 비행기 옆자리에 앉은 중년 남자가 신부에게 곱다고 칭찬하며 사과를 건네주었단다. 신부는 호의로 준 사과라 아무 생각 없이 받아먹었지. 정식이 형이 그걸 넘길 사람이냐. 모르는 남자가 준 사과를 받아먹었다고 신혼 첫날밤 혁대로 신부를 때렸대. 군기를 잡으려고 말야.

인영의 생일에 아들 부부를 불러놓고 시어머니가 다시 그 말을 했을 때 인영은 밖으로 나가 먹은 음식을 토했다. 늙도록 매 맞고 살아온 여자가 남자가 저지른 폭력 이야기를 당연하다는 듯 들려주다니. 시어머니는 제 아들도 여자를 그렇게 길들이길 바란 건가. 인영은 동물의 우리 속에 발 딛고 있는 자신을 보았다. 부모에 대한 적개심을 숨기고 인영에게 의존하는 정식, 결혼을 인생에서 필연적으로 치러야 할 대사라고 생각했지만 유약한 남편의 누이 노릇도 그녀의 배역이 아닌 듯했다. 가족이란 미명으로 강요된 인연이 그녀의 영혼을 갉아먹고 있었다. 서커스단 원숭이처럼 맞고도 이혼 못하시니 이혼이 뭔지 보여드리겠어요.

몇 달 뒤 그렇게 이혼 수속하고 인영은 세상에 태어나 들을 수 있는 최악의 말을 다 들었다. 짐승보다 못한 년…… 인영이 할 말을 삼키고 그들의 요구대로 손자를 남겨둔 것은 아이가 진창 같은 집안을 정화시킬 샘물이며 희망의 나무라는 것을 알기 때문이다.

세시가 넘어 리엔샹루에서 나와 상점들을 구경하며 걸어왔는데 사무실에 네시 십 분 전에 도착했다. 고려물산 중국인 직원들에게 한국어를 가르치는 날은 사무실과 가까운 샹샤지우루에서 딤섬을 먹고 산보하듯 걸어오곤 했다. 문으로 들어서니 태진이 의자에 앉아 있었다. "안녕하세요." 인영이 인사하자 그가 일어서는데 인영의 어깨높이도 되지 않는 키에 몸이 가늘어 왜소함을 느끼게 했다.

"김 차장님이 연락하래서 아침 일찍 전화했더니 딴사람이 받았어요."

"집에서 일찍 나갔어요. 다른 데 전화했나 보죠."

"전화번호가 얼마예요?"

"전화번호 몇 번이에요?"

인영은 태진의 말을 고쳐주며 전화번호를 가르쳐주었다. 고려물산에서 잔심부름을 하고 통역을 맡기도 하는 비정규 고용인으로 외국어 같은 그의 억양이 여전히 낯설다. 한족이 구십 프로 이상 차지하는 중국에서 소수민족, 그중에서도 소수인 조선족이 살아남으려니 얼마나 힘들었겠어요, 하고 말한 적이 있다. 그에게 한국 기업이 힘이 되는지 밖에 나가선 스스로 고려물산 직원이라 칭했다. 한국인과 또 달리 이방인으로 살아가는 조선족이 안쓰러워 인영은 친절하게 대해왔지만 이 말만은 해야지 하고 문을 나서는 태진을 불러세웠다.

"한스에게 강간이란 말을 가르쳐줬어요? 이름은 강강(姜江)이지 강간이 아니잖아요."

"아, 발음이 비슷해서."

인영은 더 이상 말하지 않고 안으로 들어갔다. 강강이란 이름을 가진 중국인 직원 얘기였다. 중국 발음은 쟝지앙으로 이름이 예쁘다고 한국식으로 불러주었더니 지난 수업 시간엔 자기 이름을 한국어로 부르지 말라고 부탁했다. 강간이 나쁜 뜻 아니냐고. 분명 태진이 가르쳐준 단어였다.

네시부터 한국어 수업을 시작했다. 수업을 받는 이삼십대 중국인 직원들은 모두 여섯 명이었다. 인영은 교재를 펴기 전 지난 시간에 가르친 것을 복습시키느라 "이 옷 어때요?" 불쑥 물었다. 말뜻을 알아맞히라고 학생들을 둘러보니 한 사람이 주저하면서 중국어로 답했다.

"이 길 어떻게 가?"

"틀렸어요."

"오늘은 더워."

"덥긴 한데 그 말뜻은 아니에요."

인영이 제 옷을 가리키며 암시를 주었다. 한스가 생각난다는 표정으로 '이 옷 예뻐?'라는 뜻의 중국어로 답했다. 이푸(衣服)란 단어가 나와서 인영은 하오(好)! 하며 완전한 뜻을 일러주었다. 옷 같은 느낌이 오느냐고 물으면서 '옷'이란 단어를 암기시켰건만 벌써 잊어버렸다. 하긴 늘 일에 밀려 한국어 공부할 시간이 없다는 건 안다. 인영은 이어 피아오량과 메이리의 한국어를 가르쳐주려고 칠판에 적었다.

漂亮 예쁘다

美麗 아름답다

예쁘다, 아름답다, 발음을 거듭 들려주며 메이리? 물으니 한스가 고개를 끄덕였다.

"아름답다는 한국말이 예쁘다."

회사에선 직원들을 모두 영어 이름으로 부르지만 한스의 중국 이름은 장지앙(姜江)이다. 인영보다 다섯 살 아래로 물기가 어린 듯한 눈이 맑아 보였다. 어려운 한국 발음을 잘 따라 하고 언어 감각이 있었다. 두번째 수업을 할 때 인영이 왕유(王維)를 좋아한다고 말하자 「안서로 친구 원이를 보내며(送元二使之安西)」란 시를 즉석에서 들려주었다. 초등학교 때부터 당시 삼백 수를 배웠다니 그것이 중국 문화의 바탕인 듯했다.

오늘은 오다, 가다 등의 동사를 가르칠 차례다. 원형은 실제로 쓰이지 않고 가요? 갑니다, 가니? 로 쓰여서 설명하기 힘들었다. 중국어는 영어처럼 평등해서 존댓말이 따로 없지만 한국어는 오세요, 오십시오 같은 존댓말부터 가르쳐야 하므로 복잡하다. 거기다 을, 는, 가 등의 적지 않은 조사들이 있어 외국인이 배우기가 만만치 않다. 인영은 '에'와 '에서'의 차이를 설명하느라 두 문장을 칠판에 적었다.

중국에 언제 왔어요?

중국에서 (한국에) 언제 왔어요?

지명 뒤에 나오는 '에'는 영어로 치면 'at', 'in'의 뜻이고 '에서'는 'from'의 뜻과 같다고 설명하니 그제야 알아듣는 눈치였다. 영어를 인용한 김에 인영은 '어떻게(how)' '왜(why)'를 넣어 두 문장을 연이어 칠판에 썼다. 말뜻을 알려주고 발음해보라고 시키니 맨 앞줄의 마틴이 따라 읽었다. "중국에 어떠게 와서요?" 외국인의 서툰 발음을 들으며 인영은 잠시 정신을 놓았다. 에어컨이 돌아가지만 실내가 더웠고 오후 시간이라 모두 맥이 풀린 듯했다. 인영은 교재를 밀어놓고 잠시 수업 분위기를 바꾸기로 했다.

"오늘 더워서 공부가 머리에 들어오지 않으니 이런 질문에 어떤 답변을 할 수 있는지 나의 예를 들어 말하는 것도 좋겠다. 나는 대학에서 수학을 전공했지만 친한 친구가 영화를 전공해서 영화과 강의를 자주 청강했다. 그때 첸카이거의 「현위의 인생」「황토지」 같은 영화를 보았고 동양 문화권에 대한 친근감과 깊이에 매료되었다. 중국에 대한 나의 관심은 이렇게 시작되었다. 타이완 영화 「비정성시」도 좋아하여 중국 근대사를 공부하고 에드가 스노우의 『중국의 붉은 별』을 읽곤 강인한 여성 혁명가들에게 감동을 받았다. 대학을 졸업한 뒤 한중수교가 되자 직장에 다니면서 방송통신대학 중국어과에 입학했다. 이웃 나라 언어라 언젠가 쓰일 것 같았고 영화에서 들은 중국어가 아름다워서 본격적으로 공부하고 싶었다. 이년 전 베이징에 머물 때 첸카이거, 장이머우 감독이 공부했던 영화학교에 가서 나를 이곳으로 이끈 중국과의 인연에 대해 생각했다."

"앞으로 중국에서 영화를 공부할 예정인가?"

창가 자리에 앉은 지미가 물었고 인영은 고개를 저었다.

"대학원 시험을 본 뒤 전공을 정하겠지만 경제적 자립에 도움이 되는 과를 택해야 할 것 같다. 지금은 문화 소비자이지만 돈을 벌면 뒤에 중국 여성에 관한 다큐멘터리를 찍어보고 싶다. 전에 시나리오를 써본 적도 있지만 영화를 만들려면 돈이 필요하니까 고려물산에라도 취직해야 한다."

학생들이 웃는데 한스가 전에 무슨 시나리오를 썼는지 물었다. 대학을 졸업하고 취직할 때까지 공백기에 영화 강좌를 들으며 습작했다. 프랑스문화원에서 본 고다르의 영화 제목을 똑같이 붙인 시나리오였다. 인영은 시나리오 제목 '자기만의 인생'을 중국어로 훠저(活着)라고 번역했다. 장이머우 감독의 영화 제목이기도 하고 한국에서 '인생(人生)'으로 번역됐지만 '산다는 것'으로 번역한다면 더 적합할 것이다.

"그건 너의 이야기인가?"

느닷없이 묻는 한스 앞에서 인영은 잠자코 서 있었다. 고다르 영화에서는 남편과 헤어진 후 곤궁해진 여자가 매춘의 세계로 빠져들어 죽음을 맞지만 인영은 오십 세 여자의 전환점을 그렸다. 평범한 주부가 돌연히 가족을 등지고 편지에 적힌 보석공장을 찾아 튀르키예의 어느 지방으로 떠나는 이야기였다. 벌써 십 년 전 일이라 인영이 시나리오에 왜 그 제목을 붙였는지 딱히 떠오르지 않지만 한 가지만은 분명하다. 운명의 힘이든 인생 자체가 강요하든 인간은 누구나 '자기만의 인생'을 만들어간다는 것, 그 과정을 제삼자의 잣대 없이 객관적으로 그려보려 했다.

최루탄에 눈물 흘리며 장님처럼 더듬더듬 디뎠던 층계, 『문학과 예술의 사회사』에서 한 페이지나 베낀 랭보에 관한 구절을 입속으로 외우며 내려간 대학 도서관 층계가 생각난다. 백팔번뇌와 같은 숫자의 108층계였다. 번뇌의 생에 대한 호기심에서 일찍이 활자 중독자가 되었는데 몸은 구호를 외치면서, 보헤미안을 생활 형태로 만든 유일한 인물이었다는 랭보의 혼을 가슴속에 접고 있었다. 도서관과 인생 사이의 백팔번뇌를 오르내리며 인영은 자기만의 이십 세를 보냈다. 그리고 결혼과 출산과 이혼. 다른 사람들은 오랫동안 지속했을, 아니 죽을 때까지 끈을 놓지 않았을 가정이란 삶의 방식을 짧은 시간에 매듭짓고 지금은 낯선 이국에 와 있다. 진아(眞我)를 찾아가는 길인지 망상인지 알 수 없지만 자기만의 인생을 만들어가고 있다는 건 분명하다.

완판(晩飯)

오늘 수업은 여섯시 반에 끝났다. 한국어 수업이 끝난 뒤 김 차장에게 중국어를 가르치지만 이틀간 북경 출장을 다녀와 수업 시간을 줄였다. 중국으로 발령 난 지 삼 년째인 김 차장은 중국어 능력 고급인 인영에게 주 세 시간 문법을 배우고 있다. 진급을 위해 중국어능력시험 중급을 따야 하지만 늘 바빠서 수업을 곧잘 빠트렸다. “진도가 안 나가서 미안한데……” 김 차장은 대신 저녁을 사겠다며 주강(珠江)이 내려다보이는 식당으로 안내했다.

식당 입구엔 수족관과 철망 상자들이 길게 늘어서 온갖 요리 재료들을 전시하고 있었다. 갖가지 물고기와 조개, 가재, 갑각류 같은 해산물뿐 아니라 자라와 개구리, 뱀, 전갈에 풍뎅이 같은 곤충도 들어 있었다. 인영은 철망 속에 엉켜 있는 검은 비늘의 뱀을 외면하고 안으로 들어섰다. 다리와 날개 달린 것 중 의자와 비행기만 빼고 다 요리한다는 광저우에서도 특히 뱀 요리가 발달해 있다. 시각적으로 연상되어 뱀 요리는 쳐다보지도 않지만 인영은 광저우에 와서 악어 스테이크, 비둘기 고기도 먹어보았다. 그저 호기심이었다. 어떤 맛이길래 인간은 그 사나운 악어까지 잡아서 요리하나. 고기의 맛은 동물의 성질과 연관이 있는가. 요리도 탐구 대상이고 문화지만 꿈틀거리는 뱀까지 재료로 진열하니 엽기적 취미로 보였다.

늘 그러하듯 식당은 혼잡하고 빈자리도 이내 눈에 뜨이지 않았다. 일층 홀을 한 바퀴 돌고 김 차장은 이층으로 올라갔다. 붉은 치파오를 입은 여종업원이 그들을 안내하는데 여러 칸으로 나뉘어 있는 이층 홀도 복잡하기는 마찬가지였다. 빈자리가 눈에 띄지 않아 맨 안쪽으로 들어가니 식탁에 앉아 있던 한 남자가 마침 일어섰다. 식탁에 차 주전자만 놓인 걸 보면 누군가를 기다린 모양이었다.

두 사람이 앉자마자 종업원이 다가와 차 주문을 받았다. 인영이 쥐화푸얼차(菊花普耳茶)를 시키니 김 차장은 음식을 주문하러 일어섰다. 식탁에서 앞을 보면 주강이 펼쳐져 있고 왼편으론 유리를 통해 옆방에서 식사하는 사람들의 모습을 볼 수 있었다. 세 개의 큰 테이블에 사람들이 둘러앉아 서로 얘기를 나누고 창 쪽에 놓인 항아리에서 수프를 떠 오기도 하는데 단체손님이 온 듯했다. 김 차장이 돌아와 자리에 앉자 종업원이 차를 따라 두 사람 앞에 놓았다.

"한국 있을 땐 습관처럼 커피를 마셨는데 중국 와서 차 문화가 좋아졌어요. 광저우엔 큰 강이 있어서 차 문화가 발달했대요. 더우니까 시민들이 강가에 나와 걷다가 차 마시고 가정사 얘기하고."

"기름진 다양한 음식들과 함께 갖가지 차가 발달한 것 같아요. 생채가 많은 한국 음식엔 녹차가 어울리고."

찻잔이 작아서 이내 마셨다. 종업원이 다시 차를 따르니 김 차장이 손가락을 굽혀 탁상을 두드렸다. 고맙다는 뜻이라고 일러주어서 인영도 따라 하자 종업원이 예의 차리지 말라며 손을 저었다. 김 차장이 웃으며 관습의 유래를 들려주었다.

"청나라 때 건륭황제가 시종 한 사람만 데리고 강남에 암행을 나왔대요. 광저우 서관의 찻집에 왔더니 젊은이가 긴 주전자로 차를 따르는 것이 마치 청룡이 물을 뿜는 것 같아 신기했대요. 그래 황제가 일어나 젊은이가 하듯 시종에게 차를 따라주니 시종이 황공한 마음에 무릎 꿇듯이 검지와 중지를 구부려 탁상을 톡톡 세 번 두드렸어요. 왕이 하사하면 무릎 꿇고 엎드려 받아야 하지만 그대로 하면 왕의 신분이 탄로 나므로 재치 있게 감사 표시를 한 거죠. 시종은 왕이 이유를 묻자 차를 따를 때 손가락으로 두드리는 것이 예의입니다, 라고 임기응변으로 아뢰었어요. 그 뒤로 광저우에선 차를 따를 때 손으로 탁상을 치는 것이 유행했대요."

잔을 비우자 종업원이 옆에서 차를 따랐다. 양옆으로 트인 치파오 자락 사이로 늘씬한 다리 곡선이 드러나 있지만 여자의 토끼 같은 동그란 눈이 귀여웠다. 인영이 손가락을 구부려 다시 탁상을 두드리니 종업원은 민망하다는 듯 얼굴까지 붉히며 천진하게 만류했다.

"나는 차를 따르는 게 일이다. 자꾸 그러면 내가 미안하다. 제발 그러지 마라."

주문한 음식들이 연이어 나왔다. 바나나 케이크, 속을 판 허미과(荷密瓜)에 담아 온 샐러드, 껍질째 나온 가리비 요리, 갈색의 거위구이, 케이크처럼 동그랗게 찐 무에 까만 버섯을 소스처럼 얹고 테두리에 청경채를 둘러놓은 무찜, 쿠킹호일에 싸인 채 소금이 뿌려져 나온 음식도 있는데 백화(白花)라는 이름의 민물고기구이라고 김 차장이 일러주었다.

"이렇게 많이 시켰어요?"

"중국요리는 늘어놓고 먹어야 맛있어요. 고려물산 직원들에게 한국어, 중국어 다 가르치느라 힘들죠? 국수도 별미니 다 맛봐요."

인영이 여섯 개의 접시를 휘둘러보고 바나나 케이크 하나를 접시에 덜었다. 속이 비칠 정도로 얇은 피에 바나나를 말아 마가린으로 구웠는데 달큼한 향내가 식욕을 자극했다. 멜론 종류인 허미과 속엔 새우와 샐러드, 홍당무, 피넛, 말린 해삼, 생강 등을 볶아서 담았다. 시각적으로 좋고 재료들에 멜론 향이 스민 것 같아 절로 젓가락이 갔다. 중국에서 차와 함께 갖가지 음식들을 늘어놓고 먹으면 해방감을 느끼며 이 순간만큼은 인생을 즐긴다는 느낌이 들었다. 어느 시인은 보다 경건하게 예찬했지. 모든 음식은 자기희생이라는 점에서 성스럽다, 모든 밥상은 성찬이다, 라고.

옆방에선 사람들이 맥주잔을 올려 들어 '깐뻬이' 제창하고 잔을 부딪쳤다. 대부분 젊은 남녀들이고 중년 남자 서너 명도 섞여 있었다. 인영이 창으로 그들을 바라보자 차를 따르던 종업원이 졸업 파티를 한다고 일러주었다. 여섯 달 함께 기숙사 생활을 하며 무역대학 단기반 과정을 끝낸 학생들이라고 했다. 대학에서 일반인에게 여는 강좌의 수강생들인 듯했다. 김 차장이 맥주를 마시겠느냐 물어서 인영은 사양하지 않았다. 시원한 맥주가 당기는 계절이었다. 종업원이 칭다오 맥주 두 병을 이내 가져와서 인영도 잔을 부딪쳤다.

"깐뻬이."

오늘은 아침부터 저녁까지 수업과 아르바이트를 했다. 이런 목요일엔 집에 돌아가서도 혼자 캔맥주를 마시곤 했다. 사람을 많이 만난 날일수록, 바빴던 날일수록 집에 돌아가면 공복감을 느꼈고 허기를 메우듯 맥주를 마셨다.

접시에 놓인 다섯 개의 조개껍질은 분홍 부채 같았다. 가리비 껍질을 손에 들고 붉은 피망으로 양념한 패주(貝柱)와 실처럼 가는 당면을 버무려 먹으니 바다 냄새가 끼쳐왔다. 섬세한 요리는 미각까지 예민하게 만들어서 창으로 파랗게 밀려든 물빛이 오존을 뿜어내고 있는 것 같았다.

옆방에선 학생들이 하나씩 나와 선생이 주는 서류를 받고 힘차게 악수했다. 한 남학생이 선생의 손에 입을 맞추자 뒤에선 여학생은 선생의 볼에 입을 맞추었다. 여자들이 연이어 선생의 볼에 입맞춤하곤 서류를 두 손으로 들어 올려 보였다. 수료증이거나 성적표일 것이다. 선생의 볼에 입맞춤하는 젊은 여자들의 모습이 그지없이 활달하고 발랄해 절로 미소가 떠올랐다. 기차 여행 중에 보았던 중국 여승무원들은 거침없이 직무를 수행하지 않던가. 중국 남자들도 순종적인 한국 여자와 일본 여자를 더 좋아한다지만 인영은 가부장제를 뛰어넘은 중국 여자들에게 동지애를 느꼈다. 그네들의 꾸밈없는 모습을 바라보다 며칠 전 전화를 걸어온 대학 후배 미진의 얼굴을 떠올렸다.

생물학과 여교수가 며느리로 점찍어서 유학도 포기하고 결혼했지만 밍크코트와 크라이슬러를 제공받고 시집의 마스코트가 된 후배였다. 설 전날엔 일하러 가서 무언가 실수했는지 싱크대 옆에 꿇어앉아 세 시간 벌을 섰다고 했다. 여교수인 시어머니 명령이었다. 그 얘기를 들려주며 내가 왜 이렇게 됐지? 탄식하던 미진. 헬스클럽 회원권을 끊어놓고도 거기까지 갈 힘이 없다며 "딸을 보고 살래" 말했다. 인영이 생선에 젓가락을 대다가 저도 모르게 한숨을 쉬었다.

"여자들을 보면 중국에 희망이 있어요."

김 차장이 창으로 옆방 정경을 흘긋 보았다.

"중국은 여자 천국이에요. 어떤 부부가 같은 직장에 다니는데 부인의 직위가 더 높대요. 부인은 회사에서도 남편이 일을 못하면 사람들 앞에서 마구 호통친대요. 물론 공과 사는 분명해야겠지만 한국에서라면 그런 일이 있겠어요?"

"한국은 남자 천국 아녜요?"

"여자들이 볼 때 그럴지 몰라도 한국 남자들 불쌍해요. 가부장 노릇 하느라 인정받는 사회인 되느라 밤낮도 없어요. 나도 북경 가서 이틀간 술만 마셨어요. 본사에서 임원이 나오면 물량 많이 받으려고 술대접해야죠. 가짜 천국이라 가짜 양주 마시고 나면 다음 날은 작은 망치 같은 게 여기저기 옮겨 다니며 골을 때려요. 중국술이 세지만 발효주여서 차라리 뒤끝은 깨끗해요. 도수가 낮은 게 삼십팔 도, 높은 건 오십이 도라 잔을 마구 받으면 뒷감당 못해요. 그래서 중국 사람 대접할 땐 한 사람 한 사람씩 내게 잔을 줄까 봐 우리 팀 두 명이 깐뻬이, 잔을 부딪치곤 마셔버려요."

김 차장이 쓴웃음을 띠며 인영의 잔에 맥주를 따랐다. 잔이 완전히 비지 않아도 계속 술을 채우는 것이 중국식이었다. 김 차장이 생존의 어려움에 대해 말했지만 인영도 남자들이 조직사회에 어떻게 적응해야 하는지 알고 있었다. 운동권이었던 한 대학 선배는 졸업 뒤 주류회사에 채용되었으나 영업부에서 손님 접대역을 맡으면서 양주를 물처럼 마셨다. 직업상 포커를 배우고 밤새워 내기하다 빚까지 지게 되었지만 입사 오 년 만에 해고를 당했다. 그 뒤 빚 때문에 경마장을 기웃거린다는 소문을 들었는데 인영이 중국으로 오기 전 그가 간암으로 죽었다는 소식을 들었다. 가난했지만 늘 진지했던 선배였다. 육신의 착취를 당하면서도 그는 사회 부적응자가 되지 않기 위해 스스로 올가미에 얽혀든 것일까.

"좋아요, 술 때문에 두통을 앓고 몸이 만신창이가 된다 해도 내 나라가 잘된다면 보람을 느끼겠어요. 대의명분에 약한 것이 한국 남자들 아닙니까. 우리가 어떤 나라를 상대하고 있습니까. 동아시아를 초토로 만든 국제 투기자본도 중국을 굴복시키지 못했어요, 위안화를 자유로이 바꿀 수 없는 중국 법 때문이지만 외국 자본이 돈 벌더라도 가만 놔두지 않아요. 너희들 돈 버니까 쓰러져가는 기업 인수하라고 해요. 중국은 무서운 나라예요. 샤먼(廈門)에서 벌어진 홍루(紅樓) 사건 알죠. 홍색의 칠층 건물에서 고위 관리들이 받은 향응 말예요. 부서기와 부시장까지 연관된 이 대형 밀수 사건으로 여덟 명이 가차 없이 사형당했어요. 육십사억 달러 규모의 대사건이지만 히틀러 시대도 아닌 21세기 초반에 일어난 일이에요."

"주룽지 총리는 자신을 위한 관도 준비되어 있다고 했잖아요. 홍위병을 치른 나라, 국가권력이 강한 사회주의 국가라 가능한 걸까요. 소수민족 억압은 지탄의 대상이고 티베트 말살 정책은 인권에선 최악이에요. 왜 티베트가 자기 나라야. 라싸를 점령하고 승려들을 죽이고 티베트 문화 파괴하는 걸 보면 화가 나요. 중국인들은 좋아해도 중국 정부는 싫어요. 배금주의가 팽배해가는 것도 바람직하지 않고."

인영은 포만감에 맥주잔을 밀어놓고 차를 마셨다. 한 점 두 점씩 먹은 것이 위에 찼지만 흙냄새 나는 푸얼차가 소화를 도울 것 같았다. 옆방에선 이십여 명의 남녀가 자유로이 자리를 옮겨 다니며 얘기하고, 노트를 들고 다니며 서로에게 고별사를 받기도 했다. 창 가까이 앉은 한 젊은 여자는 같은 또래의 단발머리 여자 어깨에 얼굴을 묻은 채 흐느꼈다. 단발의 여자는 자매처럼 동료를 안아주며 달래는데, 슬픈 일이라기보다 합숙하며 공부했던 여섯 달의 정이 종료식에 울음으로 터져 나온 듯했다.

다른 테이블에서는 밤송이머리 청년이 얼굴을 일그러뜨리며 울고, 옆에 앉은 선생도 서러움을 마음껏 풀라는 듯 청년의 어깨를 다독였다. 방 안은 뜨거운 열기로 가득하여 사회주의 젊은이들의 때 묻지 않은 순진함과 중국인의 결집력을 느끼게 했다. 김 차장이 밋밋한 맛의 무찜을 긴 젓가락으로 잘랐다.

"군부독재 시절에도 청춘들은 「블로잉 인 더 윈드(Blowin' In The Wind)」를 부르면서 인간적 우수와 희망을 가졌어요. 흰 비둘기는 얼마나 많은 바다를 건너야 모래밭에서 잠들 수 있을까. 그건 바람만이 아는 대답이지. 테이크 미 홈(Take me home)…… 이제 사십대가 되어서 밥그릇 지키느라 타국에 나와 있지만 고향이란 말은 역시나 눈물 나게 하네요. 왜 늘 방랑자 같은지."

김 차장의 눈자위가 붉어지면서 눈물이 비쳤다. 여섯 살 차이의 같은 386세대로서 장대한 중년 남자가 눈물 훔치는 모습을 인영은 가만 지켜보았다. 이국 생활이 감상을 주는지 모르지만 술을 마시다 눈물 닦는 남자의 모습이 순정해 보였다. 그들은 한국이란 업의 배를 타고 있는 동승자가 아닌가.

갑자기 박수 소리가 나서 창을 보니 옆방의 둥근 식탁 위에 큰 케이크가 놓여 있었다. 사람들이 케이크를 에워싸고 촛불을 끄자 비디오를 켰는지 화면에서 「해피 버스데이 투 유(Happy Birthday To You)」가 울려 나왔다. 화면에선 두 선남선녀가 서양 야회복 차림으로 미끄러지듯 댄스하고, 사람들은 함께 노래 부르며 동료의 생일을 축하했다. 생일을 맞은 한 쌍의 남녀에게 너도나도 뺨에 입 맞추고 안아주고 술을 따라주다가 두 남자는 컵을 바닥에 내동댕이쳐 깨트렸다. 그것은 중국식 축제였다. 머리가 벗어진 중년 남자가 가라오케 마이크를 잡고 말하자 옆방까지 울렸다.

"짧은 기간이지만 너희들은 전문경영자 과정을 수료했다. 앞으로 취직하여 사회인으로 능력을 발휘하고 살아갈 것이다. 중국은 2008년 베이징에서 올림픽을 개최한다. 중국과 중국인 앞에는 무한한 가능성이 열려 있다. 우리가 노력한다면 세계 어느 나라보다 잘살 수 있고 강국이 될 것이다. 차이나를 위하여 깐뻬이, 완쒜이."

잔들이 부딪치고 환호가 터져 나왔다. 다른 테이블을 차지한 손님들은 옆방의 파티에 관심 없이 음식을 벌여놓고 각자 떠들지만 인영과 김 차장은 넋을 놓고 중국인들의 종강 파티를 지켜보았다. 김 차장의 얼굴엔 부러움 같은 것이 스쳤고 인영은 열기에 전염되어 주먹을 가만 쥐었다. 오열할 수 있을 만큼 한마음으로 뭉친 파티. 인영은 진정한 축제에 참여해본 적이 있었던가.

김 차장이 잠시 후 자리에서 일어나 화장실이 있는 입구 쪽으로 걸어 나갔다. 인영은 시계를 보려다 가방 속에 넣어둔 것을 생각해냈다. 의자 뒤에 놓아둔 가방을 더듬어 찾으니 아무것도 손에 잡히지 않았다. 돌아보아도 의자 뒤엔 가방이 없었다. 등받이에 걸려 있지도 않고 옆의 빈 의자에도 없었다. 김 차장 자리까지 살펴보았으나 어디에도 가방은 없었다. 인영은 당황하여 주위를 두리번거리다가 "샤우제(小姐)" 하고 여종업원을 불렀다. 차를 따라주던 여자가 다가오자 인영은 가방이 없어졌다고 알렸다. 어린 여자가 양미간을 모았다.

"여긴 복잡한 식당이다. 가방을 무릎에 놓든가 쥐고 있어야지 그렇게 허술하게 두면 잊어버리기 쉽다. 금목걸이도 채가는걸. 도난 사고는 어디서든 일어난다. 누가 훔쳐갔다면 다시 찾기 어려울 것 같다. 가방에 귀중품이 많이 들었나?"

"수첩, 워크맨, 전자사전, 지갑."

삼백 위안의 비상금, 비자카드와 사진—한 장의 사진. 인영은 지갑 속에 든 물건들을 머릿속으로 나열하면서 다른 식탁의 의자와 바닥을 눈으로 훑었다. 어디에도 가방은 보이지 않았다. 인영은 울고 싶은 심정이었다. 종업원과 함께 실내를 돌아보고 인영은 복도를 지나 손님들이 가득 찬 또 다른 홀을 지나 계단으로 내려갔다. 계단에도 복도에도 가방 같은 건 떨어져 있지 않았다. 아래층으로 내려오자 열린 문 사이로 밤의 강이 다가왔고 인영은 몽유병자처럼 밖으로 나섰다.

남방의 열기가 흐르는 도심에 조명으로 밝힌 해주대교가 목걸이처럼 강을 가로질러 놓여 있었다. 밤의 꽃처럼 켜진 조명들. 광저우에서 가장 오래된 중앙은행 이층 건물도 황색 조명으로 육중해 보였다. 가로수 아래론 초록 등을 켜놓아 무성한 잎들이 수초처럼 보였고, 강물에 그물처럼 드리워진 불빛이 바람에 일렁였다.

훈풍이 불어와 얼굴로 끼쳐오자 인영은 기억을 더듬듯 허공에 손을 내밀었다. 그것은 마치 숨결 같았다. 당신의 온유함 같은 강바람이 인영을 어루만져준 것 같았다. 인영이 입사한 첫해 연말에 한강을 보여주며 바다를 꿈꾸라고 말하던 상사. 직원인 인영이 임산부가 되자 출퇴근 때마다 차로 데려다주고, 출산한 날 병원 밖에서 두 시간을 기다려 산모 안부를 묻고야 발길을 돌렸다. 그의 사랑을 뒤늦게 깨달았지만 이혼도 알리지 않은 채 인영은 사진 한 장만 지갑에 넣고 중국으로 떠났다. 당신은 나를 선택할 수 없겠죠, 하고 묻지 않기 위해.

해주대교 아래로 하얗게 불 밝힌 호화 여객선이 미끄러져 갔다. 어둠 속으로 통통배 하나도 물결에 출렁이며 지나갔다. 강 건너 왼편의 고층 빌라 위에는 지붕 장식이 왕관처럼 솟아 있었다. 네온이 켜진 왕관 위로 흰 별이 점점이 떠오르고 사라지고 떠오르고 사라지며 반복하여 반짝였다. 그것은 허공에 상영되는 꿈의 만화 같았다. 강변 앞 공터에 세워진 네 개의 파이프엔 폭죽이 터지듯 네온이 번쩍이는데 원색 네온이 직선과 점선, 꽃송이 무늬를 밤하늘에 화려하게 그리고 있었다.

축제의 포와 떠오르는 별을 바라보니 강변로의 애군대주점(愛群大酒店)에 붙어 있던 '위대한 인민공화국 만세'가 어디선가 들려오는 듯했다. 점점이 떠오르는 별은 그대들 대륙을 밝히는데, 가진 것을 모두 잃고 어찌할 바 몰라 강가에 서 있는 이방인의 가슴속으로 별이 스러지고 있었다.

아이도 사랑도 포기하고 빈 몸으로 떠났건만 가방까지 잃어버리다니. 내게 더 잃어버릴 게 있는지, 더 버려야 할 거나 있는지. 땅에 딛고 있는 두 발도 내 것이 아닌 것만 같은데…… 머릿속으론 괜찮다, 괜찮다, 하면서도 인영은 자신을 추스를 수가 없었다. 중력조차 잃은 듯 몸이 허공에 뜨는 듯한데 김 차장이 기다릴 식당으로 들어갈 생각도 않고 허청거리는 발이 강가로 향했다.

바로 그때 낡은 지프차 한 대가 강변에 멈추어 섰다. 찢어진 청바지를 똑같이 입은 젊은 남녀가 밖으로 나와 둑길의 차장수를 불렀다. 차를 마시려는 모양이었다. 열려 있는 지프차에서 팝송이 흘러나오는데 인영에게 들려주듯 귀에 익은 곡이었다.

내가 타고 있는 기차를 당신이 놓치게 되면
내가 떠났다는 사실을 알게 될 거예요.
당신은 백 마일 밖에서 들려오는
휘파람 소리를 들을 수 있겠지요.
나는 백, 이백, 삼백, 사백, 오백 마일이나
집으로부터 떠나와 있어요. 파이브 헌드레드 마일스—
셔츠도 없고 돈도 없고 오 하느님
나는 이제 집에 돌아갈 수 없어요.
오백 마일이나 떨어져 있으니까요.

나는 너무 멀리 왔을까

레스트랑 내부—낮

레스토랑 실내는 어둡고 한 쌍의 남녀가 차지한 식탁만 조명으로 둥글게 드러나 있다. 식탁엔 음식이 담긴 접시가 놓여 있고 두 사람은 거의 나란히 앉아 있다. 긴 생머리를 정수리에 올려 묶은 여자는 눈을 가늘게 뜨곤 남자를 주시하고, 남자는 접시를 밀어놓은 채 허공을 보며 독백하듯 무어라 말한다. 여자가 순간 그의 입술에 재빠르게 입맞춤한다. 새 부리처럼 뾰족한 여자의 입술.

남자는 주춤하다 여자의 시선을 의식하며 다시 말을 계속하는데 여자가 또다시 남자 입에 입맞춤한다. 사랑스러워서

가 아니라 말을 막으려는 의도 같다. 순간 눈을 질끈 감지만 눈부시게 흰 식탁보가 쏟아진 물감처럼 시야에 번진다. 밝고 부드러운 빛이 포대기같이 그를 감싸는 듯하다. 그에게 입 맞추던 여자도 사라져, 안도하며 빛의 공간을 유영하는데 삼파장 등이 눈에 들어왔다. 책꽂이의 책들과 책상, 빛들이 은하수처럼 흐르는 컴퓨터 화면이 그의 동공에 스쳐 가자 관(觀)은 꿈을 꾼 것을 알았다. 불을 켜둔 채 잠이 들었나 보다.

관은 눈을 뜨려다 몽롱한 상태로 뒤돌아 누웠다. 선잠에서 깬 탓에 눈꺼풀이 무거웠다. 다시 어둠 속에 숨죽이고 있으려니 꿈에 본 오의 모습이 보름달처럼 떠올랐다. 오가 달처럼 그를 내려다보고 있었다. 둥근 식탁에서도 어깨를 나란히 하고 앉아 있었지만 무언가 어긋나 보이던 두 사람. 관이 시나리오라고 생각한 장면들은 꿈이었다.

관과 오가 식탁에서 마주 앉지 않은 것은 얼굴을 마주 보지 않기 위해서가 아닐까. 관은 꿈에서 무슨 말을 했던 것일까. 관은 앞을 바라보며 감상 없이 말하고자 했을 것이다. 우리가 두 번의 밤을 함께 보낸 것은 너와 내가 사랑한 영화 때문이었다고, 좋은 영화의 여운이 두 방랑자를 뒤따라왔다고. 나의 기억은 거기까지라고. 너를 싫어하지 않았지만 좋아했다 말할 수도 없다고. 다소 위악적이지만 위선보다는 위악이 진실에 가까운 법이다.

옆으로 돌아누우니 삼파장 빛이 눈 속으로 파고들었다. 오전에 영화사에 나갔다가 그가 감독으로 데뷔할 작품의 제작자가 프로젝트를 포기했음을 전해 들었다. 단편영화제에서 두번째 상을 받자 영화사에서 불러 계약을 했다. 시나리오는 거의 이 년 걸려 4고까지 고쳤으니 관도 더 이상 어찌할 수 없다. 위로하느라 함께 낮술을 마셨던 피디가 약속이 있다면서 빨리 일어나자 관도 택시를 잡아타고 집에 들어왔다. 습관처럼 메일을 체크하고 무력증에 침대에 잠시 누워 있다가 잠이 들었다. 낮술에 머리가 아프더니 달갑지 않은 꿈까지 꾸었다. 꿈을 털어버리려고 자리에서 일어나려는데 별안간 「금지된 장난」의 멜로디가 울려왔다. 정적을 깨뜨리는 투명한 음률이 괴기스럽기까지 했지만 늘 듣는 휴대폰 소리다.

벽시계를 흘긋 보니 네시가 넘었다. 동향에다가 버티컬이 드리워져 빛이 거의 들어오지 않지만 날이 저물진 않았다. 관은 침대에서 몸을 일으켜 컴퓨터 옆에 놓인 휴대폰을 집어 들었다.

"여보세요."

"정관?"

"누구십니까?"

정관 씨도 아니고 관아, 라고 부르지 않는 걸 보면 사무적인 일로 찾는 것도 아니고 친한 사람도 아니다. 낮게 가라앉은 꺼칠한 목소리가 왠지 신경에 거슬렸다.

"나, 닥터 박이야."

"닥터……"

"여기 미국이야. 엘에이에 있는 닥터 박, 전에 여기 왔지 않나."

엘, 에이라는 발음이 뱀처럼 미끄럽게 귓가를 스쳤고 관의 눈썹 끝이 곤두섰다. 관은 얼떨떨한 채로 아, 하고 기억한다는 표시를 했다. 미국에 사는 조카가 교통사고로 죽었다는 연락을 받고 누이에게 갔을 때니 오 년 전이었을 거다. 그때 이웃에 산다는 한국인 의사를 미국인 매부로부터 소개받았다. 키가 작지만 옹골차게 보이던 비뇨기과 의사였다.

"웬일입니까. 제 연락처는 어떻게 알고요. 미국에서."

반가운 것이 아니라 놀라워서 관은 그것부터 물었다.

"며칠 전 수자 씨 집에 전화했더니 가르쳐주더군. 자네 소식을 알려주면서."

"저도 몇 년 만에 그 댁에 연락했습니다. 새해에 영화 일로."

수자 씨는 누나 친구였다. 닥터 박이 수자 씨를 아는 것은 엘에이에서 수자 씨가 운영하는 헬스클럽의 오랜 단골이기 때문이다. 누나네는 벌써 엘에이를 떠났고 수자 씨도 한국으로 들어왔지만 닥터 박은 지금까지도 수자 씨 부부와 연락하며 사는 모양이었다. 관이 몇 군데를 거쳐 인천에 사는 수자 씨와 통화한 것은 무용가인 수자 씨 딸에게 무용 장면에 대한 몇 가지 조언을 받고 싶어서였다.

"나를 찾진 않았나?"

그럴 리가. 자만심이 깃든 말투에 관은 양미간을 찌푸렸다.

"누나와 연락한 지도 오래됩니다."

"무심하시구먼."

"그래, 어떻게 지내세요. 병원은 잘되구요?"

"의사가 굶을 일 있겠나."

반은 건성으로 반은 예의로 근황을 물었을 뿐이다. 더 이상 할 말이 없어 입을 다물자 닥터 박이 목소리를 한 음 낮추었다.

"요즘도 번역하고 시나리오 쓰나?"

"직업이니 변할 게 없군요."

닥터 박은 수자 씨로부터 관의 근황에 대해 들었을 것이다. 수자 씨가 관에게 이것저것 물었으니까. 결혼 말도 어김없이 나왔고. 올해 서른여덟인 노총각을 수자 씨는 친누나처럼 걱정했다. 저쪽에서 아무 소리가 들려오지 않자 관이 불쑥 물었다.

"거긴 지금 몇 십니까?"

"자정이 막 지났지. 사방이 고요한 화이트 나이트야. 이상 기온으로 몇십 년 만에 보는 눈이야."

"안 보다가 보면 신기해서 들뜨죠. 서울엔 눈이 흔해서……"

관은 감정 없이 말하곤 엉덩이를 걸치고 앉은 침대에서 일어나 버티컬을 들췄다. 밖은 아직 밝고 아파트 길 옆으론 눈이 쌓여 있었다. 서울에 어제 아침까지 눈이 내렸다. 의사의 목소리가 어둠처럼 다가섰다.

"한 달 전 샌프란시스코에 갔어. 우리가 들렀던 바에도 갔지. 생각나?"

관은 잠자코 있었다. 닥터 박이 관의 친구가 사는 샌프란시스코에 관을 데려다주었지만 관은 친구 집에 가지 않고 닥터 박과 돌아다녔다. 일이 이상하게 빗나갔다.

"미국 올 일 없나?"

"특별히 갈 일 없습니다."

"샌프란시스코에서 살고 싶다면서."

"살 만한 곳이죠."

닥터 박의 차로 샌프란시스코를 돌아볼 때 관은 자연이 인공을 품어주는 듯 관대하며 심세한 그 도시에 감탄했다. 인간으로 태어났다면 이런 선택된 환경에서 삶의 풍요로움을 누리며 살아야 마땅하다고 생각했다. 자유의 도시답게 샌프란시스코에서 맨 처음 관의 눈에 뜨인 것은 입술에 검은 루주를 바른 금발의 여자였다. 햇빛이 흩날리는 거리에 서 있던 검은 루주의 여신.

If you're going to San Francisco, be sure to wear some flowers in your hair.

샌프란시스코에 가면 머리에 꽃을 꽂으세요— 환청인가 했으나 노래가 흘러나온 곳은 휴대폰이었다. 닥터 박이 정확하나 딱딱한 이민자의 영어 발음으로 노래를 흥얼거리고 있었다. 관보다 일곱 살 위인 그는 한국에서 레지던트 과정을 마치고 서른에 미국으로 유학 가서 그대로 영주권자가 되었다. 닥터 박이 노래를 멈추고 한숨 쉬듯 말했다.

"I miss San Francisco."

60년대 중반에 히피 운동이 일어난 샌프란시스코. 게이들의 구역, 카스트로 디스트릭트가 있고 공항 벽면에 에이즈로 죽어간 친구를 추모하는 조사들이 작품처럼 걸려 있는 샌프란시스코. You're gonna meet some gentle people there. 젠틀피플은 누구인가? 기존의 관습을 거부하는 자유주의자? 게이까지 포함된 히피들? 흰머리가 나기 시작한 중년의 한국인 이민자, 게이인 닥터 박도 샌프란시스코를 그리워하고 있었다. 그만의 자유를 찾아 정착한 미국 땅에서. 그건 관으로 하여금 그들의 여행을 상기시키기 위한 우회적인 수법이 아닌가.

닥터 박이 게이라는 건 매부가 말해주어서 알고 있었다. 보수주의자 소시민인 매부가 그 사실을 알려준 것은 경고인지 모르지만 관은 한 귀로 흘려들었다. 세상에 관을 놀라게 할 일이 있을까. 중학교 때 함께 기차를 탔던 친구가 충돌사고로 먼저 뛰어내리다 팔 하나가 잘렸다. 잘린 팔에서 쏟아지던 피를 제 손으로 받은 뒤로 관은 그 무엇에도 놀라지 않았다. 운명은 마음만 먹으면 팔 하나 정도는 서슴없이 베어버린다. 천사 같은 조카도 그렇게 데려갔다. 삶도 죽음도 그렇게 주어졌다면 닥터 박의 정체성도 그에게 주어진 것일 뿐.

닥터 박이 술을 마시는지 식도로 액체 넘어가는 소리가 들려왔다. 관은 수화기를 든 채 팔을 뻗어 담배를 물었다. 왜 이

전화를 받고 있어야 하는지, 왜 끊지 못하는지 알지 못한 채로. 바람 스치듯 스쳐 간 인연이라 까마득히 잊고 있었건만 오 년이 지나 전화해서 샌프란시스코가 그립다고? 담배 연기를 들이마시자 처음 피우는 것처럼 속이 메슥거렸다. 술을 넘기며 침묵을 지키던 닥터 박이 화제를 돌렸다.

"참 우연히 「유리새」라는 동승 얘기, 비디오로 봤어. 한국 비디오 가게에서 제목만 보고 빌렸는데 각색 정관이라고 이름이 나오더군. 이름이 특이하니까 동명이인은 아니겠지. 그런 영화나 각색하니 돈을 어떻게 벌겠어."

"돈 벌 야망 없습니다. 팔자에 없는 걸 갖겠다고 머리 굴릴 시간도 없구요."

"돈 벌려고 일하는 것 아니면 뭐 하러 거기 죽치고 있어. 미국 와. 캘리포니아 해안도로 드라이브도 하고. 선셋 타임이 환상적이야. 여름 휴가 때 태양이 작열하는 키웨스트 해안을 달려도 좋지."

정말 한가한 부르주아 직종이군. 관은 짜증을 누르며 담배를 비벼 껐다.

"국제전화니 대강 하시죠."

"김빠지는 소리 하네."

"배부른 닥터가 고달픈 시나리오 작가와 차원이 같겠습니까. 저는 밥줄을 위해 일해야겠습니다."

전화를 끊겠다는 소리였으므로 닥터 박은 더 이상 말을 잇지 못했다.

"멀리 살지만 가끔씩 연락하자구."

달갑지 않은 소리였으나 관은 그러십시오, 했다. '당신이 싫다'고 직선적으로 말한다면 오히려 관답지 않은 짓이었다.

실타래를 풀 때 한번 엉키면 전부가 걷잡을 수 없이 헝클어지기 십상이다. 생각지도 않게 엘에이에서 온 전화를 받고 나자 관의 머릿속이 수세미처럼 헝클어졌다. 시나리오는 보류되었고 오는 꿈에서까지 결혼을 재촉했다. 거기다 무의미한 과거의 인연이 꼬리를 잡듯 엘에이에서 지구를 가로질러 서울 가리봉동 골목까지 전파를 보냈다. 그럴 만한 권리라도 있다는 듯.

오 년 전 만났던 비뇨기과 의사의 존재를 관은 선뜻 실감하지 못했다. 그동안 까마득히 잊고 있었고 또 잊었다고 믿고 싶었다. 뒤통수를 치듯 나타난 비뇨기과 의사의 모습을 떠올리려니 『이상한 나라의 앨리스』에 나오는 체셔 고양이처럼 미소만 허공에 그려졌다. 다음으로 두 귀와 머리를 허공에 그려보았으나 얼굴은 해파리처럼 부유하고, 쓰레기 더미에 던져두었던 어떤 기억이 거미처럼 기어 나와 그물을 치기 시작했다.

바다가 보이는 샌프란시스코의 호화판 호텔에서 닥터 박과 머물렀던 하룻밤. 대마초와 술을 번갈아 들이마시며 성냥을 켜면 화약이 불붙는 듯한 환청을 들었고, 씨름하듯 맞붙어서

땀을 흘렸던 두 육신도 종말을 맞듯 폭발할 것 같았다. 관에게 그것은 육욕의 모험도 금기에 대한 충동도 아니었다. 닥터 박을 거부하지 않음으로써 파트너로 선택된 것은 순전히 방기였다.

눈 부릅뜨고 살아도 삶에는 늘 덫이 숨겨져 있지 않은가. 태무심한 관에겐 경계와 방어도 천성에 맞지 않는 발버둥질이었다. 삶에서 몇 번 가슴을 차이고, 영화 대사처럼 인간이 행복하기 위해 태어난 게 아니란 걸 알게 되면 흐르는 물결에 가랑잎처럼 몸을 맡기고 싶을 때도 있는 법이다. 관이 세상에서 유일하게 사랑한다고 말했던 조카는 운명조차 수갑으로 채워진 듯 차 안에서 박살이 났고, 관은 게이 바에서 피 냄새를 지우며 어지럼증에 몸을 맡겼다. 누가 죽어가거나 말거나 아름다운 샌프란시스코에서 견딘다는 긴장감이 무너지자 관은 자신을 내동댕이쳤다. 결코 동화될 수 없는 이방의 세계에.

갈증을 느낀 관은 냉수를 한 잔 들이켜고 곧장 밖으로 나섰다. 찬 공기를 마시고 싶었다. 겨울에도 태양은 위협적으로 눈부셨다. 연이틀 내린 눈으로 세상이 하얗게 덮였지만 관이 어제 영우의 메일을 열어보고 한낮에 나섰을 땐 거리의 눈이 이미 치워져 스티로폼 조각처럼 쌓여 있었다. 야산 쪽 마을로 가는 길에도 눈이 차바퀴에 더럽혀져 있었다.

이른 아침 눈을 뜨니 천지가 개벽한 듯 온 세상이 눈으로 하얗게 덮였어요. 태초의 빛 같은 순백의 세계를 바라보며 저 길로 끝없이 걸어가면 자작나무 숲이 길게 뻗어 있는 시베리아라고, 눈이 시리도록 푸르다는 바이칼 호수가 나온다고, 그런 공상을 하며 잠시 날았습니다. 영화도 이런 일탈의 꿈일까요. 「하안으로 가는 길」은……

이 영화로 관이 감독 데뷔를 할 수 있다면 후배 영우가 촬영을 맡는다면 더없는 조합이 되련만 그건 어디까지나 꿈이었다. 전에 단편영화를 함께 찍어서 호흡이 잘 맞았다. 관의 시나리오를 읽고 영우는 배경이 겨울이라 근사한 설경이 계속 머리에 떠오른다고 관을 북돋았다. 상처한 중년의 주인공이 고교 때 까닭 없이 기피했던 한 교사가 노승으로 칩거하고 있다는 하안사란 절을 화두처럼 찾아가는 로드무비이다. 메일을 보낼 때만 해도 영우는 시나리오가 엎어지리라곤 생각지 못했을 거다. 위대한 자본의 힘! 관은 마트 쪽을 바라보다 발길을 돌려 다시 아파트 안으로 들어갔다. 담배를 사러 가던 참이었으나 엘리베이터를 타고 꼭대기 층 17을 눌렀다. 해가 지기 전에 옥상으로 가기 위해서였다.

옥상엔 아무도 발 딛지 않은 눈밭이 하얀 포대기처럼 펼쳐져 있었다. 더럽히고 싶지 않은 결백한 공간에 주저하며 발을 내디뎠으나 정복자의 발도 자취를 감추었다. 관은 눈을 시리게 하는 순백을 음미하다가 가만 몸을 뉘었다. 잠에서 깨기 전 그를 감쌌던 빛, 물보라처럼 피어나던 빛의 부드러운 감촉이 기억 속에서 되살아났다.

천국처럼 밝고 편안한 그 빛은 관이 초등학교 5, 6학년 때까지 꿈속에서 보았던 세계이다. 아이는 구름밭에 누워 있는 듯 안락하여 아메바처럼 꼼지락거렸다. 그러다 갑자기 세상이 기울어지면서 어두운 곳으로 미끄러져 내려갔다. 천 길 우물로 빠져드는 듯한 나락이었다. 안 내려가려고 밀고 차며 발버둥 쳤지만 순대 같은 통로로 밀리듯 떨어져 숨이 막히고 죽을 것 같았다.

관은 어릴 때 그 꿈을 되풀이해 꾸었고 깨어날 때마다 서럽게 울었다. 어른들에게도 꿈에 대해 설명할 수 없었으므로 사내자식이 운다고 아버지에게 핀잔을 받기도 했다. 먼 뒷날에야 깨달았지만 그건 관이 태어날 때의 기억이었다. 거대한 형광등이 켜진 듯 환하고 고요했던 출구, 아이는 어머니 몸 밖으로 밀려 나와서도 충격에 싸인 듯 울지 않았다. 의사가 발목을 들고 머리를 찬물 더운물에 번갈아 담근 뒤에야 울기 시작했다. 중학교 때 할머니에게 출생 순간에 대해 들었을 때 관은 아이가 천국 같은 어머니 배 속에서 혼돈의 세상으로 내려온 것을 알았다.

눈 위에 누워 하늘을 올려다보니 구름 한 점 없어 호수가 반사된 듯했다. 일몰을 앞둔 시각이라 하늘 빛깔도 서늘하지만 호수를 손으로 휘저으면 온천처럼 따뜻할 것 같았다. 온양 부근에서 살았던 초등학교 시절 관은 곧잘 온천물에서 놀았다. 옷을 더럽혀 오는 아들이 못마땅해서 아버지가 관을 끌고 가려다 팔이 빠지게 한 기억도 생생하다. 아버지의 자전거에 실려 접골사에게 갈 때 관은 자전거가 뒤집혀 아버지 다리가 부러지기를 바랐다. 그러면 아버지로부터 달아나리라. 아버지 없는 세상으로 가면 젖과 꿀이 흐르는 가나안이 펼쳐질 것 같았다.

아버지가 돌아가신 지 십 년이 지났건만 가나안은 어디 있나. 저 하늘 호수를 끝없이 걸어가면 가나안이 나올까. 이 눈밭을 끝없이 걸어가면 은자가 사는 하얀 자작나무 숲이 펼쳐질까. 천국이 보일까.

눈(目) 속에 자작나무 숲이 하얗게 흔들리는데 문득 정초에 재연이 보낸 말다래 엽서가 생각났다. 자작나무 껍질로 만들었다는 천마총 출토 말다래. 하늘 위쪽을 흘긋 보니 천마에 그려진 무늬 같은 하얀 반달이 떠 있는데 먹구름이 걷히듯 관의 가슴이 환해졌다. 관은 눈밭에서 등이 젖는 줄도 모르고 시베리아 벌판에 뜬 반달 같은 여자에 대한 그리움에 사로잡혔다.

겨울 강변

러시아 장교복 같은 더블 브레스티드 코트에 담비 모자를 쓴 젊은 여자. 복장이 여자를 성숙하게 보이도록 하지만 추위에 발그레한 코와 선한 눈매가 소녀 같다. 여자는 얼어붙은 강을 배경으로 서 있는데 허허벌판이 뒤로 펼쳐져 있다. 몸을 반쯤 돌려 얼음 벌판을 바라보는 여자.

하얼빈의 겨울은 영하 이삼십 도야. 침을 뱉으면 그대로 얼어붙지. 더럽고 질척거리는 것들도 다 얼어붙으니까 깨끗하기도 해. 이곳에선 외로움조차 그렇게 얼어붙어서 감정도 고체화되는 것 같아. 오늘도 쑹화강에 나와 저 막막한 벌판을 바라보며 소냐도 생각하고 안중근도 생각했어. 이 멀리까지 와서 사람 하나 쏘아 죽인들 무엇이 바뀌랴. 안중근은 이토 히로부미를 죽여도 안 된다는 걸 알았을 것 같아. 이 거대한 자연 앞에 서면 인간 존재가 하찮다는 걸 알게 되니까. 조선의 독립투사도 그저 으악, 소리 한번 지르고 싶은 심정으로 총을 쏘았을 거야. 하얼빈은 그런 곳이야. 정말 춥고 외로워. 정신의 유형지라는 말도 사치야. 아무것도 위로가 되지 않고 아무도 내 존재와 연결되지 않아. 몇 번 살을 섞으며 근친상간인 체했지만 너도 멀고 먼 앨라배마였을 뿐이야. 내가 언 손을 비비며 고독이란 본질에 떨고 있을 때 넌 뭘 했니.

캄캄한 어둠 속으로 갑자기 하얀 각설탕 같은 창들이 떠오르면서 아파트 단지가 이어졌다. 관이 장소를 확인하듯 차창에 얼굴을 대고 밖을 바라보는데 안내 방송이 나왔다. 잠시 후 이 열차는 경주역에 도착하겠습니다. 경주역에서 내리시는 손님은 잊으신 물건 없이 안녕히 가십시오……

기차에 타자마자 한숨 자고 김천에서 눈을 떴다. 그사이 맥주를 마시며 이런저런 생각에 잠겼을 뿐인데 벌써 경주에 도착했다. 관은 창가에 걸린 외투를 들곤 손에 쥐고 있던 사진을 넣으려다 다시 들여다보았다. 더블 브레스티드 외투에 회색 베레모를 쓴 여자가 청록의 불빛이 새어 나오는 원통 지붕 건물을 배경으로 밤거리에 서 있다. 러시아풍의 건물은 얼음 조각이다. 하얼빈 사람들이 쑹화강 얼음으로 자금성이나 만리장성을 만들어 전시하는 빙등제라고 했다.

이마를 덮은 앞머리와 베레모, 외투 위로 두른 체크 목도리. 소녀티가 가시지 않은 얼굴이 이혼까지 치른 서른여섯 살이라고는 믿기지 않았다. 재연은 얼음 나라의 앨리스같이 분홍 불빛이 새어 나오는 동화의 거리에 서 있다. 헤이룽장 대학에 초빙 연구원으로 가서 일 년간 머물렀던 재연은 관에게 몇 번 편지를 보냈다. 사진은 관의 요청으로 재연이 지난봄에 보낸 것이다.

재연이 작년 정월 김포공항에서 하얼빈으로 떠날 때 관은 그가 번역한 『이상한 나라의 앨리스』 속에 천 불을 끼워 재연의 가방에 넣어주고 작별 인사를 했다. 처음엔 이메일도 자주 보내고 보름에 한 번꼴로 하얼빈으로 전화하다가 관의 게으름 탓에 간격이 뜸해지고 크리스마스 날 마지막 통화를 했다. 재연은 정월에 한국으로 돌아왔고, 관도 만나지 않은 채 경주로 내려갔다. 경주에 있는 대학에서 강의 생활을 시작한다고 전화로만 알려왔다.

마중 나온 몇 사람들만 서성거리고 있을 뿐 역 광장은 썰렁했다. 밤공기가 차가웠으나 추운 날씨는 아니었다. 관은 역사에서 걸어 나오다 뒤돌아 하늘을 올려다보았다. 보름이 가까워지는지 둥근 달이 떠 있었다. 역 앞으로 뻗어 있는 시가지는 지방 도시의 평범하고 조촐한 모습이었으나, 수세품 같은 경주역이란 현판 글씨체와 광장 한편에 서 있는 탑과 역사 위로 떠오른 보름달이 고도의 정취를 주는 듯했다.

관은 광장에 서서 휴대폰을 열었다. 단축번호 1번을 누르니 이내 신호가 울렸고 관은 숨죽인 채 기다렸다. 새 전화번호를 입력한 지 얼마 되지 않지만 1번은 하얼빈으로 떠나가기 전에도 재연의 차지였다. 이것이 너와 내게 무슨 의미가 있을까마는. 귀에 익은 비음이 들려오자 관은 "나야" 하고 말했다.

"관? 웬일이야."

"여기 경주야."

"정말?"

재연은 믿어지지 않는다는 듯 말꼬리를 올렸고 관은 하하,

웃었다.

"지금 기차에서 내렸다. 이제 아홉시야. 자기엔 너무 빠르잖아. 오늘 가기 전에 얼굴 좀 보면 안 될까."

"웬일이야, 갑자기 경주엔."

관은 촬영 헌팅이 있다고 생각나는 대로 말했다. 일과 상관없이 재연을 만나러 경주로 왔지만. 재연은 잠자코 있더니 나가겠다는 말 대신 장소를 일러주면 찾아올 수 있는지 물었다. 관이 걸어오면 서로 비슷하게 도착할 것이라고 했다.

재연이 찾으라고 한 '테라스'는 거대한 고분과 마주 보고 위치한 이층 경양식 식당이었다. 전면을 유리로 배치한 회색 지붕의 단아한 건물인데 이름처럼 뜨락과 잘 어울렸다. 봉황대가 한눈에 들어오는 창가에 자리 잡고 관이 담배를 피우고 있으려니 재연이 입구로 들어섰다. 갸름한 얼굴과 단발머리는 그대로이나 소냐 같은 담비 모자도 앨리스 같은 베레모도 쓰지 않았다. 전보다 여위어 보이는 재연은 관 앞에 서서 한 손을 내밀었다. 관도 빙긋 웃으며 악수했다. 차가운 손이었다. 재연이 관의 머리카락 몇 가닥을 손으로 당기곤 자리에 앉았다. 귀 뒤로 넘긴 관의 머리가 재연의 머리만큼 길었다.

"바쁘니?"

"아니. 아직 방학 중이지만 난 연구소 소속이니 매일 학교에 나가. 방학 중이라 조용해서 더 좋기도 해."

"경주에 내리니 도시가 조용해서 내 몸이 엿가락처럼 늘어

나는 것 같아. 잠깐 걸었는데도 흐느적흐느적, 그랬어."

재연이 소리 없이 웃으며 고개를 뒤로 젖혔다. 제 목도 늘어났는지 확인하듯.

"하얼빈에서 지난달 서울로 돌아오니 갑자기 가마솥에 들어온 듯하더라. 서울도 춥지만 가는 데마다 난방을 지나치게 해서 숨이 막혔어. 어떤 선물 가게에 들어갔을 땐 들큼한 양초 냄새에 속이 메슥거렸어. 잉여의 부르주아지 냄새…… 머리를 후려치는 듯한 찬 공기가 그리웠고 난 서둘러 경주로 내려왔어. 경주의 비어 있는 들판을 걸어가면 시베리아에서 불어오는 바람 한 자락이라도 잡을 수 있을 것 같았어. 먼먼 옛날부터 모든 것들이 경주로 흘러왔으니까. 서울은 나를 해체시키지만 경주는 나의 겨울까지 받아들이니까."

종업원이 다가와서 관은 맥주 두 병을 시켰다. "안주는요?" 권해서 재연에게 물으란 손짓을 하니 재연이 마른안주를 시켰다. 관은 담배에 불을 붙여 물고 창밖으로 봉황대를 바라보았다. 고목이 뿌리를 드러내고 서 있는 천오백 년 전의 고분이 문명의 시설을 굽어보며 공존하고 있었다. 나의 겨울…… 관의 가슴속에도 할 말이 그득한 것 같지만 세월이 켜켜이 쌓여 있는 고분을 바라보니 말이 입안에 맴돌았다.

러시아에서 영화 공부를 하고 돌아온 조감독이 있어. 러시아의 겨울은 정말 춥다고, 그 춥고 긴 겨울을 보내고 있으면 슬프다고 그러더라. 난 그게 무슨 말인지 알 것 같아. 희망이 무언지 모르지만, 희망이 있는지 없는지 모르지만 춥고 긴 겨울을 견디며 살아나가야 한다는 것, 그 원초적인 삶의 슬픔을 알 것 같아. 네가 얼어붙은 쑹화강에 서서, 거대한 자연 앞에서 으악, 소리 지르고 싶었던 것도 그 대적할 수 없는 슬픔 때문이겠지. 나도 늘 견뎌왔지만 너의 슬픔 앞에서 속수무책이었구나.

종업원이 맥주와 안주를 가져왔다. 관은 재연의 잔에 술을 따라주고 제 잔에도 가득 부었다.

"외가인 경주에 와서 좋겠네."

"내 뿌리로 돌아온 것 같아. 전부터 경주에 살고 싶다고 생각했는데 운 좋게 자리가 났어. 그럴 땐 삶이 불공평하지만은 않구나 싶어."

재연은 맥주를 마시며 창밖에 눈길을 주었다. 달은 보이지 않지만 황색 등으로 음영이 드리운 봉황대의 느티나무 고목이 꿈틀거리는 듯했다.

"어릴 때 경주에 와서 능에서 놀던 기억은 나. 지금은 능이니 고분이니 하지만 그때는 그저 동산이었어. 산 너머 작은집에 가듯 고분 위를 오르내리고 달이 뜨면 고분 위에 올라가 달구경하고. 집 뒤에 고분들이 있었으니까. 봉황대에서 숨바꼭질하던 기억도 나. 억새밭도 있었고 비탈에 납작 엎드리면 보이지 않아서 숨바꼭질하기에 좋은 장소였어. 정월 대보름에 남자아이들은 봉황대 위를 뛰어다니며 숯을 피운 깡통을 돌리고. 내가 코흘리개 때 엄마가 아파서 일 년간 외갓집에서 자랐거든. 지금은 이런 것도 추억인 양 말하지만 그때는 엄마랑 떨어져 있는 게 아픔이었어. 외갓집에서 잘해줬지만 아무도 엄마를 대신할 수는 없잖아. 그 상처가 컸는지 여고를 졸업할 때까지 다시 경주에 가지 않았어."

"예민하기는. 그 상처의 기억이 너를 사학자로 만든 거 아냐? 감나무가 있는 경주의 외갓집 마당에서 엄마 없이 혼자 놀던 아이의 그늘이. 상한 조개에서 진주가 자란다고."

"넌 늘 시나리오를 쓰지. 하긴 그 말도 틀리지 않아."

돌담 밑에 떨어진 감꽃들을 치마에 주워 모으는 아이. 양 갈래로 땋은 머리를 갸웃하며 햇볕에 눈썹을 찡그리는 아이의 모습은 사랑스러웠을 것이다. 관은 누이동생을 추억하듯이 재연의 어린 시절을 눈앞에 그렸다. 재연은 편강을 집어 먹으며 지금은 외가 식구도 흩어져서 외삼촌 한 분만 안강에 살고 있다고 일러주었다.

"경주에 온 첫날 비가 왔는데 여기 테라스에 혼자 앉아 있었어. 비가 유리 덮개 위로 떨어지며 무수한 동그라미를 그리는데 하늘로 뻗은 젖은 나뭇가지에 곧 잎이 피어날 것 같았고 내가 살아나는 듯 느꼈어. 그제야."

"전화 한 통 없이 이젠 경주에 숨어 살 거지?"

"아무도 찾지 않고 실종자처럼 묻혀 있을 거야. 올해 안에 박사논문을 마무리하면서. 그것과 연관 있는 짧은 논문 한 편을 역사학지에 발표하려고 경주 오자마자 썼고. 신라 국혼(國婚)에 대한 연구야. 후발국인 신라가 통일까지 이룰 수 있었던 것은 외교적인 전술에 힘입은 바 크지만 신라의 대외관계에서 특히 국가 간의 혼인에 주목했지."

혼인이란 단어가 관의 흥미를 끌었다. 관이 논문에 대해 알고 싶어 하니 재연이 간략하게 설명했다.

"정략적인 차원에서 국가가 주도한 혼인이란 의미로 국혼이라는 용어를 사용했어. 14대 유례이사금 때 왜가 네 번이나 신라를 침범하고, 16대 흘해왕 때 혼인을 요청하자 왜의 침입을 막기 위해 아찬 급리의 딸을 보내. 21대 소지왕 때 백제 동성왕이 사신을 보내 혼인을 요청하자 이벌찬 비지의 딸을 시집보내어 고구려의 남하에 대비하는 군사적인 공조 관계를 형성해. 23대 법흥왕 때에는 가야의 혼인 요청에 응해 낙동강 유역 진출의 발판을 마련하는데, 십 년 뒤 532년에 금관국 왕이 신라에 항복하지. 진흥왕 때에는 백제와 고구려가 싸우는 틈을 타서 백제의 동북쪽 변경을 빼앗아 신주(新州)를 설치해. 이러한 와중에 백제 성왕의 딸과 진흥왕의 국혼이 이루어져. 신라는 삼국 중 가장 작은 나라였어. 뒤처진 신라가 국혼의 정책적 기능을 적절히 이용하여 국가적 위기도 벗어나고 한반도의 패권을 차지하게 되는 과정이 흥미롭지."

재연은 이어 가야의 혼인 요청에 신라가 이벌찬의 누이를 보내면서 시종 백여 명을 함께 보냈다는 『일본서기』의 기록을 들려주었다. 이들은 여러 현에 분산되어 신라의 옷을 입었고, 이것이 말썽이 되자 신라는 여자들을 돌려달라고 하면서 오히려 가야의 여러 성을 빼앗았다.

"결국 신라는 가야와의 혼인을 통해 친신라적인 성향을 만들고 가야 내부의 정세를 염탐했다고 할 수 있어. 낙랑공주와 호동왕자 이야기도 정보 수집에 이용된 국혼의 예지."

"국혼만 그런 게 아냐. 인류의 결혼 제도부터가 서로의 욕구와 이익에 부응해 정착된 거래 아니냐. 여자들은 자식들을 보호해주고 먹을 것을 제공해줄 동반자가 필요했고, 남자들은 성적 대상을 소유하고 자식을 낳아 가족이란 자기 세력을 불려나간 거지. 진화생물학이 일찍이 지적한 것처럼."

이야기 방향이 틀어지자 재연은 잠시 창밖을 바라보았다.

"진화생물학이 어느 정도 인류사를 설명해주지만 진리의 전부라고는 생각하지 않아. 이익이란 물질의 잣대로 추적하니 인간다운 미세한 감정의 결은 제외됐어. 예를 들어 그녀는 처음부터 널 좋아했던 것 같아. 너도 그녀를 싫어하진 않았을 거야. 생각지도 않았던 결혼 문제가 파도처럼 코앞에 들이닥치니 자유를 박탈당한 기분에 새장에 갇힌 새처럼 발버둥 치는 것뿐이야. 옛날엔 상대가 누군지 모르고도 결혼해서 잘들 해로했어. 현실을 직시하고 환상을 갖지 않으면 잘 살아갈 수 있을 거야. 오히려 너처럼 부적격자로 보이는 사람이 더 잘 적응할지 몰라. 제도가 주는 안정감도 있으니까. 언제 결혼하는 거니?"

재연이 기습하듯 묻자 관은 두번째 잔을 비우고 담배를 입에 물었다. 작년 크리스마스에 관은 국제전화로 오의 얘기를 재연에게 고백했다. 이게 선물이니? 재연은 그렇게 말하면서 피식 웃었다. 그로부터 보름 뒤 오가 전화하여 아버지가 만나고 싶어 한다고 전했다. 오는 마피아의 딸처럼 임신을 온 가족에게 알렸던 거다. 미성년자도 아니고 배에 군살이 붙기 시작한 남녀가 합의하에 성인의 잠을 누렸건만 강아지처럼 끌려가 결혼이란 족쇄를 차라는 말씀이지. 너의 아버지를 왜 만나야 하지? 이 말이 입 밖에 나오기도 전 관은 기둥 하나가 가슴속에서 우지끈 부러지는 소리를 들었다. 그것은 스페어 타이어처럼 대기하고 있던 체념이란 왕녀의 망치질이었다.

관은 한숨처럼 담배 연기를 뱉으며 연극영화과 대학 후배인 오를 우연히 극장 로비에서 만난 일을 새삼 떠올렸다. 아메리칸 뉴웨이브 시네마전 상영일이었다. 졸업 뒤 영화 관계 행사에서 몇 번 본 적 있는 그들은 그날 한 극장에서 각자 「영 러버」를 보았고 술집에서 동석하곤 존과 메리처럼 하룻밤을 보냈다. 더스틴 호프만과 미아 패로같이 풋풋한 청춘도 아니고 이름도 아는 사이였지만.

오를 다시 만난 것은 그로부터 한 달 뒤였다. 오는 친구와 부산국제영화제에 가려고 켄 로치 감독의 「빵과 장미」를 예매했는데 친구에게 일이 생겨 티켓이 남으니 함께 보러 가지 않겠냐고 관에게 물었다. 좋아하는 감독 영화에 바다가 있는 도시였다. "그럼 바닷바람이나 쐴까." 관은 사흘 뒤 부산으로 내려가 오와 합류했다. 그리고 지난 12월 중순 이른 싸락눈이 내린 날 오의 연락을 다시 받았다. "나도 실감나지 않지만……" 하고 오는 낯선 소식을 알렸던 거다.

오로 말할 것 같으면 백 명을 채운다고 공언하고 다닌 진보 여성이었다. 가부장 사회에서 남자는 다원적으로 평가가 이루어지나, 여자는 성적 행동이 가장 우선되어 정숙이냐 아니냐의 이분법으로 나뉜다는 것이 오가 공감한 페미니즘이었다. 여자들조차 이 가부장 이데올로기를 내면화하여 정숙을 팔찌처럼 끼고 다니니 자신은 여성에게 가해지는 성적 억압을 공개적으로 무시하겠다고 공언한 터였다.

급진적 여성해방주의자라고 자처하는 오가 관은 밉지 않았다. 오의 그 과장법은 탈유교의 자유 선언이 아닌가. 리버럴한 관이 여자였다면 자매애를 느끼며 동조했을 거다. 적어도 오는 요조숙녀연하지 않아서 말이 통할 것 같았다.

여성해방주의자 오는 임신을 알리면서 돌변했다. 미안하다, 관은 머리까지 조아리며 병원에 동행하겠다고 했지만 오는 유산을 거부했다. 네가 뿌린 생명에 책임을 져달라고 했다. 네가 결혼하지 않겠다면 혼자 아이를 낳겠다고 선언했다. 생명주의자로 돌변한 오 앞에서 관은 파렴치한이 되었다. 그렇다고 결혼을 약속할 수 없었다. 관에게 결혼 약속이야말로 무책임이었다. 가족을 책임질 경제부터 전혀 준비된 것이 없었고 무엇보다 일상적인 삶에 자신을 던질 의지가 없었다. 그것을 알기에 서른여덟이 되도록 결혼을 밥같이 보았던 관이 아닌가.

임신해서 결혼한다는 말을 관은 수없이 들었다. 텔레비전 드라마도 이런 얘기들을 재탕했다. 삼류 극 같은 인생들. 결혼 제도 같은 건 없어야 해, 난 가부장이 되고 싶지 않아. 굶어도 평화롭게 허기를 음미하고 싶어. 머릿속에서 들끓는 생각들을 다독이며 관은 거품이 넘치도록 제 잔에 맥주를 따랐다.

"내 결혼식 날 올 거지? 차 가지고 와서 기다리고 있다가 식 끝나면 나랑 도망가자. 결혼을 그렇게 꼭 해야 한다면 만인 앞에서 식은 하겠어."

"「졸업」 영화 안 본 사람 있겠니? 정말 무책임해."

"무슨 책임! 어떤 일이 생겼어. 다른 일들과 같이 그냥 생긴 거야."

관은 「졸업」의 대사를 외웠다. 알코올중독자인 유부녀와의 관계에 대해 더스틴 호프만이 그녀의 딸에게 해명한 말. 그건 군더더기 없는 진실이었다. 그녀의 남편에게도 말했다. '무의미해요. 악수를 한 것과 같다구요.' 닥터 박과의 일도 다른 일들과 같이 그렇게 생긴 거다.

"딸을 사랑하게 됐는데 전에 그 엄마와 악수하듯 의미 없이 잔 적이 있다고 사랑을 포기해야 하니? 인간은 본래 불완전하고 믿을 수 없는 존재야. 성자가 아닌 다음에야 누구든 실수하고 죄도 지을 수 있어. 경박해서 실수를 저질렀다 하더라도 그 과거 때문에 미래까지 저당 잡혀야 하나?"

관은 며칠 전 엘에이에서 걸려온 전화를 상기하며 자기혐오를 느꼈다. 세상은 욕망의 지뢰밭, 나도 더스틴 호프만처럼 졸업을 하고 싶어. 세상에 널려 있는 함정들을 건너뛰고 미성년의 삶을 졸업하고 싶어. 새 출발을 하고 싶어. 관은 재연이 어깨라도 쳐주길 바랐으나 재연은 늙은 여자처럼 쓴웃음을 지었다.

"발버둥 쳐봤자 우리는 유교의 자식들이야. 넌 도망은커녕 축하객들에게 감사하다고 샴페인을 부어줄 거고, 몇 달 뒤엔 아들 사진을 지갑 속에 넣고 다니며 만나는 사람마다 보여줄 거야. 널 닮았다고. 평범한 자신을 지금은 참을 수 없겠지만 모두가 결국은 평범한 행복을 찾아가는 일상인이 될 뿐이야. 더 이상 엄살떨지 말고 결혼식을 즐겁게 치르기를 바라."

"그래. 결혼이 있다면 이혼이란 제도도 있지."

관은 끝내 수긍하지 못하고 시니컬하게 대꾸했다.

밤늦도록 보문호수를 서성거리다가 새벽녘에 눈을 붙인 관은 재연의 전화를 받고야 잠에서 깼다. 재연이 호텔로 찾아와 함께 점심을 먹고 문무대왕릉이 있는 감포 쪽으로 향했다. 재연은 대왕암에서 정월 대보름 행사가 있다고 알려주었다. 몇 년 전 대왕암에서 본 정월 보름밤 풍경이 아름다워 다시 보고 싶다고 했다.

보문단지에서 출발한 지 얼마 되지 않아 도로 왼편으로 호수가 나오는데 겨울 하늘 아래 물빛이 청정했다. 재연은 덕동댐이라 가르쳐주고 경주 시민들의 식수원이지만 삼 년 전엔 가뭄으로 호수가 바닥을 드러낸 적도 있다고 말을 이었다.

"그때 빨간 승용차 한 대가 댐 바닥에서 형체를 드러냈대. 그것도 두 사람이 탄 채로. 두 사람의 신원을 조사해보니 남자는 기혼자이고 옆에 탄 여자는 간호사인데 부인이 아니었대. 사고로 차가 빠졌을지도 모르고 여자가 우연히 남자의 차에 탔을 수도 있지만 동반자살로 결론이 났대. 정말 자살이었을까?"

인간이 사랑 때문에 죽지는 않는다. 인간은 희망의 노예이므로 저마다 자신이 살아남을 수 있는 특정한 방식을 스스로 찾아낸다. 사랑으로 삶의 의미를 만들어내는 체호프의 '귀여운 여인'도 사랑을 잃으면 본능적으로 다른 대상을 찾아낸다. 인간의 사랑에 과연 절대성이 있을까. 그건 자기최면이며 집착이 아닐까.

몇 년 전인가 젊은 기혼남이 애인과 동승한 채 차를 폭파시켜 자살한 사건이 있었다. 그 뉴스를 보고 관은 사랑 앞에서 가정이며 자신의 생명까지 포기할 수 있었던 남자에게 압도당했다. 그 맹목성에 대해. 관에게 결여된 것은 맹목이 아닌가. 무모했을지언정 맹목적이 된 적은 없다. 사랑이든 무엇이

든 결사적으로 매달려본 적이. 관은 수장된 차를 찾기라도 하듯 호수를 굽어보며 대사처럼 읊조렸다.

"경주 시민들은 제의처럼 사랑의 순교자들의 피와 살을 먹고 마셨군. 가톨릭 신자들이 예수의 피와 살인 포도주와 밀떡을 영성체로 받아 모시듯."

아늑한 황룡사 골짜기와 감은사지를 둘러보고 대왕암 어구로 들어설 땐 햇빛도 기울어가는 시각이었다. 청명한 겨울 하늘 아래 잉크빛 바다가 가슴을 씻어주는 듯했지만 주차장은 대형 버스들과 인파로 붐볐다. 입구에서부터 몸을 부딪치며 걷는데 오징어, 멸치 등 온갖 건어물 노점들이 늘어서 있고 손뼉을 치며 떠드는 약장수 앞에는 사람들이 몰려 있어 완연한 장터 분위기였다.

바다가 시네마스코프처럼 펼쳐져 있는 해변에도 장이 선 듯 인파로 북적거렸다. 승려는 금속성 잡음이 울리는 마이크로 방생 법회를 하고, 울긋불긋한 옷차림의 한 무리 신도들은 대왕암을 마주 보며 두 손 모아 절했다. 무당은 여기저기 휘장을 둘러놓고 북을 치며 굿을 벌이는데 상에 놓은 돼지머리 아가리엔 만 원짜리가 물려 있었다. 아낙이 상에 돈을 놓을 때마다 징 소리가 커지고, 눈 없는 돼지는 고무같이 투명한 두 귀를 세운 채 파도 소리를 감상하고 있었다.

모래사장엔 가족들이 늘어앉아 하염없이 촛불을 지키지만 초는 바람막이 조약돌을 시커멓게 그을렸다. 굿판의 징 소리와 승려의 염불 소리가 철썩이는 파도 소리에 뒤섞여 불협화음을 이루었다. 한쪽에선 할머니가 액땜용으로 헌 옷가지들을 태우느라 검은 연기가 바람에 흩어지고, 낮을 밝히는 수많은 초들로 파라핀 냄새가 바닷가에 진동했다. 코를 막으며 관은 돗자리에 앉아 염불하는 승려 옆에 다가섰다.

나라를 지키고자 동해 바다 가운데 뼈를 묻으신 문무대왕전에 전합니다. 죄 많은 우리 중생들 백배 사죄하오니 대왕님도 용왕님도 굽어살펴주시고 불쌍히 여기시고……

염불에 맞추어 신도들은 가족 이름과 주소가 적힌 종이를 안고 원으로 돌기 시작했다. 수십 개의 촛불이 켜진 모래 구덩이는 흘러넘친 촛물로 유황온천처럼 끓고 있었다. 물통 속에서 자라와 뱀장어는 살지도 못할 방생을 기다리고, 젖은 치마를 들어 올린 한 아낙은 부푼 명태 세 마리를 든 채 옆으로 걸어갔다. 바닷가에도 사람들이 미꾸라지를 던지며 방생하는데 살진 갈매기들이 수면 위로 낮게 날며 먹이를 탐색했다.

완연한 아수라장이었다. 신성한 보름 제의를 상상하고 따라왔으나 무질서하고 혼탁한 인간 부대의 정경이 연옥 같기도 했다. 끔찍하군. 관의 혼잣말을 듣고 재연이 태연하게 말했다.

"고달픈 서민들이 정월 대보름을 기다려 액막이하겠다고

우르르 달려온 거야. 신산한 삶들이 영험한 문무대왕전에 기도하면서 복을 빌려고. 다 너같이 고상하지 않아."

재연은 바다 쪽으로 몸을 돌리고 대왕암을 바라보았다. 소란한 뭍의 정경과는 달리 바다는 청정하고 갈매기들이 하얗게 내려앉은 대왕암은 거대한 알 같았다. 죽어서도 나라를 지키고자 동해에 묻힌 갸륵한 군주, 그 영령의 환생을 기다리듯 새들이 바위알을 품고 있었다. 해는 벌써 지고 하늘은 회색으로 가라앉는데, 바닷바람이 찬지 재연이 목도리를 고쳐 매었다.

"저 속에 뼈를 묻었건 뿌렸건 수중릉이라니 근사해. 파도소리 들리는 묘지라니 영웅답지. 북구 신화에 나오는 미의 신 발데르의 장례도 신의 의식답게 장엄해. 시신을 배에 싣고 불을 질러 바다로 보냈대. 그렇게 흔적 없이 사라질 수 있다면 바다에서 죽어도 좋겠어. 넌 죽으면 어디 묻히고 싶어. 그런 생각 해본 적 있어?"

"신라 왕도 아니고, 시신을 남겨서 어쩌겠다고. 죽을 때가 되면 인도 가서 갠지스 강가에 화장시켜달라고 하겠어."

"그러지 말고 강이 마주 보이는 들판에 예쁜 고인돌 무덤을 만들어. 내가 가르쳐줄게, 이렇게 말야."

재연은 쪼그리고 앉더니 길쭉한 돌 두 개를 주워 모래 속에 세웠다. 그 위에 납작한 조개껍질을 얹으니 고인돌 무덤 형태가 만들어졌다. 아이처럼 천진하면서 진지한 표정으로 재연은 죽음의 소꿉장난을 하는데 관은 와락 여자를 안아주고 싶었다. 재연의 엷은 갈빛 외투에 꽂힌 금빛 매미 장식이 그제야 관의 눈에 들어왔다. 금빛 매미는 외투 색깔과 조화되어 나무에 붙어 있듯이 자연스러웠다. 관은 모래사장에 주저앉으며 매미 브로치를 눈으로 가리켰다.

"무슨 브로치야? 매미 장식은 처음 봐."

"헤이룽장 대학에 연구원으로 머물렀던 그리스 학자가 선물로 준 거야. 내가 한국 돌아올 때. 옛날에 아테네 사람들은 금으로 만든 매미 장식을 머리에 꽂고 다녔대. 그러면 자신의 조상이 매미 장식을 통하여 부활한다고 여겼대."

"그 남자가 널 좋아했구나. 연애했니?"

"질투하는 거라면 우스워. 너답지 않으니까."

나다운 것이 무언데. 관은 자기 정체의 불확실성을 느끼며 자문했다. 처음 재연과 잔 날 근친상간을 한 듯 미묘한 기분에 휩싸여 더 이상 안을 수 없었다. 나의 쌍생아. 나의 앨리스. 내 존재를 채워준 여자는 넌데 우리는 어디로 가고 있나. '나'는 너무 멀리 온 것일까. 관은 때때로 생각 없는 아이처럼 자신의 행위에서 '나'를 인식하지 못했다. 행위와 그 사이에 틈새가 벌어져 있었다. 그 결과는 오늘과 같은 혼돈, 냉철한 현실이 아가리를 벌리고 있는 혼돈이었다.

갑자기 예리한 날이 가슴 한가운데를 가로지른 듯 아픔을 느꼈고 관은 자신이 재연을 사랑하고 있음을 깨달았다. 이날까지 한 번도 제 것이라고 생각해본 적이 없는 그 추상의 단어가 불꽃처럼 가슴에 솟아난 것이 믿기지 않았다. 관은 모래 위에 검지로 '재연아' 하고 썼다.

"우리가 결혼했어야 하는 거 아냐? 나란 인간은 정말 수술을 받아서라도 개조를 했어야 해. '정관'수술을. 너도 내 아이를 가지고 책임지라고 하지 그랬어. 그러면 난 못 이기는 척 너랑 살면서 아침마다 머리맡에서 이 우연의 행운에 대해 남몰래 회심의 미소를 지을 텐데."

"자책하지 마. 슬퍼할 수도 없어. 난 결혼도 했고 이혼도 했어. 이젠 결혼도 이혼도 두려워. 네가 같이 살자고 했어도 그럴 수 없지. 우리는 행복을 믿지 않는 회의(懷疑)의 남매잖아. 머뭇거리면서 얽히고 공허를 확인하면서 매듭을 끊고, 다시 그렇게 되풀이하고 싶지 않아."

수리수리 수리수리 사바하. 귀에 익은 염불이 등 뒤로 울리는데 신도들이 들고 있던 종이를 타오르는 솔가지 더미에 던졌다. 종이는 순식간에 재가 되었고 검은 나비 떼처럼 허공으로 날아갔다. 허공을 지켜보던 재연이 목도리를 풀어 불길 속으로 던졌다. 띠처럼 긴 검은 목도리는 솔가지 위에서 너울거리며 타오르고 재연은 결연하게 입을 다문 채 주시했다. 관은 재연의 팔을 잡으려다 뜨거운 불길로부터 등을 돌렸다. 내 사랑을 너는 액처럼 태워버리는구나.

허청거리며 몇 발자국 걸어가니 휘장이 쳐진 간이 막사가 나타났다. 그 안에서 북소리가 낮게 규칙적으로 울려왔다. 굿을 하는 모양이었다. 앞으로 지나가다가 무심코 안을 들여다보니 상에 백설기와 과일, 미나리, 술병과 부적이 놓여 있고, 한 여자가 서서 수제비 알 굴리듯 두 손을 비비며 바다를 향해 절하고 있었다. 여자는 눈을 감은 채 기도하면서 물고기처럼 입을 벌려 하품하고 박수는 바닥에 앉아 눈을 희번덕거리며 양손으로 북과 징을 동시에 쳤다. 높고 낮은 징 소리가 장단에 맞추어 일정한 음률로 울리는데, 북소리가 심장의 박동소리 같아서 관은 저도 모르게 가슴을 눌렀다.

그때 가까이서 「금지된 장난」의 멜로디가 울렸다. 투명하고 가냘픈 실로폰 소리로. 그건 관의 주머니에서 울리는 휴대폰 벨 소리였다. 관은 바다 쪽으로 걸어가면서 전화를 받았다. 뜻밖의 목소리가 귀에 울렸다.

"여기 엘에이야, 닥터 박."

"웬일입니까. 여기까지."

"거기가 어딘데."

관은 비아냥거렸다.

"여기가 어딘지를 말할 필요도, 내가 어디 있는지 알 필요도 없죠. 한가하군요. 연락을 이렇게 자주 하는 걸 보니."

"한가하다고 아무한테나 연락하나. 좋아하니까 하지."

난 스토커 같은 인간을 좋아할 수 없어. 관은 피로를 느끼며 저물어가는 바다를 바라보았다. 닥터 박은 지난번에도 물었던 것을 되풀이했다.

"영화는 어떻게 됐나? 감독으로 데뷔한다던데."

"보류됐어요. 내 시나리오가 너무 고상해서요."

"영화 한 편 만드는 데 보통 제작비가 얼마나 드나?"

"왜요, 영화 투자까지 하시렵니까."

"할 수도 있지. 유망한 예술가의 뒤를 밀어주면 돈을 보람 있게 쓰는 것 아냐?"

관은 흐흐 웃었다. 위대한 의술로 부를 거느리는 닥터가 이제 신인 감독을 위해 투자자로 나설 모양이었다. 돈이면 구세주가 될 수 있는 세상이니. 위압감을 주는 거칠한 목소리가 미국이라는 거리감을 느끼지 못할 정도로 선명하게 들려왔다.

"나 보름간 휴가 내서 일본 온천 지대를 여행하려고 해. 나랑 함께 규슈 지방 여행 가지. 일본에서 만나도 되고 아니면 내가 한국으로 데리러……"

닥터 박의 말과 뒤섞여 북소리가 갑자기 빠른 간격으로 울려왔다. 뭍을 바라보니 머리에 검은 띠를 두른 무당이 붉은 치마에 남색 쾌자를 걸치고 위로 솟구치듯 모래사장에서 뛰어오르고 있었다. 신이 내린 모양이었다. 관의 몸도 위로 솟구치는 듯했고 피가 머리로 몰리는 기분이었다.

"온천이라구요? 좋아하는 여자와 목욕할 시간도 없습니다."

"관, 미국 와서 요리해주고 같이 살아."

샌프란시스코에서 닥터 박이 취미를 물어서 요리라고 했다. 요리는 먹기 위해서보다 시간을 잊는 방법으로 칼질하며 주방에서 몰입하곤 했다. 그것도 재연을 가끔씩 불러 나눠 먹은 것 외에 누구를 위해 한 적이 없다. 요리를 바치고 싶을 만큼 혼이 아름다운 사람이라면 동성에게도 기꺼이 바칠 수 있겠지.

사레들린 듯 침을 뱉어내는데 삼색 깃발을 한 손에 쥐고 무당이 바다를 향해 뛰어갔다. 한 여자도 같이 달려가 바다로 뛰어드는 무당을 만류하니 무당이 젖은 쾌자를 치켜들고 물 밖으로 걸어 나왔다. 무당은 두 팔을 수평으로 쳐든 채 뛰어오르다가 이내 쓰러지듯 주저앉아 통곡하는 시늉을 했다. 삶의 업, 올가미 같은 인연! 정작 내 사랑은 소리도 없이 재로 타버렸는데 보름 뒤엔 원치 않은 지아비의 식을 올려야 한다. 쾌락주의자는 가난한 예술가의 영혼을 사겠다고 망령처럼 나타나고.

머나먼 로스앤젤레스에서 구름을 거쳐 바람을 거슬러 대한민국 남쪽 용당리 바닷가로 찾아온 전파. 그 곡절 많은 길을 생각하면 애틋하기까지 하지만 관은 휴대폰이 밀정이라도 되는 양 분노를 느끼며 박살 내고 싶었다. 보이지 않는 연이 발목이라도 끌어당기듯 관은 모래를 걷어차며 비틀거렸다.

물의 소란도 어둠에 묻혀가고 모래 구덩이에서 타오르는 촛불들이 먼발치서 석기시대 불씨같이 가물거렸다. 하늘이 바다로 침투하듯 회청색 장막을 내리고 있는데 보름달 가운데로 구름이 끼어 달조차 두 개의 반달로 분열된 듯했다. 검

푸른 지평선에 불빛이 깜박이고 선박 한 척이 환생한 거북처럼 수평선 위로 기어가듯 천천히 움직였다.

관이 꼼짝 않고 서서 수평선을 바라보니 환생한 거북이 아니라 거인이 수평선 위에 떠 있었다. 그것은 왕이 즉위하고 용삭신유(龍朔辛酉)에 사비수 남쪽 바다에 나타났다는 여자의 시체였다. 몸길이가 73척이요, 발 길이가 6척이요, 생식기가 3척이나 된다는. 아까 재연이 들려준 『삼국유사』 문무대왕편 첫 기사가 환각처럼 눈앞에 떠오른 거다.

사비수 남쪽 바다 여자의 시체는 백제의 죽음, 그 상징이지만 불기 2545년 정월 대보름 용낭리 앞바다에 떠오른 시체는 신라의 죽음이었다. 회의의 누이인 재연은 신라 천년 고도로 흘러와 자신의 뿌리를 찾으려 하지만 이 난장판 속에 신라는 없다. 바다가 좁다는 듯 검푸른 수평선에 미동도 않고 누워 있는 거인을 보름달이 비추는데 그것은 여자가 아니라 생식기가 거세된 자신의 환영이었다.

가멸사

봄이면 온 나라가 벚꽃 법석이다. 주말에 다녀온 통영과 김해 공항로에 벚꽃이 하늘을 덮었는데 경주엔 시내와 보문까지 팝콘 열차처럼 이어져 있다. 보기 싫은 꽃이 있을까만 발길 가는 곳마다 벚꽃이니 질릴 지경이다. 그래서 일본인들은 낙화가 벚꽃의 정수라 했던가. 이맘때면 벚꽃 터널 보러 일부러 암곡행 버스를 타건만 오늘은 무덤덤히 스쳐 갔다. 미인도 무리로 모여 있으면 어떤 얼굴도 눈에 들어오지 않을 것 같다.

월요일이라 종점에서 내리는 사람도 정길을 포함하여 세 사람뿐이다. 요즘은 거의 승용차로 오지만 그래도 주말엔 등산객들로 버스가 붐빈다. 십 년 전만 해도 무장사지 찾는 사람이 많지 않았다. 주말에도 소주병을 배낭에 넣고 유유자적

산길을 걸었건만 아웃도어 패션이 대세가 되면서 산길을 점령하기 시작했다.

종점 가게에서 담배와 생수를 사 들고 담배 한 개비를 피워 문 채 걸어가는데 라일락 빛 모닝이 바로 앞에 선다. 차창이 열리면서 "하 과장님 여기서 만나니 잘됐네요. 타세요" 하고 단발의 여성이 웃음 짓는다. 동창 현우의 사촌 제수이다. 두 번 만난 적 있지만 얼굴을 뚜렷이 기억하지 못하는데, 입가의 또렷한 팔자 주름이 눈에 들어온다.

"시간을 정확히 맞춰 왔네요."

"저 때문에 가는 건데 늦으면 안 되잖아요. 시사촌 아주버님이 갑자기 일이 생겨 못 간다 하니 포기하려 했지만, 과장님만 따라가면 된다 해서……"

"예. 나도 아침 산행하려고 반일 연가 냈으니 안내할게요."

주차장에서 만나기로 했지만 정길은 담배를 끄고 차 뒷좌석에 올라탄다. 산 초입에서 차로 오 분 거리라 이내 주차장에 멈춘다. 차에서 내리니 암곡을 에워싼 산 능선과 아직 만개하지 않은 벚나무 한 그루가 눈에 들어온다. 밑동부터 올라온 가지가 여러 개라 꽤 큰 나무다. 무수한 가지를 채운 연분홍 봉오리가 다소곳이 잎을 열어 때를 기다리는 듯하다. 여자의 시선도 벚꽃을 향해 있다.

"여긴 산동네라 벚꽃이 늦게 피나 봐요. 활짝 피기 전이 더 예뻐요."

"예. 너무 피면 혼란스러워서……"

"혼란스럽다, 시인은 표현도 다르네."

여자는 혼잣말을 하더니 손에 들고 있던 배낭을 둘러멘다. 정길은 들어주겠다고 손을 내밀었으나 여자는 손을 젓는다. 큰 키에 걸친 파란 점퍼가 헐거워 보여 정길이 인사치레로 한 거다. 현우 말로는 제수씨가 겨울이면 불면증으로 약을 먹는다는데 봄이 되니 기분 전환 삼아 산에 가고 싶어 한다고 했다. 지난여름 여자가 대학도서관에 대출하러 왔을 때 원피스로 드러난 한 줌 허리와 젓가락 같은 다리는 뽀빠이의 연인 올리브를 떠올리게 했다. 그나마 지금은 두터운 복장이 가려주어 눈에 두드러지지 않는다. 산길로 들어서는 다리를 지나자 정길은 개울을 가리키며 일러준다.

"무장사지 가려면 개울을 열두 번 건너야 한다는 말이 있어요. 이제 첫번째예요."

"열두 번이나요? 뭐, 수수께끼 풀면서 스무고개 넘는 것 같네."

"그만큼 계곡 깊숙이 들어서 있다는 뜻이죠. 문무왕이 삼국을 통일하고 더 이상 필요 없는 투구와 무기를 감춘 곳이라 무장골(鍪藏谷)이라 불렸어요. 원효대사가 포항 오어사에 머물 때 오가던 길이고 조선조 때 추사 김정희도 무장사지 찾아왔어요. 말을 타도 당시엔 먼 거리였을 텐데 대단해."

"조선조 때 등산하러 온 건 아니겠죠. 유람이라고 하나."

정길이 웃으며 답한다.

"겸사겸사 그럴지도 모르지만 추사 본관이 경주예요. 당시 추사는 대구에 경상감사로 부임한 아버지 김노경을 만나고 경주로 왔어요. 금석학자이기도 한 추사는 이 암곡에서 신라 왕실의 깨어진 비편(碑片) 두 개를 발견하고 조사기를 남겼어요. 38대 원성왕의 아버지가 세운 무장사에 39대 소성왕의 왕비가 왕의 명복을 빌기 위해 불상을 조성하고 세운 비라고. 영조 때 문신인 경주 부윤 홍양호가 이곳에서 그 비편을 발견했다가 잃어버렸어요. 순조 때 추사는 그걸 알고 온지도 모르지."

"원효와 김정희 같은 큰 인물이 오갔으니 그것만으로도 명산이네요. 난 여기서 불면증이나 좀 깼으면."

"우유나 대추차를 자기 전에 마시고, 양파 썰어서 머리맡에 두면 좋다던데."

"그런 걸로 해결되면 약을 왜 먹겠어요."

여자가 힘없이 머리를 젓는다. 남편은 토목공사로 일 년에 절반 넘게 현장에 머물고 외아들은 중학교 졸업하자 삼촌이 있는 중국으로 유학 가서 뒷바라지할 일도 없다. 직장에서 부대끼는 것도 아닌데 불면증이라. 너무 한가해서 그런 것 아닙니까, 하려다 정길은 말을 삼킨다. 갱년기 증상일지도 모른다.

산 초입엔 길을 두고 한쪽으로 밭이 있고 한쪽으론 쥐똥나무와 쌀톨 같은 봉오리가 돋아난 조팝나무가 있다. 중국인들은 국수나무 흰 꽃을 마치 작은 쌀이 하늘에 떠 있는 것 같다고 소미공목(小米空木)이라 불렀다는데 조팝꽃도 이 아름다운 이름처럼 피어나거라.

공원관리소를 지나 본격적인 산길로 들어서자 참꽃 무리가 여기저기 운무처럼 번져 있다. 봄날 양반들이 행차한 바위산 여기저기 붉은 꽃가지가 솟아 있는 신윤복 그림이 생각난다. 선술집 담장 위로 성큼 피어 있고 말 탄 기생의 가체 얹힌 머리에도 꽂혀 있는데 조선조 청춘들의 봄나들이에 진달래보다 어울리는 꽃이 있을까. 명자꽃과 함께 일반 가정에선 심기를 피했다는 이 난만한 꽃나무를 정길은 지난해 야산에서 캐어 집 뜰에 심었다. 백발이 늘어가는 탓인가. 어릴 때부터 참꽃으로 불렀던 진짜 봄꽃을 가까이 두려는 심사가.

노란 꽃 핀 생강나무 한 그루가 눈에 잡힌다. 이 또한 봄을 알리는 꽃이지만 정초에 왔을 때도 생강나무 겨울눈이 잎 나올 준비를 하고 있었다. 꽃이 피어야 봄인 줄 알지만 지뢰복(地雷復)이라 땅에선 겨울부터 이미 봄이 시작되고 있었다. 정길은 가지를 꺾어 냄새를 맡곤 여자에게 내민다.

"생강 냄새가 나요."

여자가 가지를 코끝에 대더니 "아, 이래서 생강나무구나" 하고 신기하다는 표정을 짓는다.

"도시서 자란 친구 부인은 생강나무란 이름 듣고 뿌리에 생강이 열리는 줄 알았대요. 대부분 꽃은 물론이고 나무에도 향이 있어요."

"생강나무 향만 맡아도 정신이 드네요."

개울을 또 지나서 고개를 드니 더욱 짙은 참꽃이 산등성이에 흐드러져 있고, 그 위 둔덕에 하늘거리는 흰 꽃이 나무들 사이로 일렁인다. 나부끼는 모양이 종이처럼 가벼운데 여자가 옆에서 목련이라고 일러준다. 올 들어 처음 보는 산목련이다.

"우리 조상들은 좋은 향이 병을 쫓는다고 목련 장작으로 불 때서 향을 내고 방 습기도 말렸어요. 운치가 있어. 우리나라에서 후박나무로 잘못 알려진 일본목련은 잎이 크고 향기가 나서 일본에선 주먹밥을 싼다는데 잎 향기가 배어 일품이라네요. 자연인처럼 산속에 살면 목련 장작불 때면서 목련잎 주먹밥도 먹을 텐데. 시골서는 여름에 초상나면 발인 날 측백나뭇잎 넣어 나무 도시락 쌌어요. 밥 쉬지 말라고."

"자연인처럼 살고 싶으세요? 남편도 그 사람들 부러워하던데."

"삶이 피곤한 중년 남자들 로망이에요. 그 프로가 왜 인기인지 문화심리학자가 분석했는데 자유에 대한 갈망이라고. 불 피울 수 있는 자유, 시선으로부터의 자유를 꿈꾼다고."

"산속에서 혼자 사는 건 자유고 도피겠죠. 난 그럴 담력도 능력도 없으니 자연인이 된 남자들이 부러워요. 그렇다고 내가 가사를 좋아하는 것도 아니니 이것도 저것도 아니야."

"제수씨는 많이 드시고 살이나 좀 찌세요. 누가 굶긴 줄 알겠구마. 젊었을 땐 데이트 신청도 꽤 받았을 텐데."

정길은 길가의 고로쇠나무 뒤에 비켜 있는 참나무에 다가가 밑동을 들여다본다. 가지가 나 있던 자리 밑동 한편에 구멍이 나 있다. 땅 밑으로 웅덩이처럼 파여 빗물을 받아도 될 것 같다. 여자가 다가와 들여다본다.

"나무가 우물을 스스로 팠어. 가지가 썩어 혹이 되고 홀이 된 건데 사람 몸으로 치면 염증으로 생긴 상처라요."

"나무에도 상처가 있네요."

"이 나무의 고통이라 할까. 의미를 붙이자면."

"나무의 고통……"

여자가 양미간을 세우더니 앞장선다. 햇빛에 찰랑이는 개울물을 내려다보며 다시 다리를 건너자 정길은 개울가에서 평평한 바위를 찾는다, 정길이 바위를 가리키며 앉으라 권하고 생수를 마시니 여자가 배낭에서 사과와 오렌지를 꺼낸다. 정길은 오렌지를 집어 껍질을 깐다. 무거운 것부터 없애야 짐을 던다.

"아침은 들었어요?"

"불면증 땜에 늘 늦게 일어나니 아침 안 먹어요. 오늘은 산에 간다고 작정하고 빨리 일어나 김밥 만들었어요. 김밥 썰면서 정신 차리려고 몇 개 집어 먹고. 허기지면 산에서 뒤처지잖아요. 김밥은 무장사지 가서 드세요."

"남자들은 술 마시고 집에 가면 그대로 쓰러져 자니 불면할 틈도 없어요. 혹시 갱년기 증상입니까."

"결혼 전부터 그랬어요. 겨울이 되면……"

"그럼 꽤 오래됐구만."

"뒤늦게 재호 낳고부턴 애한테 매여서 정신없이 세월이 흘러갔는데 중학생이 되자 긴장이 풀려선지 다시 우울증이 도졌어요."

"알바라도 하면 몸이 곤해서 잠이 잘 올 건데."

"재호가 중국에 유학 가면서 아는 교수님 관광마케팅 연구소에서 틈틈이 일 봐줬어요. 봉사활동 차원이지만 세미나나 행사 있을 때 외엔 아침에 일어나지 못해 늘 부은 얼굴로 오후에 사무실 나갔어요."

"심하면 병원 가봐야 돼요."

"입원까지는 안 했지만 겨울이면 늘 병원 가서 약 타서 먹어요. 별 소용없어요. 이십오 년 전에 이민 가려다 괴상한 반공법에 얽혀 고생하고 그 뒤로 이래요."

"반공법이라니?"

"내가 간첩이래요."

정길은 오렌지를 나누어주며 무슨 뜬금없는 소린가 싶어 여자를 쳐다본다.

"제가 삼십대 초반이었을 때니 이십오 년 전 일이에요. 친구 소개로 알게 된 남자와 결혼해서 브라질로 이민 가려 했어요. 그 준비 과정에서 리우데자네이루로 가는 직항이 없어 파라과이를 통해 편법으로 들어간다고 하더라구요. 전에 사귀던 남자가 무슨 일론가 연락해서 만났는데 곧 결혼해서 브라질로 이민 갈 거란 말을 했어요. 파라과이를 거쳐 편법으로 간다고. 그 말을 듣더니 편법은 국가법을 어기는 거다, 결혼한다는 남자가 나쁜 놈이다, 선배가 치안본부 외사과장인데 조사해보라고 하겠다면서 그 친구가 펄쩍 뛰는 거예요. 자기는 준비하느라 결혼이 늦어졌을 뿐이라면서. 그 남자 정신 돌았어요. 그길로 정말 치안본부에 가서 내 브라질 이민 계획을 얘기했어요. 당시엔 파라과이가 공산국가였는지 일반인은 못 간대요. 브라질 이민도 알아보니 초청한 브라질 한인태권도 협회장이 김일성 육촌이래요. 우리가 포섭돼서 브라질 들어가는 거니 나, 박정숙이 간첩이란 거예요. 일러준 남자 친구에게도 그렇게 통보했대요. 이렇게 수사가 시작됐어요."

헛웃음이 절로 나온다. 아무리 이십오 년 전 이야기지만 아닌 밤중에 홍두깨도 유분수지. 껑충 큰 키와 처진 눈썹이 어디 한 군데 모진 데 없이 유순한 인상을 주는데 간첩이라니. 코미디라고 생각하며 정길은 담배 한 개비를 꺼내 문다.

"넌 간첩이라고 이런저런 말로 엮으면서 계속 주장하면 정말 내가 간첩 같아요. 계속 고문받으면 가짜로라도 자백한다는 말 많이 들어보셨죠, 난 백번 이해해요. 경험자니까요."

"그럼 고문을 받았다는 말인가요."

"거기까진 가진 않았지만 전화로 통고해도 무서웠어요. 당신 간첩이니 불라며 일주일에 두세 번씩 집에 와서 캐묻고 조사하는데 곧이곧대로 말해도 소용없었어요. 나같이 복잡한 걸 못 견디는 사람에겐 그것도 고문이에요. 가족부터 주변 사람 다 불려가서 수사받았으니까요. 내가 소속된 교회 성가대 사람들까지 모두 불러다 나와의 관계를 캐묻고 박정숙이 간첩임에 동의하라고 협박도 했어요. 성가대 지휘자는 나와 이상한 관계로 엮여서 심하게 취조당했다는데 뒤에 정신과 치료까지 받아 내가 죄인이 됐어요. 아파트 층계에서 마주친 이웃 아줌마에게 인사해도 왜 인사하냐 꼬투리 잡고 쪼아대니 전 남친에게 호소했어요. 나를 외사과에 보내달라, 거기 가서 직접 얘기하겠다고. 그 남자가 그런 소리 하지 말래요. 아 다르고 어 다르니 거기 가서 함부로 말하면 안 되고 고문당한다고. 그래, 구속 안 되게 하려고 국회의원 두 명과 남산 특수부 대장의 보증으로 신변 보호를 받고 불구속 수사를 받았어요. 그 남자는 이 일로 돈도 많이 썼어요."

생각보다 이야기가 확대되니 정길은 어안이 벙벙한데 여자가 말을 잇는다.

"전화 도청하고 미행도 했어요. 한번은 전 남친 회사로 수사관이 전화해서 박정숙이 어떤 사장 놈과 통화했다고 일러주기도 했어요. 난 사장이 누구를 말하는지 영문을 몰랐어요. 전 남친도 내게 묻다가 알고 보니 자신이라 어이없어 했어요. 초파일에 조계사에 등 구경 갔을 때는 아는 사람을 우연히 만나 찻집에 있었더니 한 시간가량 어디 갔냐, 누굴 접선했느냐 닦달해요. 또 집안 뒷조사를 해서 외할아버지 행방까지 물었어요. 신사상에 일찍 눈뜬 외할아버지는 6·25가 터지자 빨갱이라고 잡혀가서 소식 끊어졌다는데 지금도 외가에선 날을 잡아 제사 지내거든요. 또 내가 전문대생 때 경인선 타고 다녔는데 주위에 데모하던 애들이 많았어요. 수사관이 보기엔 사상적으로도 내가 간첩인 거예요. 박정숙이 송사리다, 피라미다, 하다가도 이런 걸 알아내면 대어를 잡았다고 떠들고. 어느 날은 수사관이 전 남친과 함께 집에 오기도 했는데 그 친구는 숨기지 말고 바른대로 말해야 살지 이러면 살아날 길이 없다고 울었어요. 내 죄가 사회를 어지럽힌 죄 등등 여섯 개래요."

점입가경에 허, 소리가 절로 튀어나온다.

"나도 수사에 짓눌려서 가위눌리고 꿈에 헛소리하고 올바른 생각을 할 수 없을 지경까지 갔어요. 한번은 심문받다가 죽으려고 방 안으로 뛰어 들어가 문을 잠갔어요. 수사관이 달려와 문을 주먹으로 쳐서 구멍이 났는데 베란다에서 십이층 아래를 내려다보니 너무 무서웠어요. 그래, 뛰어내리지도 못하고 사시나무처럼 떨며 뒤돌아서니 방으로 들어온 젊은 수사관이 주먹으로 내 가슴을 한 방 쳤어요. 누굴 죽이고 싶냐고. 눈이 돌아갈 정도로 충격받아서 가슴이 뻥 뚫린 줄 알았어요. 몸에 구멍이 뚫리고도 허청허청 걸을 수 있다니 믿어지지 않았어요. 그날 밤 약국에 가선 가슴에 구멍이 났으니 약

좀 주세요, 하고 흑흑 울었어요."

여자의 미간 주름이 깊어 보인다. 두 입 베어 먹은 사과는 개울가에 굴러가 있고 정길은 피우던 담배를 끄고 빈 갑에 넣는다. 여자가 일어설 채비를 하며 배낭 지퍼를 채운다.

"조사는 얼마나 끌었어요?"

"그 몇 달이 몇 년 같아. 애꿎은 사람들만 실컷 괴롭히고 결국 사건은 무로 돌아갔죠. 난 송사리도 못 되니까요. 취조를 종료하자 그 사람들은 발길을 끊었지만 난 안 그래요. 광장공포증처럼 한동안 외출도 못하고 집 안에서 오락가락했어요. 방과 거실 사이 대리석 벽이 있는데 하루는 그걸 뜯어내자고 생각했어요. 망치를 꺼내 두들기기 시작했죠. 시멘트가 조금씩 과자 부스러기처럼 떨어지는데 안으로 파 들어가니 콘크리트 사이로 철근이 지그재그로 들어 있어요. 벽은 가슴처럼 뻥 뚫어지지 않아. 그때 하느님으로부터 멀어져가면서도 계속 찬송가 틀어놓고 위로받고, 해만 지면 이렇게 방 안에 웅크리고 있었어요."

여자가 두 팔을 엑스자로 접어 가슴을 감싼다. 무의식중 나온 아이 같은 모습에 문득 여자 집에 현우 따라 법주를 들고 간 일이 떠오른다. 한 살 아래 사촌과는 서로 술친구로 지내는 듯한데, 제수씨가 현우에게 컴퓨터를 봐달라 했다. 한글이 자꾸 알파벳으로 나온다고. 현우는 정길에게 봐주라고 미뤘다. 어렵지 않은 일이라 정길은 여자를 따라 작은방에 가서 문제를 해결해주었다.

의자에서 일어나니 컴퓨터 위 붙박이 책장에 꽂혀 있는 한 여행작가의 중국기행 책과 책상 위에 놓여 있는 짙은 밤색 나무 쟁반이 눈에 들어왔다. 나무 쟁반에는 뾰족하게 깎인 수십 개의 몽당연필이 색색깔로 설치미술인 양 흩어져 있었다. 필기도구를 좋아하는 정길은 무심코 초록 몽당연필 하나를 집어 들었다. 간신히 손안에 잡을 수 있을 만한 짧은 길이였다.

"어머, 그거 만지면 안 돼요."

그때 갑자기 여자의 새된 소리가 들려 정길은 뒤돌아보았다. 여자는 지금처럼 두 팔을 포개어 가슴에 얹고 머리를 설레설레 흔들었다. 정길은 영문을 모른 채 얼른 연필을 내려놓았다. 누가 다이아몬드라도 강탈하려 했단 말인가. 호들갑스럽기도 하고 간절하기도 한 여자의 몸짓은 자기 세계를 침범당한 자폐아의 반사행동 같았다. 오십대에도 무용한 몽당연필에 집착하다니 천진하기도 했다. 간첩 혐의는 독재 시대부터 정치적 거물이나 지식인을 옭아매는 수법이 아닌가. 어린애같이 무력한 사람도 당할 수 있다니 홍두깨로 소를 몬 셈이다. 여자가 일어나자 정길이 앞장선다.

"살다 보면 별별 일 다 겪어요. 옛날 남자 친구는 왜 치안본부에 아무것도 아닌 걸 찔러 일을 그 지경으로 확대시켰는지 이해가 안 되네. 그런 사람과 결혼 안 하길 천만다행이요."

"질투 때문에 그런 거예요. 나쁜 사람은 아네요. 자기 때문에 벌어진 일이라 나 도우려고 많이 뛰어다니고 끝까지 책임지려 했어요. 지금도 인간적으로 고마워하고 있어요."

"자기를 지키려면 너무 착해서도 안 돼요. 장미같은 식물조차 자기를 지키려고 가시를 키우는데. 그 일로 지금까지 우울증 앓는다면 국가를 상대로 소송이라도 걸어야 하는 거 아닌가. 그건 명백한 국가 폭력이야. 반체제운동 하다 사형선고까지 받았던 시인은 국가를 상대로 소송해 십억이 넘는 보상금 받았어요. 감옥서 보낸 칠 년 세월을 돈으로 환산할 수 없겠지만 나라도 그럴 겁니다."

"난 수사관 원망 안 해요. 난 민주화운동 하다가 고문받은 위대한 시인도 아니고 아무것도 아니에요. 대통령 탄핵하자고 광화문에서 연일 촛불시위 할 때 경주에서 교수들도 시국선언 한다고 모인 현장 장면을 사진 찍어달라 했지만 나 안 했어요, 엮이는 게 싫어서요. 그뿐이에요."

"누구나 자기 성향대로 사는 거지 어쩌겠어요. 밥벌이나 하는 소시민이라고 자기를 책망할 필요는 없지요. 특별한 사람이 아니니 피해도 감수한다는 건 잘못된 생각 같은데. 잘났건 못났건 인권은 똑같이 소중한 거지."

"시인은 써야 할 어떤 생각이나 문장이 문득문득 떠오르잖아요. 나는 뭔가, 스스로 물어봐도 아무 답이 안 나와요."

얕게 흐르는 개울물 밑으로 돌부리가 들여다보인다. 정말 시인이 뭔가. 정길도 스스로에게 물어본다. 성자도 아닌 불완전한 인간이 '죽는 날까지 하늘을 우러러 한 점 부끄럼이 없기를' 감히 바랄 수 없지만 '잎새에 이는 바람에도 괴로워'하는 것이 시인이 아니겠는가.

등산객 세 사람이 옆으로 지나가는데 모두 인상이 비슷한 중년 여성이다. 저만치 뒤에서 한 남자가 가벼운 걸음으로 오고 있다. 부산한 주말을 피해 월요일을 택한 등산객들이다. 정길도 조용한 산행을 위해 모처럼 오전 근무를 비웠다. 몇 걸음 떼니 하얀 은사시나무 몇 그루가 나란히 잔바람에 흔들린다. 과연 사시나무 떨 듯하니 늘어진 꽃차례가 신라 귀걸이처럼 나부낀다. 다이아몬드 문양이 있는 목피를 들여다보며 정길이 일러준다.

"바람이 불면 숲에서 제일 먼저 소리 내는 나무예요. 수다쟁이라지만 은백색 줄기는 어디서나 돋보여. 자작나무도 그렇고 은사시나무는 잎 떨어진 겨울에도 보기 좋아요. 고향에 가면 군락지에 들러보는데 결백한 서정의 풍경이 바로 시라. 감동이라."

"난 나무에 특별한 관심이 없었는데 경주에 와서 좋아하게 된 나무가 있어요. 산림환경연구소에서 메타세쿼이아 숲 보고 한눈에 반했어요. 겨울에 거대한 나무가 기둥처럼 하늘로 뻗은 모습이 영웅 같았어요. 붉게 물든 바늘잎 시스루가 줄기에 베일처럼 드리운 늦가을 정경도 눈을 떼지 못하겠어요. 나무의 영웅이라 짓고 나니 근사했어요. 내가 모자라니까 나무도 영웅 같은 나무가 좋은가 봐요."

겸손은 좋지만, 여자는 자꾸 자기를 낮추어 말한다. 우울증의 한 증세가 자기비하라던가.

"보통 자기와 닮은 걸 좋아하지 않습니까. 듣고 보니 나무의 영웅이라 할 만하네. 이억 년 전부터 공룡과 함께 생존했던 나무지만 중일전쟁 때 산간지방으로 후퇴하던 중국군에 의해 계곡에서 처음 발견됐어요. 빙하기에 대부분 죽었다는 중생대 나무가 20세기에 존재를 다시 나타내다니. 목련은 화석으로 보면 일억 사천만 년 전에 있었다니 나무의 기나긴 역사가 장엄하다고 해야 하나."

길가의 고로쇠나무 위를 얼핏 보니 비탈진 둔덕에 부엽토가 파헤쳐진 구덩이가 눈에 들어온다. 무기질이 필요한 멧돼지가 뿌리를 먹으려고 땅을 판 흔적이다. 정길이 알려주니 "멧돼지가 사람을 일부러 공격하진 않죠?" 하고 여자가 묻는다.

"먹을 거 구하려고 내려오지, 사람 치러 오겠어요? 시골선 멧돼지가 내려오면 꽹과리를 치기도 하고 야영할 땐 주위에 화약 뿌려놔요. 멧돼지들이 싫어하는 냄새라 엽사들은 사냥 나서면 총구멍을 막아요."

"어떻게 그런 것까지 다 아세요?"

"생존법 아닙니까. 여자들도 군대 생활 좀 해봐야 하는데. 대대 훈련 때 기관총 사백 발을 쏘아대면 참나무가 날아가면서 산에 울리는 소리에 이게 전쟁인가 싶어 한 발짝도 못 나설 것 같아. 탄약고에서 보초 서다가 순찰 나온 중대장의 질문에 더듬거린 일등병과 함께 피범벅이 되도록 맞은 엉덩이는 지금 생각해도 쓰라리구만."

자리를 이탈해 담배를 피운 이등병 정길은 물에 불린 참나무로 맞으며 열일곱까지 세고 쓰러졌다. 작전에 실패하면 용서해도 경계근무에 실패하면 용서 없다, 그때 간첩이 침투했다면 탄약고가 폭발하고 난리가 나는 거라고 중대장이 질타했다. 모든 것이 적을 죽이기 위한 실전 연습이었지만 국가의 이데올로기가 만든 허상의 적이 아닌가. 하긴 모든 전쟁이 이데올로기라는 허구의 탈을 쓰고 있다. 다리로 들어서며 여자가 큰 숨을 내쉰다.

"군대가 그렇게 힘든가요. 난 남자라도 안 갈 거예요. 제 남동생도 군대 갔다 와선 다시 못 갈 데라면서 머리를 흔들데요."

"간첩 조사 때 주먹 한 방 맞고 가슴에 구멍이 뚫렸다 했죠. 군인들은 그런 주먹 매일 밤마다 열 대 스무 대씩 맞아요. 그야말로 구멍이 뻥 뚫려도 어쨌거나 맞아야 더 이상 안 부르니까. 이런 거 못 견뎌 자살하고 탈영하는 병사도 있지만 생명은 질겨서 어떤 조건에서도 살기 마련이라. 자연이라는 원초의 품이 있으니까. 강원도 화천에서 군 생활을 했는데 더위와 행군에 다리가 천근만근이지만 녹음 속에 귀부인 부채처럼 핀 자귀나무꽃 보면 저절로 감탄사가 나오고 개울물 소리는 친구 같아서 힘이 나요. 이 물소리 없으면 산도 안 적적하겠나."

"과장님은 언제부터 시 쓰기 시작했어요?"

"고등학교 입학하면서 문예부에 들어갔어요. 사춘기라 힘들어서. 글로 고뇌를 달래다 국문과를 지망했지만 낙방했어요. 다음 해 도서관학과에 들어가 결국 사서가 됐지만, 스물한 살에 군에 입대해 일기를 계속 썼어요."

"난 한 번도 자발적으로 일기 쓴 적이 없는데."

정길은 밤에 사병들이 다 자면 노트를 꺼내 혼자 하루 일을 기록했다. 쓰러질 듯 피곤해도 쓴다는 일은 군대라는 현실에서 벗어날 수 있게 하는 환상의 사명이었다. '청순한 산딸나무꽃'도 오롯한 자신만의 시간 기록이며 내면의 언어는 군 생활을 견디게 하는 힘이었다.

"편지 쓰고 싶으면 훈련 나갈 때 철모 속에 종이를 넣어요. 땀에 젖을까 종이를 비닐로 싸고, 편지 쓰면 비가 와도 안 젖게 양초 먹이고. 답장에 김춘수 시가 적혀 있었던가. 그저 혼자 마음에 둔 문학 동아리 동료인데 제대하고 여자가 근무하는 지방 세무서 앞에 가서 전화했어요. 받은 사람이 '○○○ 씨 자부 될 사람 말입니까' 하고 묻데요. 결혼 준비한다는 말은 이미 들었어요. 끝내 전화를 안 바꿔줘서 퇴근 시간 되도록 세무서 앞에서 기다렸어요."

"첫사랑인가. 많이 좋아했나 봐요."

정길은 슬금 웃고 하늘에 흘러가는 구름을 언뜻 본다.

"제대할 때 노트 하나만 허리 아래에 숨겨 나왔어요. 군 일기라 들키면 일 나지. 젊은 날의 시간이 아까웠고 삭막한 현실에서 내면의 기록이나마 필요했어요. 그게 내 존재 이유니까."

"존재 이유—난 그런 단어 생각도 못했어요. 우울증에 빠져 힘들었을 때 자살 충동을 몇 번 느꼈지만 거울 보고 일순간 마음 돌렸어요. 청춘이 예뻐서 못 죽겠더라구요. 젊을 때잖아요. 마침 이모가 중매해서 지금 재호 아빠 만났는데 의지하면 힘이 되겠지, 난간을 잡듯 두 달 뒤 결혼했어요."

생존본능인 자기애가 있는 한 살아가기 마련이다. 다리를 건너 정길이 여자와 나란히 걸어가는데 앞에서 노래가 들려온다. 개울 옆 야외 탁자에 핸드폰을 놓고 유튜브를 듣는 한 중년 남자가 눈에 다가온다. 멜로디에 귀 기울이니 취업을 준비하는 아들이 생일에 노래방에서 부르던 정원영 노래다.

> (……)
> 행복해졌어 장염도 나아가고
> 방 정리는 깔끔히 무엇보다 잠을 잘 자
> 행복해졌어 글도 다시 써지고
> 혼자 떠날 여행길이 두렵지 않아
>
> 나 행복해졌어 자꾸 웃음이 터져
> 웃으며 심야극장 갔다가 너를 만났네
> 너를 만났어 하필 너를 만났어

마음 정리 다 했는데 너를 만났어
너를 만났어 너를 만났어
여자 친구도 생겼는데 또 너를 만났어

(……)
질식의 터널을 지나며 고통을 즐기게 해준 넌 참 신기해 (……)
못 참고 욕은 했지만 세월이 지나보니 (……)

청춘의 혼란을 해학적으로 풀어 마음을 끄는 명가사다. 정길이 담배를 피우고 싶다고 생각하는데 여자가 옆에서 긴 숨을 내쉬며 "좀 앉았다 갈까요?" 한다. 마침 등산객이 일어나 배낭을 메고 그들 앞으로 걸음을 재촉한다. 어둠의 날들을 보내며…… 노래는 계속 이어지고 정길은 등산객을 위한 간이 테이블에 앉자 담배를 꺼낸다. 불을 붙이곤 또 한 개의 담뱃갑을 주머니에서 꺼내 재떨이를 하니 여자가 놀라는 시늉을 한다.

"재떨이까지 갖고 다니니 정말 애연가예요."

"담배를 못 끊으니 우짭니까. 요새는 어디서든 재떨이 보기 힘들어요. 개울이 바로 앞이라 담배 꺼내지만 산불은 물론 조심해야지."

"담배 피워서 엉킨 가슴이 풀어진다면 저도 한 대 주세요."

정길은 주춤하다 한 개비 내민다. 전에 출판사 영업부원인 한 여자도 그렇게 담배를 청했지. 결혼 뒤 담배를 끊었다는 흡연 경험자였다. 정길이 라이터를 내미니 여자가 받아 불을 당기는데 처음 해보는 솜씨는 아닌 듯하다. 여자는 연기를 입으로 다 내뿜고 뻐끔담배를 피운다.

"가슴에 생긴 멍들도 세월이 지나보니 사랑이었다니. 그래도 실연은 추억이 되네요, 행복했다니까."

"노래 가사니까."

"남녀 사랑은 제삼자가 알 수 없는 영역이니 관두고, 친구의 배신은 그런 게 아니에요. 배신이라는 말도 시원치 않아. 과장님은 친구에게 배신당해본 적 없겠죠. 남자들은 의리가 있잖아요."

"요새 의리라는 게 있는가. 살면서 제일 힘든 게 인간관계라는 건 애들도 알아요. 인터넷 기사 보니 인연을 정리하겠다는 사람이 응답자 중 절반도 넘던데."

"인연이 두려운 걸 난 이 나이에야 알았어요. 한심해. 친구처럼 십 년간 만나온 사람에게 뒤통수 맞고 지난가을부터 내내 아침에 눈뜨면 그 생각부터 떠올라 자책과 혐오감으로 가슴이 헝클어져요. 겨울이면 늘 힘들지만 올겨울은 수렁 속에서 산 것 같아요."

여자는 피우지도 못하는 담배를 재떨이 갑에 비벼 끄는데 정길은 또 무슨 애긴가 하고 기다린다.

"과장님과 자주 만나는 A라는 친구가 있다고 쳐요. A가 과장님과 만나 이런저런 속 얘기로 시간 보내고 헤어진 뒤 그길로 곧장 다른 사람에게 달려가서 과장님이 한 이야기를 미주알고주알 상대에게 들려주고 자기 소견을 덧붙여 비아냥거린다면 기분이 어떻겠어요. 그 짓을 서너 번이 아니라 서로 만나온 십 년간 지속했다면 그걸 어떻게 받아들이겠어요?"

"그게 무슨 친군가. 악취미도 유분수지."

"그렇죠. 요즘 다 바빠서 용건 없는 전화 안 하잖아요. 용건 없이 한밤에도 전화하는 유일한 사람이에요. 남편이 현장에 가 있을 땐 밤에 우리 집에 와서 얘기하다 새벽에 갈 정도로 허물없이 굴고, 자기 집 방에는 나와 불국사에서 찍은 사진 붙여놓고, 송이 같은 귀한 식재료가 생기면 장금이처럼 차려놓고 불러 함께 먹고. 요리를 싫어하는 내게 김치와 반찬을 싸주곤 하는 친구였어요. 작년 여름엔 내가 두 달간 인천 친정엄마 옆에 가 있었는데 그립다고 메일을 보내고요. 인터넷으로 액세서리 파는 개인 사업 하면서 경주에 연고 없이 사는 돌싱인데 드라이브를 좋아하는 A와 여기저기 돌아다니다 친해졌어요. 둘이 자주 만나고 반년이 되니 G가 A의 입방아를 귀띔했어요. 주위 사람들에게 나와 만난 얘기를 속속들이 하고 다닌다고. 영어학원 원장인 G는 나보다 먼저 A와 친했고 내가 A를 처음 만난 것도 G를 통해서지만 난 한 귀로 흘려들었어요. A가 할 얘기가 없어 그랬나 보다 했죠."

"여자들은 만나면 무슨 이야길 그리 많이 합니까. 집사람 통화하는 것 들으면 수다 수준이던데."

"과장님도 봐서 알겠지만 제가 말주변이 없어 거의 남의 말을 듣는 편이에요. A는 여기 와서 뒤늦게 알게 된 사람이라 딱히 할 이야기가 없어요. 자주 만나게 되자 이사할 때 그림 액자며 수제 은목걸이 등이 없어졌으니 이삿짐센터를 믿지 말라는 생활 조언부터 가족 얘기까지 이런저런 말들을 하게 됐어요. A는 지금도 오십대라곤 믿어지지 않을 만큼 동안이라 동생에게 하듯 마음 놓았어요. 난 부모이다 보니 별난 재호 얘기도 가끔씩 했는데 초등학교 육학년 때 수음하다 나한테 들킨 것과 애 키우기 힘들어서 죽었으면 좋겠다는 말도 했어요. 아무 생각 없이. 그건 사실 재호가 먼저 '엄마가 죽으면 좋겠어' 하길래 '나도 네가……'라고 홧김에 맞받아친 거예요. 그걸 A에게 들은 G는 다른 학부모가 들으면 입방아 감이고 시댁 어른 귀에라도 들어가면 집안이 시끄러울 거니 A에게 말조심해야 한다고 완곡하게 말했어요. 그게 두번째 충고예요. G의 큰아버지가 우리 시아버님과 친구여서 더 신경 쓰는 거예요. 제 시아버님이 여기 토박이 유지잖아요. 남의 집 부엌에 숟가락이 몇 개인지 안다는 좁은 지역에 살아와서 G는 굉장히 조신해요. 이 말을 들었을 때도 난 A가 입은 싸다지만 사람이 악한 건 아니라고 생각했어요. 웃을 때 가물가물한 그 눈을 보면 누구나 그런 마음이 들 거예요. 난 정말 멍청

해요. 재호 뒤로 더 이상 애 낳기 싫어 몰래 세 번이나 유산했다는 내밀한 얘기까지 G에게 했다는데도 A에 대한 태평한 믿음이 무려 십 년간 이어졌어요. 방심이 유죄야. G는 내가 가끔씩 나타나면 '안 만나도 일거일동 다 알아요' 하고 비쳤지만 난 금방 잊어버려요. 천성적으로 사람을 경계할 줄 모르는 백치 같아서."

"순진해서 그런 거지요."

여자는 목이 마른지 생수병을 꺼내 비우고 한숨을 쉰다.

"G는 지난가을엔 작정한 듯 나를 불러 '이건 정말 아니다 싶어서 말해요' 하고 운을 떼요. 물론 A에게 들은 말 때문이죠. 지난여름 친정에 가 있을 때 A가 서울에 와서 전화했길래 서울서 만났어요. A에게 또 쓸데없는 짓을 했지만 간첩 사건으로 돈 쓰고 고생한 전 남자 친구 얘기를 했어요. 그 사람이 카페에서 내 동생과 우연히 마주쳐 자기 폰 번호를 알려줬대요. 나한테 전해주라고. 마침 내가 친정에 있을 때라 그 사람에게 연락했죠. 나도 궁금했고 한번 만나고 싶었어요. 엄마가 손주들 보러 동생 집에 가서 며칠 있다 온다길래 엄마한테 허락받고 그 사람을 친정집으로 오라고 했어요. 저녁 식사에 초대했어요. 못 만난 지 이십 년이 넘었으니 얼마나 할 말이 많겠어요. 새벽이 되도록 얘기하고 그 사람은 네시 넘어 돌아갔어요. 이 얘기를 A가 또 G에게 말한 거예요. 자기 소견을 무어라 덧붙였는지 '남이 들으면 안 되겠어. 내가 보호해야겠어'라고 G가 머리를 가로저어요. A는 이 얘기를 G뿐 아니라 내가 아는 다른 사람들에게도 떠벌렸어요."

"입을 가만두질 못하는 사람이네."

"G의 세번째 충고에야 망치로 맞은 듯 머릿속이 휑해지데요. 이건 선이 아니야, 하는 생각이 머리를 쳤어요. 충격적인 뉴스가 넘치는 세상에서 이 정도 일이 무슨 비밀이겠어요. 세 번째 만나는 과장님한테도 말할 수 있을 만큼 그런 일일 뿐이에요. 유부녀의 외도가 아니에요. 내가 한 말이라도 다른 사람의 입을 거쳐 들으면 상대의 감정이 묻어서 왜곡되기 마련이죠. 내가 아연했던 것은 A의 입쌀개 짓이 본능을 넘어 거의 악하다고 느껴져서예요. 과장님도 말했잖아요. 악취미라고. 자신도 의식치 못하고 저지르는 아이의 무지와 같은 악. 다른 사람에게 하고 싶지 않은 더 많은 얘기들은 가슴에 묻고 생략할게요. 내가 지금까지 말한 내용을 편지로 받은 뒤 A는 G에게 원망 투의 문자를 보냈어요. '한 몸인 줄 알고 수다를 떨었더니……'라고. 나, 그 문자 훔쳐봤어요. 이 일로 G와 만나 함께 얘기하고 있을 때 A의 문자가 왔다는 말을 들은 뒤라 난 G가 잠깐 화장실에 간 사이에 폰을 열어봤죠. G가 내게 세 번이나 충고해준 건 의협심 때문이지만 A는 그것조차 모르고 배반이라고 생각한 거예요. 나야말로 배반감에 독침을 맞은 듯한데 장난 같은 수다라니. 한 몸인 줄 알고? 레즈인가. 한 몸 같은 친구가 있는데 왜 나를 계속 찾았나. 수닷감으로? 소녀 같은 얼굴에 하이드가 숨었을까. 한 길 사람 속은 모른다더니 A는 이중인격자일까요. 사소하지만 전혀 사소하지 않은 이 일로 가슴에 폭격을 맞고 올겨울을 죽은 듯이 보냈어요."

정길은 피우다 꺼진 담배를 갑에 넣는다. 현우가 제수씨 얘기를 들어주라고 하더니 사람마다 가슴속에 타버린 재가 묻어 있다. 정길은 여자의 입장이 되어 동조한다.

"악의 평범성이란 용어는 더 이상 특별하지 않아요. 악은 나치나 외딴섬 무기수 같은 존재가 아니라 인터넷 댓글에도 널려 있어. 연예인들은 그런 악플 따위에 목숨까지 버리고. 악의 평범한 속성은 내 안에서, 볼 때마다 미소 짓는 지인의 뒷담화에서도 투명 좀비처럼 튀어나와요."

"간첩 사건은 잊을 수 있어요. 사람을 잘못 잡았지만 개인 감정으로 괴롭힌 건 아니잖아요. 그건 반공이라는 목적이나 있지. 그 사건 이후 더 이상 나쁜 일이 있겠나, 했더니 이번 일로 정말 가슴이 뻥 뚫렸어요. 친구라고 만나온 사람이 뒤돌아서면 다른 사람에게 앵무새처럼 내 말로 입방아 찧고, 아무 죄의식 없이 또다시 연락해서 연골이 닳아갈 세월 동안 그 짓을 되풀이하다니. 여기 시집와서 이런저런 작은 일은 능을 산책하며 씻어버리고 여태 잘 지냈다, 만족했어요. 오십이 넘어서도 호되게 인간을 겪으니 무슨 업일까. 앞으로 또 이런 악연이 탈을 쓰고 다가올까 무서워요. 시인은 괴로운 일도 시를 쓰며 자신을 정화한다죠. 시인이 부러워요."

"시에 나를 바치지도 못했는데 힘없는 무명 시인을 부러워할 건 없어요."

자조 반 안도 반이지만 정길도 이날까지 사회 생활하며 겪을 만한 괴로움은 다 겪었다. 전 직장에선 감원하려는 재단의 갑질로 권고사직을 받자 술기운에 손목을 그어 피를 보았다. 어쩌자고 그 피에서 아버지의 충혈된 눈을 떠올렸을까. 정길은 흠칫 떨며 손목에 압박붕대를 둘둘 감았지. 사는 게 모욕이라고 생각될 땐 시도 철옹성 같았지만 깊은 밤 쇼팽의 마주르카가 영혼을 부르면 가슴속 가시나무를 언어로 번역했다. 시가 없다면 무엇을 잡았을까. 시를 쓰는 순간의 순정한 고양감을 다른 무엇으로 대신할 수 있겠는가.

자리에서 일어나 또다시 길을 나서니 눈앞에 하얀 은사시나무가 보인다. 큰 몸통 위에 하늘이 걸려 있어 올려다보니 구멍이 뻥 뚫려 있다. 어떻게 저러고도 살았을까 싶을 만큼 큰 구멍이다. 그 구멍이 왠지 낯익다 했더니 『산해경』 책 속에 그려진 관흉인 가슴이 겹쳐졌다. 『산해경』은 고대 신화집이지만 고대인들도 저런 나무를 보고 가슴에 구멍이 뚫린 관흉인을 상상한 건 아닐까. 정길 옆에 여자도 걸음을 멈춘다.

"어떻게 살았는지 신기해요. 가지도 잎도 멀쩡하게 자라고."

"온통 벌레들이 차지해서 걱정될 만큼 잎에 구멍이 숭숭 난 나무도 많아요. 식물학 책 보니 숲의 규칙이 있는데 잎의 이십 프로는 숲속 다른 동물들을 먹이기 위해 만든대요. 이게 자연의 지혜라. 인간도 지구에 사는 대가로 가슴을 갉아먹히는지 모르겠어. 그 고통의 몫을 이십 프로는 받아들이고 살아가야 되지 싶어요. 무심한 천지가 준 내 업인가, 하고. 분노도 자책도 다 가을 잎처럼 털어 묻고…… 여기가 무장사지 가는 길 아닙니까."

발길에 작은 돌이 차이는데 오솔길 왼편으로 굴러간다. 길가에 서 있는 느티나무가 그제야 눈에 들어와 정길은 매끈한 표피를 쓰다듬고 스쳐 간다. 시골서 자랄 때 늘 함께였던 느티나무다. 무성한 잎이 너른 품과 같아서 어머니는 여름 한낮에 나무 그늘에서 아기를 재우며 시름을 잊었고 여섯 살 정길은 아이들과 쇠비름을 뽑아 흰 뿌리를 손으로 훑으며 노래 불렀다. 해 넘어간다 복남아, 치마 벗겨 올려라. 무슨 뜻인지도 모르고 형아들 따라 불렀는데 쇠비름 뿌리를 계속 훑으면 줄기처럼 붉어졌지. 느티나무 재목은 부잣집만 썼다는데 나무는 산골 아이들의 요상하고 천진한 놀이까지 서늘한 그늘로 안아주었다. 정길의 생애에서 가장 행복했던 유년기였다.

"무려 육천칠백 그루가 보호수로 지정될 만큼 한국에 흔한 나무라 옛날엔 몰랐어요. 보면 볼수록 기품 있고 멋진 나무라. 옛말에 서민들은 소나무로 지은 집에서 태어나 소나무 가구 옆에 살다가 소나무 관에 들어가 죽고, 양반들은 느티나무로 지은 집에서 태어나 느티나무 가구 놓고 살다가 느티나무 관에 실려 하늘에 간다고 했대요. 이래 말하니 삶이 참 간단

하네."

"소나무냐, 느티나무냐……"

"그것도 죽음 앞에선 아무것도 아니라. 자식들이 순록들처럼 대대로 그 길을 이어가겠지만."

정길은 한 대기업의 미술관에서 본 서양 작가의 설치미술을 떠올리곤 입을 다문다. 거대한 벽면엔 일어선 땅처럼 툰드라의 마른 이끼가 한가득 덮여 있었다. 순록 떼의 발자국이 지워지고 짓이겨지면서 수만 년 이어져온 인류의 삶이 아득히 펼쳐져 있었다. 그토록 적나라하면서 그토록 시적으로. 장엄한 생이 바로 예술인가 싶었다.

제피나무 옆을 지나가다 정길은 어린잎을 따서 코끝에 댄다. 연록의 촉감은 부드러우나 싸한 향은 황홀하다. 제피를 넣은 초봄의 물김치를 먹고 싶다. 오래전 남쪽의 어느 절에서 먹은 제피 김치 맛이 기억에 남아 있지 않은가. 구세대들은 향이 강한 고수나 방아, 향신료를 좋아하지 않지만 정길은 늘 독특한 향에 이끌렸다. 어릴 때도 알싸한 계피향을 좋아하여 사탕 대신 입속에서 갉아먹곤 했지.

속삭이는 듯한 물소리에 귀 기울이며 걸어가니 또 하나의 목제 다리가 시야에 들어온다. 개울을 건너기 전에 가지가 양옆으로 뻗은 층층나무를 지나가는데 둥글어진 으름 잎들이 나무를 휘감고 위로 뻗어나갔다. 깊은 산에 오면 으름을 본다. 어릴 때 염소 풀을 먹이러 다니면서 많이 보았지만 삼 년 전 황용골 표충사 인근에서 본 연자줏빛 으름꽃은 첫사랑처럼 정길을 사로잡았다.

유난한 향기 때문이었다. 길을 못 가게 막듯 자신을 에워싸는 요염한 향기에 정신이 아득했다. 취기가 오른 듯 몸이 흐느적거려 나비조차 향에 비틀거릴 것 같았다. 이것이 세속의 법열인가. 그 환장할 꽃향기가 보름 뒤면 온 산에 흐드러지겠지. 김홍도는 매화를 몹시 사랑하여 그림을 삼천 냥에 팔자 이천 냥으로 매실나무 사고 이백 냥으로 양식 사고 팔백 냥으로 잔치를 벌였단다. 아름다운 풍채에 그릇이 커서 '신선 가운데 사람'이라 불렸다는 단원이니 무릉매원의 군주가 될 만하지. 시인이기 전에 대출이자 따져야 하는 자본 사회의 범부이지만 인적 없는 산속의 으름꽃 속에 일순이나마 묻히고 싶었다. 그날 뒤돌아서면서 가멸이란 단어가 영감처럼 떠올랐다. 정길은 옆을 돌아보며 여자에게 묻는다.

"으름꽃 본 적 있어요?"

"아뇨. 예쁜가요?"

"미운 꽃이 있을까만 꽃도 예쁘고 향기는 어떤 꽃보다 더 강렬하지. 황용골에서 으름꽃 보고 시가 한 편 나왔어요. 「가멸사 가는 길」이라는."

"그런 절이 있어요?"

"상상으로 지은 절 이름이에요. 가멸이란 단어는 들어봤어요?"

여자는 앞서 다리에 오르며 머리를 젓는다.

"가멸은 순 우리말인데 부를 예스럽게 말하는 단어예요. 가멸다, 하면 풍부하다, 넉넉하다, 그런 뜻. 풍요한 으름꽃 향기가 가멸이란 단어를 떠올리게 해서."

"시가 그렇게 나오는구나. 가멸사란 이름도 범상치 않아. 나중에 시 읽어보고 싶어요. 절 이름은 다 한자로 짓는데 가멸이 순 한글이라면 한자로는 못 쓰겠네요."

"시험 답안지도 아니니 마음대로 한자를 지어볼까."

반사적으로 멸(滅) 자가 떠오른다. 멸할 멸, 없어질 멸. 어둠을 멸하고 무명(無明)을 멸하고. 그렇다면 더할 가(加)를 써야 하리라. 정길은 털썩 주저앉아 땅에 손가락으로 한자를 그린다.

加滅寺.

가멸사, 라고 되뇌는 여자의 표정이 숙연하다.

"멸하라. 그런 뜻이…… 과장님도 멸하고 싶은 것이 있나요. 기억이든 사람이든."

"인간사를 겪었다면 그런 기억쯤은 있지 않겠어요."

여자가 정길에게 말한 간첩 사건도 트라우마다. 객관적으로 듣기엔 반공 국가의 해프닝이지만. 평생의 상처가 되기도 하는 수많은 트라우마에 비한다면 철없는 친구의 배신도 석 달 뒤면 잊어버릴 잡담이 아닐까. 오십 생에 겪었다는 일이 그 정도라면 여자는 운이 나쁘지 않은 셈이다. 큰 바위에 큰

파도가 친다, 하듯이 고통도 각자 받아들일 수 있는 용량이 있는 것 같다. 나의 용량은 얼마만큼일까.

알코올중독자로 어머니를 괴롭히는 아비가 죽기를 밤마다 기도했던 정길이 아닌가. 어머니가 피떡이 되든 말든 차려놓은 밥상을 깨끗이 비우고 태권도장에 가는 형에 대한 혐오감은 오물처럼 처리했던가. 집에서 매일 그런 일이 되풀이된다면 가족은 마삭줄로 얽힌 업이었다.

늘 몸뻬바지만 입는 어머니가 뒤늦게 식기장에 모으기 시작한 유리그릇들을 아버지가 모조리 박살 낸 날이 있었다. 흑갈색 마룻바닥에 산산조각 부서지며 은하수처럼 깔린 유리 파편에 정길은 공포에 앞서 매혹당했다. 넋이 빠진 채 서 있던 어머니는 예수가 바다 위를 걷듯 갑자기 유리 파편 위로 성큼성큼 맨발을 디뎠다. 어머니 걸음걸음 붉은 피가 낙화처럼 찍혔고 정길은 어머니 등을 밀치고 손을 잡은 채 밖으로 뛰쳐나갔다. 그때가 고교 2학년 여름방학을 앞둔 때였다. 아비는 다음 해 정월 요양병동에서 뇌출혈로 세상을 떠났다.

흔들림 없는 불혹이라는 단어는 공자님 말씀이지. 개울물처럼 돌부리에 부대끼며 구름처럼 바람에 채이며 비틀거린 중생의 삶이었다. 알코올중독자의 피를 부정하며 흔들리는 모든 것을 호명했던 시는 정길의 발자취였다. 정길이 이 년 전까지 사용한 알뜰폰 연락처엔 오직 세 사람 번호만 저장되어 있었다. 아내와 두 남매. 술에 취해 어디선가 쓰러져 그가 죽음의 문턱에 있더라도 연락받을 가족이다. 정길의 생각으로 세상에서 가장 공평한 건 죽음이니 그것은 가족과 나누고 싶었다.

"티브이 드라마 보면 온갖 사건이 나열되지만 무탈한 사람들도 많아요. '내가 살아온 얘기를 하라면 한나절이면 된다'는 피아노학원 선생도 봤고, '왜 불교에서 삶을 고라고 하는지 모르겠다'며 고개 갸웃하는 사업가도 봤어요. 호주 유학에서 만난 부인과 결혼해 두 아들을 둔 이민자 가장인데 외조모에게도 빌딩 유산을 받았어요. 아이들이 자라면서 한 번도 속썩인 적 없었고 의대생인 아들은 자신에게 간 장기이식까지 해주었다고 고마워했어요. 범인들이 가장 원하는 무사태평한 삶이지요."

"부처님 말씀을 부정할 정도로 행복한 사람이 있네요."

정길은 십 년 전 아내 차로 출근하다 교통사고 당한 이야기를 했다. 눈 오는 날 아침에 우산도 없이 서둘러 길을 가는 남학생을 보고 태워주자고 했던 것이 화가 되었다. 인도 가까이서 차바퀴가 미끄러지면서 지그재그 역행하다 뒤에서 오던 차와 충돌했다.

"사 개월간 깁스하고 입원 치료를 받았는데 아내가 옆 침상에서 한숨을 쉬어요. '잘해도 코가 깨졌어' 하고. 엎어져도 떡시루에 묻히는 사람 있잖아요. 이 정도여서 천만다행이지만 지금도 무언가 왼편 어깨를 스치면 팔꿈치를 거쳐 손목까지 전율하듯 쓰라려요. 정말 인생이 불공평하지. 그렇다고 누구의 운명이 신이 짠 계획도 아니잖아요. 명리학에선 내가 태어난 연월일시의 사주가 운명을 만든다는데 그 순간의 기운에 이끌려 태아가 세상 밖으로 나왔다면 자신이 선택한 거라고 봐야지. 그러니 괴로운 일은 삼키고, 있든 없든 살아가야 할 의미를 스스로 찾아야 해."

정길이 돌부리를 피해 발걸음을 떼니 오솔길 가 양지에 서 있는 엄나무가 눈에 들어온다. 이른봄이라 나무우듬지에는 콩알만 한 눈이 갈색 껍질로 싸여 있고 회갈색 나무줄기엔 온통 가시가 찌를 듯 솟아 있다. 접근을 절대 허용하지 않겠다는 듯. 여자가 엄나무죠, 하고 손가락으로 가리킨다.

"이 나무는 가시 때문에 쉽게 알 수 있어요. 경주 시댁에 큰 엄나무가 대문 옆에 서 있어요. 귀신을 쫓는 나무라 그런지 경주 집집마다 많이 심어져 있어요. 내가 좋아하는 쌉싸름한 엉개나물을 곧 먹겠네."

정길은 가시만 들여다보다 둘째의 말을 떠올린다.

"작년에 대학 들어간 딸이 입학 축하 저녁을 식당에서 먹으면서 고백하듯 말해요. 자기가 엄나무처럼 독하게 가시 세우고 살아 엄마에게 미안하다고. 사춘기와 대입 준비로 삼사 년간 계속 식구들 신경 긁으며 다녔거든요. 재가 도대체 뭐가 되려고 저러나 싶을 만큼 불량하게."

"난 아이가 유학생이라 그런 고비는 없었지만 집집마다 다 그럴걸요.”

“그날 나에게 들려주듯 딸에게 들려준 시가 있어요. 들어볼래요.”

여자가 귀 기울여서 정길이 읊는다.

가시투성이로 태어났으나
가시를 떨구면서 늠름해진다
가시로 세상에 맞서는 일이
부질없다는 걸 깨우친 까닭이다

정겨운 시골 마을
정자나무가 되고 싶은 시인이여
네가 온몸에 달고 있다가
떨군 가시는 무려 몇 가마인가
—최두석, 「엄나무」

나란히 걸어가던 여자가 걸음을 멈춘다.

“시인은…… 영혼의 치료사일까요?”

“현실에선 종이호랑이가 아닐까? 상처의 동무는 될 것 같은데.”

“상처의 동무라니 지팡이를 찾은 것 같네. 개울을 몇 번 더 건너야 하죠? 열두 번 건너야 무장사지 닿는다면서요.”

앞의 오솔길이 끊어진 걸 보니 굽어진 길이 다시 나올 것이다. 암곡동 외진 골짜기에 세운 신라 왕실의 무장사는 고려 사람 일연이 『삼국유사』를 쓸 당시에도 남아 있었다. 일연에 의하면 '바윗돌이 우뚝 솟고 개울물이 빠르게 부딪쳐 흐르는 곳이므로 목수도 돌아보지 않았다'는 터이다. 높은 평지에 은자처럼 서 있는 육중한 탑을 보려면 더 올라가야 하리. 주머니에서 담뱃갑을 더듬으며 정길은 개울가 바위에 선 채 고개를 갸웃한다.

"아마도 서너 번 더. 걷고 걸으면 곧 나올 것 같아도 길은 늘 먼 법이지."

석양꽃

사흘 전 비가 내리더니 흙 익는 냄새가 후끈 끼친다. 겨드랑이에 땀이 끈끈한데 햇살을 받은 목덜미가 벌써 따갑다. 곧 무더워지려나 보다. 철쭉이 온 산을 붉게 물들인 것이 언제냐. 바위산이 초록으로 짙어가고 있다. 새순이 굳은 땅을 치밀고 솟아나는 봄은 사람의 기운을 앗아가면서도 투명한 연록이 생명의 환희를 주는데 여름의 짙푸른 색은 철창같이 갑갑하다. '초록이 지쳐 단풍 든다'는 미당의 시 구절이 있지만 산 생활을 하기 전엔 그런 것을 알지 못했다.

군데군데 빗물이 고였던 자리에 송홧가루가 노랗게 덮여 있다. 소나무 숲길 사이로 천불암의 퇴색한 기와가 언뜻 보인다. 동암이 언덕길을 뛰듯 걸어가는데 거무스레한 뱀 한 마리가 길을 가로질러 풀숲으로 미끄러져 간다. 팔목보다 굵은 큰 놈이다. 순간 등허리가 뜨끈했으나 동암은 이내 덤덤한 얼굴로 풀숲으로 사라지는 뱀 꼬리를 바라본다. 저 생명의 뜻은 뭘까. 저 징그러운 몸뚱어리의 뜻은. 어릴 때 컵에 자라는 양파 뿌리를 보며, 사람 먹으라고 양파가 있는 게 아니구나, 알았다. 그저 제 몫의 생명일 뿐. 성경에서 뱀은 선악과를 먹도록 이브를 유혹한 사탄이지만 삼라만상의 한 미물에게 그것도 가당찮지. 배로 기어 다니는 저 미물까지도 피안에 이르게 하시고…… 동암은 중얼거리며 걸음을 뗀다.

"날이 더워요. 천불암에 들러 물 좀 마실까요."

뒤처져 오던 의선이 어느새 뒤따라와 가쁘게 숨을 내쉰다. 긴팔 와이셔츠를 팔꿈치까지 걷어 올리고 단발머리를 깡충 묶었다. 솔밭길이 끝나면서 천불암과 금대암 갈림길이 나온다. 동암은 천불암 쪽으로 걸음을 옮기며 더운데 괜스레 내려오셨어요, 한마디 한다. 오늘도 편지가 오지 않았다.

"아침에 뒷산을 산보하는데 까치가 울었어요."

"급한 일입니까."

의선은 땅을 보며 잠자코 걷는다. 절에 온 이틀 뒤 동암을 따라 마을에 내려가 우체국에서 편지를 부치더니 일주일 뒤부터 답장을 기다리는 눈치였다. 동암이 매일 마을에 다녀오면 마당에서 서성이다가 우편물을 확인하곤 했는데 아까는 낙담한 표정을 지었다.

"정 선생님, 여기 온 지 보름 됐지요."

"보름하고도 이틀이에요."

"산이 가깝합니까."

"산이 갑갑한 게 아니라……"

말끝을 흐리는 의선을 흘끗 보며 동암은 여자와 처음 만난 날을 떠올린다. 여느 때처럼 마을에서 우편물을 찾아 산으로 오를 때였다. 배낭을 멘 여자가 뒤따라오며 이 길이 금대암 가는 길이 맞는지 조심스럽게 물었다. 남원서 출발해 좀 전에 도착한 버스에서 막 내린 모양이었다.

여자는 능금 같았다. 동그스름하고 맑은 피부에 발그레 상기된 빰이 건강한 느낌을 주었다. 여자는 동암이 그렇다고 일러주자 오늘 처음으로 말해요, 독백하듯 입을 뗐다. 그 말 때문인지 옆에서 타박타박 걸으며 무심히 산을 바라보는 여자의 모습이 눈부시면서 적막했다.

절 어귀의 토란밭과 감자밭을 지나자, 천불암 뜨락이 한눈에 들어온다. 퇴락한 목조건물과 함박꽃 흐드러진 풍경이 한낮의 정적 속에 초현실적이다. 흰 꽃이 섞인 보랏빛 산수국이 법당 계단 바로 앞에 풍성하게 피어 있고 계단을 사이에 두고 왼편엔 남색 붓꽃이 땅에 닿을 듯 긴 잎을 늘어뜨리고 있다. 호랑나비 한 마리가 이 꽃 저 꽃 넘나들며, 자유로이 생명을 충전시키는데 산문이 이렇게 고요할 때면 모든 슬픔, 근심이 끊어진 딴 세상에 온 것 같다. 극락이 따로 없지.

의선이 샘물가로 가서 물 마시는 동안 동암은 종진 스님을 보고 갈까 생각하며 머뭇거린다. 이 도량 풍경과는 딴판인 그 굴속 같은 방을 들여다보면 공연히 저까지 마음이 어지럽다. 절의 창건주와 사이가 나빠 혼자 밥을 지어 먹는지라 종진의 살림살이가 늘 어수선하다. 공양주가 있어도 창건주가 염탐꾼으로 둔 사람이라 원수처럼 서로 말조차 하지 않는다.

일 년 전 동암이 천불암에 처음 들렀을 때 종진은 먹다 둔 밥상을 윗목에 밀어두고 성경을 보고 있었다. 그 뒤에 갔을 때도 성경을 들고 있어서 신도들이 뭐라고 안 합니까? 물었다. 종진은 비쩍 마른 얼굴을 구기듯 웃으며 적을 치려면 적을 알아야 되듯이, 라고 궁색하게 답했다. 예수님은 네 이웃을 사랑하라 했지만 종진의 성경은 문짝이 떨어진 삼층장 위 칸에 심판서처럼 놓여 있다. 각박한 현실이 사람을 강팍하게 만들지만 동암은 그런 종진에게 연민을 느낀다.

"아무도 안 계신가 봐요. 종진 스님이 어제 금대암에 들러서 딸기 먹으러 오랬는데."

"안 계신 것 같습니다."

동암은 종진이 없다고 단정하고 천불암 옆으로 길게 뻗은 딸기밭을 스쳐 간다. 종진이 있다면 반가워할 테지만 붙들고 얘기하느라 시간을 끌 테지. 의선을 보고 테스 같다고 말해서 금대암 식구들 입에 올랐지만 잠시 들른 의선에게 테스 잘 가시오, 인사해서 여자를 당황하게 만들었다.

산 밑에서 천불암이나 금대암으로 오르는 길은 가파르고 지루하나 천불암에서 금대암으로 가는 길은 구릉으로 이어진 오솔길이어서 걸음이 한결 가볍다. 멀리로는 지리산의 웅대한 산자락이 가슴을 펼치고 있고 길 아래 협곡은 초록 융단이 깔린 듯 풍요롭다. 구름이 유유히 흐르는 하늘 저편으로 뻐꾸기보다 큰 노란 새가 푸드득 날아간다. 새를 바라보던 의선이 쉬었다 가죠, 하고 주저앉는다.

동암은 잡초 속에서 고사리를 발견하고 무심히 꺾는다. 지금은 개고사리가 많아 공양주가 고사리 따는 일을 시키지 않지만 눈에 띄면 버릇처럼 꺾는다. 의선도 제가 앉은 쪽에서 고사리 하나 꺾어 내밀고 동암은 그것을 한 손에 받아든다.

"고사리 난 데 보면 그 부근에 또 있어요."

"고사리도 가족처럼 무리를 이루나 보죠. 외로워서?"

제 운동화 끈을 만지작거리며 의선이 혼잣말하는 것을 듣고 동암이 엉뚱하게 말머리를 돌린다.

"정 선생님도 언젠가 가정을 이룰 거잖아요."

"인연 닿으면요."

의선은 무성의하게 대꾸한다. 주지 스님과 친한 스님 소개로 금대암에 왔지만 금대암 식구들이 여자에 대해 아는 것은 스물여덟이란 나이와 중소도시에서 여중 교사를 하다 올해 잠시 휴직했다는 것 정도다. 소개장을 써준 스님은 절에서도 드물게 전통 무예를 익혀온 숨은 무사이다. 여자는 뜻밖에도 선무도에 관심이 많아 그 스님을 알게 된 듯했다.

"행자님은 언제 출가하셨어요?"

"일 년 좀 넘어요."

의선은 좀체 말을 않는 동암에게 얘기를 시키곤 빤히 얼굴을 들여다본다. 콧날이 펑퍼짐한 못생긴 행자지만 동암에겐 어딘지 함부로 대할 수 없는 숙성함이 있다.

"어릴 때부터 그냥 한복이 좋데요. 열한 살 때 아버지가 돌아가시고 그때부터 한복을 지어달래서 한복만 입고 다녔어요."

"남과 달라야 스님이 되나 보죠."

출가와 무슨 상관이 있다고 한복 얘기를 불쑥 했을까. 동암은 고교 일학년 때 자퇴한 것을 말하려다 그만둔다. 그 결정을 한 건 그해 여름방학 전인데 고교생이 되고부터 학과 공부가 무의미하게 느껴졌다. 담임에게 제 결심을 털어놓자 담임은 알기나 했다는 듯 넌 이상한 놈이다, 하곤 만류하지 않았다.

"절에 들어온 것도 인연이에요. 자퇴하고 집에서 놀고 있을 때 어머니가 사월 초파일에 절에 일 봐주라고 보냈어요. 그날로 주지 스님께 붙들려 못 내려갔어요."

좀 전에 천불암 쪽으로 날아간 노란 새가 찬란한 몸체를 떨며 다시 그들 옆을 스쳐 사라진다. 의선이 그것을 지켜보다 가만 숨을 내쉰다.

"스님들이 부럽네요. 아무것에도 집착하지 않고 새처럼 훌훌 다니구. 정말 윤회한다면 죽어서 새가 되면 좋겠네."

“천적들이 있는데 새가 자유롭기만 할까요. 사람이든 짐승이든 다 살아 있다는 것에 고를 치러요.”

세속 연을 끊고 산문에 들어와 닦고 닦으면 고가 멈출까. 마천내가 흐르는 마을 전체가 한눈에 보이는 큰 바위를 지나 층계를 내려서자 때죽꽃이 핀 금대암 뒤뜰이다. 의선은 곧장 제 방이 있는 요사채로 가고 동암은 토굴이 있는 대숲 길로 내려간다. 영명의 심부름으로 우편물을 등기로 부치고 오는 길이라 먼저 토굴에 들러야 한다.

잘되는 집안은 대숲도 좋다는데 금대암 대숲은 언제 봐도 무성하다. 대숲이 좋아서 전에 동암은 그 속에 들어앉은 토굴을 썼으나 주지 스님 동생인 영명이 오고부터 법당 뒷방으로 처소를 옮겼다. 원래 선승인데다가 수도에 몸 바치는 청정함이 있어 동암이 주지 스님보다 따르고 잔심부름도 달갑게 한다. 이따금 불어오는 바람에 댓잎만 일렁일 뿐 토굴엔 기척이 없다. 잎을 헤치며 방문 앞으로 성큼 다가서도 아무 소리가 없다.

“스님 다녀왔습니다.”

기운 승복이 걸린 원형 토방엔 대숲에 걸러진 엷은 햇빛만 방 한가운데서 놀고 있다. 가구라곤 방 안에 책상 하나뿐인데 그것도 한옆으로 치워져 있다. 아무런 장식도, 경전 한 권 없는 그 빈방에 앉아 있으면 마음도 절로 비워질 것 같다. 위에 올라가셨나. 동암은 우체국에서 받은 영수증과 신문을 문지

방 앞에 놓고 나온다.

법당으로 오르려는데 북소리가 둥둥 울린다. 마구 두들기는 소리다. 주지 스님은 아침에 나가셨고 누가 저렇게 북질을 하나. 동암이 법당 댓돌 위에 한 발 올려놓는데 공양주 택이네가 불콰한 얼굴로 은니를 드러내고 웃는다.

"미친년같이 북 뚜딜기서 부처님이 숭보겠다."

"보살님, 뭐 합니까."

동암이 의아해서 바라보자 택이네가 북채를 내던지고 후딱 일어선다.

"하도 심심해서 북 뚜딜기봤다."

동암이 어이없어 웃는데 보살 보살, 부르는 영명의 소리가 들려온다. 공양주는 또 대낮부터 술을 마신 게 틀림없다. 불그레한 얼굴로 해롱대는 걸 보면. 동암이 택이네를 앞질러 뒤뜰로 나가자 후원 앞에 놓여 있는 절구통에 쑥 뿌리를 찧으며 영명이 혀를 찬다.

"부처님 밥 먹고 공덕 입어 염불하나 했더만 절간에서 무슨 무당질이나. 시퍼렇게 머리 깎은 중이 둘이나 집안에 있는데. 인연 없는 중생 부처님도 구제 못한다 하더만 매일 뜨신 밥 해서 마지 올리믄 뭐 할 꺼라. 보살, 기운 넘치믄 이거나 좀 하소. 쑥물이 자꾸 튀누만."

입맛이 없고 속이 안 좋다고 오전 내내 뒷산을 뒤져 쑥 뿌리를 캐더니 찧기는 힘든가 보다. 파르라니 삭발한 강원 시절엔 한겨울에 얼음 위에서도 좌선하고, 졸릴 땐 허벅지를 대꼬챙이로 찔렀다는 영명인데 택이네를 보자 아이처럼 보챈다.

"보살이 해야 보살 덕을 입지. 이거 찧어주소."

"스님, 심부름 갔다 왔습니다."

동암이 알리는데 택이네가 다가와 영명이 들고 있던 돌을 보고 휙 내던진다.

"이기 뭐꼬, 알라도 이런 거는 안 줍겠다."

주먹보다 작은 돌이니 과연 손을 찧을 지경이다. 어느새 돌이 흩어져 있는 담가로 가서 택이네는 딴소리를 하고 있다.

"푯돌을 잘 줏어야 며느리가 잘 들어온다 카든데."

"그 아들은 시도 때도 없이 생각나네. 스님 생각도 한번 그렇게 해보시지."

영명의 핀잔에 택이네가 슬며시 웃는다. 고등학교를 마치고 오 년째 집에서 뽕밭서껀 농사일을 거드는 홍택이가 또 뜬금없이 생각나나 보다. 절에 공양주로 들어온 지 사 년째 되지만 공양주는 밥을 짓다가도 아들 말을 한다. 일주일에 한번씩 마을에 내려가면 해 질 무렵 술에 잔뜩 취해 끌려오듯 돌아오는데 밤에도 집 생각이 난다며 벽장 속 소주병을 까곤 했다. 집이 구만 리 떨어져 있는 것도 아니고 산만 내려가면 코 닿을 데여서 택이네의 자식 상사병은 거의 희극적이었다. 택이네가 두툼한 타원형 돌을 집어 쑥 뿌리 찧는 것을 보고 돌아서려니 영명이 생각난 듯 일러준다.

"아까 정 선생이랑 같이 마실 내려갔나. 손님이 와서 꽤 많이 기다렸지."

"누가 정 선생님 찾아왔습니까?"

동암은 제 일이기나 한 듯 좋아한다. 까치가 울었다더니 편지 대신 손님이 왔다. 무슨 생각을 하는지 영명이 고개를 갸웃한다.

"잘 아는 사이 같진 않던데."

"편지 많이 기다렸는데요."

"하기사 이 먼 산중까지 잘 아니까 찾아왔겠지만 정 선생에 대해 이것저것 물어보던데."

"뭐라고요?"

택이네도 손님을 보았는지 돌을 절구에 밀며 껴든다.

"내보고는 어떤 남자가 그 색시 찾아 안 왔나 묻데. 나이가 마흔도 못 됐지. 기미는 꼈어도 인물은 좋더라."

"정 선생님도 그 손님 오신 것 압니까."

"좀 전에 같이 뒷산 올라가데."

영명은 더 이상 말하지 않는다. 택이네도 쑥을 찧다 말고 돌을 손에서 놓는다.

"내사 못하겠다. 홍택이 아부지한테도 이런 거는 안 해줬구마."

"끝을 잘 맺어야지, 하던 것 마저 해주소."

영명이 난감해서 소리쳐도 택이네는 짓궂게 웃으며 후원으로 들어간다. 그럭저럭 저녁을 준비해도 이르지 않을 시각이다. 택이네는 또 한 번 새된 소리를 지른다.

"아이고 구찮아라. 사람도 부처님같이 하루 한 끼만 묵었으믄 좋겠다."

나무는 오전 내내 해놓아서 동암은 저녁 전 한 시간이라도 공부할 생각으로 제 처소인 뒷방으로 들어간다. 대중방이 있는 요사채와는 떨어져 있어 조용할 뿐 아니라 제 방에서 보이는 것이라곤 상추가 심어진 텃밭과 상수리나무 숲과 토굴 쪽으로 난 하얗게 닦인 길뿐이다. 산을 깎고 지어서 법당 뒤도 바위로 막혀 제 방이 토굴과 다름없지만, 오늘처럼 주지 스님 앞방까지 비어 있으면 섬처럼 고립되어 완연한 정적을 누릴 수 있다. 두어 달 전엔 미닫이를 열어놓은 채 염불하다 말고 숲에 쏟아지는 햇살을 하염없이 바라보는데 누가 죽비로 머리를 내리쳤다.

무슨 삼매경이냐, 잡념은 아닐 테고 법열이냐.

언제 주지 스님이 들어오셨을까. 기척도 몰랐을 정도로 넋을 놓고 있었지만 그런 일이 처음은 아니다. 지난 보름엔 지리산을 비추는 달이 산누이 같다는 생각을 하며 시간도 잊고 법당 앞뜰에서 서성거렸다. 그때도 주지 스님이 방문을 벌컥 열고 소리쳤다.

바람난 개처럼 왜 달을 보고 섰느냐.

동암이 처음 말없이 하산하여 스무 날 헤매고 돌아온 것이 골짜기 눈이 채 녹지 않은 초봄이었다. 『인간의 대지』 책 한 권이 발단이 되었다. 절에 신도인 여대생이 며칠 머문 적이 있는데 여대생이 그 책을 들고 다녔다. 동암은 비행사였다는 서양 작가의 책을 읽고 싶어 여대생이 떠나던 날 빌려주십사 간청했다. 여대생은 서울 가서 부쳐주겠노라 약속하고 얼마 뒤 주지 스님 앞으로 책을 보냈다. 수도 생활을 시작하는 행자가 문학책을 읽어도 괜찮은지 스님 뜻에 맡기겠노라는 편지와 함께.

주지 스님은 편지를 보여주면서 책은 주지 않았다. 인연 따라 절에 들어왔으면 속가의 책도 보지 말라고. 며칠 뒤 고물장수가 동강이 난 초를 모으러 절에 왔을 때 그를 따라나섰다. '인간의 대지'를 몸으로 보리라 했다. 버스에서 만난 어촌 사람을 따라가 그 집에서 미역 따는 일을 사흘간 거들고 여비까지 받아 발길 가는 대로 다녔다. 돈이 떨어지면 식당에서 일해주고 공사판에도 끼어들어, 침식 정도는 어렵지 않게 해결할 수 있었다. 절에 돌아와 참회로 닷새 동안 종일 염불했지만 체증이 뚫린 듯 후련했고 노을도 담담히 볼 수 있었다.

언제 또 이 병이 도질지 알 수 없다. 동암이 세속에 미련을 가질 것은 없다. 『초발심자경문』에 나오듯 깊은 골짜기 푸른 숲이 행자인 제 처소라 생각하지만 가슴속에서 한번씩 회오리치는 것은 잠재우지 못했다. 그것이 주지 스님이 말한 바람일까. 그 바람은 수심 깊은 바다에 잠겨 있는 것처럼 자신도

여태 알아차리지 못했지만 젊음 탓인지도 모르고 타고난 역마살 탓인지도 모른다.

목청을 가다듬고 『반야심경』을 외우는데 해탈이가 툇마루로 풀썩 올라와선 동암을 무심히 보고 법당채 뒤쪽으로 날쌔게 사라진다. 또 무얼 사냥하려나 보다. 산쥐가 극성을 부려서 지난 가을 주지 스님이 고양이 한 마리를 데려왔다. 짓궂게도 해탈이란 이름을 붙여놓으니 놈은 하루하루 뛰어난 사냥꾼의 자질을 보였다. 덕분에 산쥐는 물론 다람쥐도 숨어 보이지 않지만 독사까지 동강이 내어 택이네를 질겁시켰다.

그것 때문에 며칠 전엔 주지 스님에게 따귀를 맞고 다음 날 방 안에 온통 발자국을 찍어놓았다. 주지 스님은 그런 해탈이를 실눈으로 바라보다가 너 생긴 대로 살아라, 머리 깎은 나도 해탈 못했다, 하곤 손을 내저었다. 기나긴 세월에 익힌 짐승의 습속이 어찌 한 생에 바뀌길 바라랴.

"이 호랭이가 물어갈 년아. 밥은 와 안 처묵노. 비린 것 안 준다고 그카지. 며루치도 떨어졌는데 주지 시님한테 사오라 칼 걸 잊아뿌렀다."

또 해탈이와 승강이하나 했더니 공양주가 동암을 부르는 소리가 들려온다. 염불 소리를 듣고도 시킬 일이 있으면 기세 좋게 부르고 만다.

"상범아, 고수 좀 따라. 아침에 주지 시님이 솔차 만든다꼬 솔닢 따노라 캤는데 잊아뿌렀네."

공양주가 어느새 법당채 옆 텃밭에 앉아 상추를 따고 있다. 제 방에서 텃밭이 내다보여 동암은 군소리 없이 밖으로 나선다.

"솔차 얘기는 못 들었는데 저한테 말하지요."

"할 일 없는 줄 알고 술 마싰지."

술기는 가셨지만 잔주름을 드러내는 사글사글한 웃음엔 늘 취기가 있다. 동암에게 속가 이름을 대놓고 부르는 사람도 절에서 그네뿐이지만 그런 택이네가 싫지 않다. 택이네는 상추를 꺾다 말고 코를 킁킁거린다.

"고수 뜯기 싫어서 내삐리놨디만 더 흐드러져서 냄새 억시 풍기네. 옆에만 있어도 골치 아프다."

고수는 빈대 냄새가 나는 묘한 푸성귀다. 동암도 절에 와서 처음 고수를 보았지만 냄새는 참기 힘들다. 정욕 억제 작용을 한다는 말도 있고 스님들이 즐겨 먹지만 동암은 아직도 고수에 익숙하지 못하다.

"고수를 먹을 줄 알아야 진짜 절 사람이 된다는데요."

"내 묵기 싫으믄 그뿐이지. 아이고 허리야. 나도 부처님같이 종일 앉아 있어도 허리 안 아팠으믄 좋겠네."

"보살님, 부처님도 생전에 아프셨대요."

택이네가 고수밭에서 등을 돌리며 허리를 제 주먹으로 친다. 동암은 부처님이 샤캬족 회당 낙성식에 참석하고 밤까지 설법하시다가 뒷일을 아난존자에게 맡긴 것을 얘기한다.

"밤이 늦어 부처님도 피로하셨던지 나는 등이 아프다, 잠깐 누워야겠다 하시며, 아난존자에게 설법을 맡기고 물러가 주무셨답니다. 경전에 부처님의 훌륭한 언행이 많이 기록돼 있지만 나는 등이 아프다고 말할 때의 부처님 모습이 제일 가깝게 느껴져요. 부처님도 우리 같은 사람이셨구나 생각하면 위안이 되거든요."

"같은 사람이믄 뭐 하노. 대통령도 잘못하마 깜방 가지만 부처님은 천지에 한 분인데 아무나 되나. 아이고 지엽어라, 또 하루가 번뜩 가네. 고수 딴 거, 여 담아라."

동암의 말을 듣는 둥 마는 둥 택이네는 상추가 담긴 소쿠리를 내밀며 일어선다. 법당 마당 가득한 햇살이 어느새 스름스름 그림자를 드리우고 있다. 소쿠리에 고수를 담으려다 동암은 텃밭 끝 큰 바위틈에 피어 있는 석양꽃을 바라본다. 원래 이름은 아니지만 늦가을까지 우단같은 윤기를 내며 진홍빛으로 타올라 주지 스님이 석양꽃이라 불렀다. 잎을 따서 비비면 싸한 향이 정신을 맑게 하는데 늦여름 척박한 바위틈에 혼자 피어 노을에 타오르는 모양이 애처롭다.

"꼭 우리 공양주 보살 같네."

동암이 중얼거리며 법당 쪽으로 고개를 돌리니 택이네는 벌써 보이지 않는다. 잠시 후 동암이 후원으로 걸음을 옮기는데 뒷마당 돌층계 너머로 홍택아, 홍택아 부르는 소리가 울려온다. 어느새 택이네가 뒷산 고개에 올라 저물어가는 마을을 내려다보며 아들 이름을 소리쳐 부른다.

함양 집에 간다고 주지 스님과 내려간 창호가 주지 스님이 보낸 짐꾼과 함께 올라왔다. 공부하는 절이라 귀신 부르는 제사는 받지 않지만 친척의 간청으로 내일 사십구재를 치른다. 재에 쓸 과일이며 반찬들을 짐꾼이 지고 와서 후원이 부산하다. 창호는 바다낚시로 잡은 농어를 회 떠서 가져왔다며 요사채에서 좀 떨어진 정자 아래 풀밭에 술자리를 마련했다.

손님을 보내고 저녁 공양도 거른 의선은 속이 좋지 않다고 끼려 하지 않더니 생각이 바뀌었는지 여덟시가 채 못 되어 정자로 왔다. 푸성귀 외엔 입에도 대지 않는 동암 앞에도 소주잔이 놓여 있다. 영명으로 말할 것 같으면 엄격한 선 생활이 해제되면 술을 즐기는 편이고 회 같은 생물을 좋아하진 않으나 해제 뒤 기력을 채우려 안주 정도는 먹곤 했다. 의선에게 창호가 자리를 내주며 몸이 많이 불편하십니까, 묻는다. 의선이 고개를 저으며 돗자리 위에 앉자 영명은 하던 얘기를 계속한다.

"은사 스님이 갑자기 전보를 쳤으니 무슨 급한 일이 있는가 했지. 그래 걸망 지고 시내로 나가 전화드렸더니 전보 친 바 없다는 거라. 황당하네. 암말 않고 전화 끊었어. 공중전화 부스 안에서 내가 여기 왜 왔나, 생각하며 오가는 사람들 멍하니 바라보니 뭐가 그리 바쁜지 혼이 빠진 얼굴이야. 본마음은 놔두고 생존경쟁에 휘말려서 껍데기로 오가는 것 같아. 그때 퍼뜩 깨달았어. 은사님이 내게 가르치려 한 것이 무엇인지.

그래, 며칠 뒤 전화드려 말했지. 가는 바도 없고 오는 바도 없다고."

화두에 대해 처음 듣는 창호는 물론이고 동암까지 귀를 기울인다. 영명은 모두가 흥미를 보이자, 연이어 들려준다.

"언젠가 은사 스님께 갔더니 방석을 주며 아랫목에 앉히고 절까지 하면서 큰 은혜 입은 사람처럼 나를 떠받드는 거라. 처음엔 어리둥절했지만 당신 해주시는 대로 다 받았지. 왕 족보와 중 족보는 없다고 아들이 옥새를 차면 아비도 무릎 꿇고, 상좌가 깨치면 은사가 절하는 법이니. 그날 진수성찬에 임금 부럽지 않게 좋은 이부자리에서 편히 잠까지 잤는데 다음 날 아침엔 태도가 백팔십도 바뀌었어. 아침 인사 드리니 좆도 아닌 게 웃기네, 내뱉으면서 똥자루 보듯 하네. 그 당장엔 멍할밖에. 하직 인사하고 나서면서야 깨달았어."

영명은 더 이상 말하지 않는다. 곰곰 생각하던 창호가 스님이나 그렇게 깨닫지 우리 같은 속세 사람들이 알겠어요? 하며 눈을 껌벅인다. 영명이 의선 앞에 놓인 빈 잔에 술을 따르고 소주밖에 없으니 드시오, 권한다.

"그걸 스님들이나 하는 어려운 걸로 생각할 것 없어. 남의 대접 여하에 따라 내가 좌우되는 건가. 내 존재가 뒤바뀌는 건가? 나의 본성은 한결같은 거지. 일상에서도 얼마든지 깨칠 수 있는 거야. 강원에서 학인 과정을 마치고 갓 스님이 되었을 때니 십오 년 전의 옛날이야기야. 첫 하안거 선방에 들어갔다 나오니 은사 스님이 다음 날 아침 무조건 여자 한 명을 데려오란다. 무슨 숙젠가 싶어 길거리를 기웃거리고 찻집도 가고 여기저기 헤매다가 오후에야 어찌어찌 여자 한 사람 데려갔어. 죄나 지은 듯이 여자 옆에서 무릎 꿇고 앉은 나를 지긋이 바라보더니 은사 스님이 애썼다며 법문을 하더라고. 네가 승복 입고 이 보살을 데리고 오는 동안 얼마나 많은 사람의 눈총을 받았느냐. 음양이란 그렇게 일을 복잡하게 하는 거라고. 죽는 날까지 승복을 입으려면 이걸 잊지 말라고. 은사 스님은 막 선문에 발 디딘 젊은 선승에게 직설적으로 승가의 계율을 가르치려고 그런 기회를 만들어주신 거라. 현대의 세속과는 한참 동떨어진 얘기지."

말끄러미 영명을 바라보다 의선이 잔을 비운다. 분위기 때문인지 처음부터 술을 사양하진 않았다. 영명과 벌써 한 병을 비운 창호가 재수생 때요, 하고 말을 꺼낸다.

"요즘 같은 초여름에 읍내에 있는 큰 공원에 친구 네 명과 놀러 갔어요. 별생각 없이 어슬렁거리는데 숲에 한복 입은 한 아주머니가 비틀거리며 지나가데요, 사십대로 보이는데 옷매무시도 흐트러졌고 약간 술에 취했어요. 그 모양이 꽤 도발적이었는지 친구 세 놈이 달려들어 여자를 숲속으로 끌고 갔어요. 소주 서너 병 마셨으니 걔들도 술기가 있었어요. 누가 그걸 보고 신고하여 경찰이 달려왔어요. 결국은 셋 다 강간죄로 잡혔지만 밤에 술 취한 여자가 숲길을 걸어가는데 일 저지르고 싶은 마음이 안 생기겠어요? 나는 그 일에 안 껴들었지만 말리지도 못하겠네요.”

창호는 안경만 치켜올릴 뿐 친구들의 강간 사건을 천연덕스러울 정도로 덤덤히 들려준다. 지방대학에서 상대를 일 년 다니다 법대 입시 공부 다시 하러 절에 온 휴학생으로 금대암 신도인 부모는 함양 유지다. 영명이 속으로 맹랑하고 위험한 청춘이라 생각하는데 의선은 두 손으로 얼굴을 가리곤 낮게 외친다.

“그러면 사람이 상하잖아요.”

의선의 얼굴이 일그러졌다. 동암은 신문에서 보았다면 머리를 내저을 범죄가 가해자 측에게 직접 들으니 희석되는 것 같아 편치 않았다. 여자는 산속 행자인 저보다 더 세속의 폭력에 저항감을 드러내며 괴로워하지 않는가. 동암은 여자에게 부끄러움과 동시에 감동을 받는다. 영명이 소주잔을 내려놓으며 부드러운 눈길을 의선에게 향한다.

“그게 보살심이라. 유마거사가 말씀하셨지, 중생이 아프니 내가 아프다고.”

창호는 무색한지 한 손으로 이마를 짚고, 좌중이 조용하니 여자가 표정을 고치고 나지막이 말한다.

“하긴 한 생각, 말 한마디도 사람을 피 흘리게 할 수 있어요. 말 한마디도 보이지 않는 비수로 심장에 꽂히죠. 몸의 폭력은 차라리 정직한지도 몰라요.”

의선은 잔을 비우고 눈길을 밑으로 떨군다. 빈속에 마셔선 지 얼굴에 술기가 오르는 듯하다. 영명이 갑자기 생각나는지 손님은 내려가셨소? 묻는다. 의선은 네, 하고 입을 다문다.

"이 먼 산중까지 와서 공양도 하지 않고."

눈을 감은 채 양미간을 모으고 있던 의선이 고개를 든다.

"스님, 저는 내일 내려가겠어요."

"무슨 일 있소?"

동암도 뜻밖이라 의선을 바라본다. 여자는 한 달 머물 예정으로 왔다. 주춤하던 의선이 몸이 좀 좋지 않아요, 힘없이 대꾸한다.

"산 공기가 맑아 건강은 절로 좋아질 거요."

"그래도 사는 일엔 늘 괴로움이 따르지 않나요."

의선의 얼굴은 무언가에 짓눌린 듯 어두워 보인다. 동암은 여자의 눈이 약간 충혈된 것을 알아챈다. 여기 올 때 얼굴이 푸석하다 싶더니 울었던 모양이다. 무슨 일이 있었던 것일까. 언뜻 아까 낮에 의선을 찾아왔다는 여자 손님이 생각났다. 그로부터 좋지 않은 소식을 전해 들은 것일까, 지레짐작하는데 의선이 영명을 향해 정색한다.

"벌써 이천오백 년 전 부처님 시대에 만들어졌다지만 불교에서는 여자가 업장이 두텁다 하여 비구니가 지킬 계율이 비구보다 백여 가지나 더 많다죠. 제도상으로나 선천적 조건도 남자보다 불리한데 여자를 부정적으로 보죠. 기독교와 유교까지 고대의 모든 종교가 여자의 자율성을 제재해왔고 이슬람은 지금도 차도르를 입어요. 그런데 여자의 그 업장이라는 건 어디서 온 건가요?"

"업은 하늘에서 갑자기 떨어지는 것이 아니라 인류의 조상 몸에 대대로 쌓이고 물려진 것들을 내가 받은 겁니다. 여성 참정권도 19세기 말에야 가졌을 정도로 기나긴 세월 동안 남성 중심의 불평등한 규제 속에 살아온 탓에 여자들은 오직 가정이란 담장 안에서 사랑을 삶의 근거로 삼아왔어요. 거기서 감정의 집착이 깊어졌겠지. 옛날 사극에 여자의 원(怨)과 한(恨)을 그린 것이 많은데 이건 남을 깊이 사랑하는 데서 생긴 걸 거요."

영명은 잔에 술을 따르며 스스로에게 들려주듯 읊는다.

사랑하는 사람 가지지 말라
미운 사람도 가지지 말라
사랑하는 사람 못 만나 괴롭고
미운 사람 만나서 괴롭다.

허공을 보며 듣고 있던 여자도 앞의 술잔을 가만 비운다.

"네, 스님들은 대의를 위해 그렇게 속세의 연을 끊은 분들이죠. 그 자유의 경지를 저 같은 속인은 알 수 없습니다. 속세의 연만 끊으면 구원이 다가오는지. 부처님께 기도만 하면 구원을 얻는지."

여자의 말은 자조적이고 영명은 구원, 하고 여자의 말을 속으로 되뇐다.

"인간은 사랑에 의존하고 신에 매달리기도 하지만 모든 것이 원인이 있음으로 말미암아 생긴다는 연기의 법칙만 깨달으면 밖에서 구원을 찾으려 헤매지는 않아요. 내가 갖고 태어난 업—나라와 부모와 내 먼 전전생부터 축적된 습의 유전자, 내 몸을 숙주로 살아가는 쾌락 집착 슬픔이여, 욕심과 노여움과 어리석음으로 인한 번뇌여, 늙고 병들고 죽는 두려움이여, 여기서 해방되면 그 자유가 바로 구원이 아닌가. 스님들이 청춘을 바쳐 선을 하는 건 그것이 바로 자유로 가는 지름길이고 생의 정수(精髓)이기에. 일생이 얼마나 되관대 갈애에만 허덕이랴. 되풀이되는 업의 윤회를 끊으려면 먼저 자신을 관(觀)해야지. 자기를 통하지 않고는 진정한 구원이란 없어요."

이제 서른 중반이지만 영명의 말은 흐르는 물처럼 거침없다. 영명의 말을 되새기듯 잠자코 있던 의선이 잔을 비운다. 얼굴은 이미 홍조가 돌지만 의선은 좀 더 담대한 눈빛으로 고개를 든다.

"인생사를 한칼에 자르고 자유를 얻기 위해 수도하는 분들이 현명하겠지요. 영명 스님 같은 분이 있어야 하고 또 스님이 세상에서 하실 몫도 있을 겁니다. 전 어리석게 피 흘리더라도 세속에서 부대끼며 살고 죄일지라도 사랑하고 그 대가로 고통도 삼킬 겁니다. 전 가진 자가 못 되고 앞으로도 가진 자가 되고 싶지 않지만 언젠가 그런 인생도 사랑하게 될 겁니다."

여자는 주량에 넘치게 술을 마신 듯했다. 거듭 잔을 비우고 창호를 따라 먼저 자리에서 일어나더니 힘겹게 숲길로 걸어갔다. 요사채 쪽으로 사라지는 여자의 뒷모습을 지켜보다가 동암은 자리를 마무리하려고 소주병을 한쪽에 모은다. 좌선 자세로 앉아 있던 영명이 등에 부딪치는 나방을 휴지로 밀어내며 묻는다.

"정 선생 괜찮겠지. 오늘 안 좋은 일이 있었어."

"아까 손님이 오셨다면서요."

동암은 관심을 드러내지 않으려고 빈 잔과 젓가락을 치우며 영명의 말을 기다린다.

"여자 손님은 집의 바깥양반 때문에 온 것 같아. 정 선생은 그 바깥양반 소식을 기다린 것 같고."

"무슨 일 때문에요."

동암은 둔하게 되묻고는 잠시 뒤에야 말귀를 알아듣는다. 동암이 묵묵히 돗자리를 걸레로 훔치는데 영명이 일어나 숲으로 나선다.

"날이 후덥지근하다. 비라도 오려나."

새벽엔 안개가 자욱하더니 아침엔 어느새 걷혀 천왕봉의 검보랏빛 능선이 뚜렷이 보인다. 오늘 밤 사십구재가 있어서 택이네는 아침 공양도 거르고 제기를 씻는다, 나물을 볶는다,

후원에서 분주한데 의선은 어느새 주지 스님께 인사하고 가방을 챙겨 나선다.

"반찬이 시원찮았던갑다. 벌써 갈라 카는 거 보이."

택이네는 취한 듯 불에 익은 얼굴로 정스럽게 웃고 부산할 사십구재 날을 피해 천불암에 가려던 영명은 건강하시오, 하고 합장한다. 의선은 동암에게도 마지막으로 합장한다.

"인연 닿아서 보게 되면 그땐 스님이라고 부르겠네요. 공부 많이 하고 정진하세요."

의선은 무슨 말을 더 할 듯하다 돌아선다. 여자가 후원 뒤뜰을 거쳐 내려가는 동안 영명은 천불암 쪽으로 가는 돌층계를 올라간다. 동암이 뒤따라가 큰 바위가 있는 둔덕에서 내려다보니 흰 때죽꽃이 흐드러진 후원 뜰과 금대암 입구의 대숲을 걸어가는 여자의 뒷모습이 한눈에 들어온다. 의선이 걸음을 재촉하며 타달타달 내려가는데 불빛 아래 일그러지던 여자의 얼굴이 떠오른다. 테스 잘 가시오. 전에 종진이 여자에게 한 인사를 입속으로 가만 되뇌는데 옆에 서 있던 영명이 불쑥 얘기를 들려준다.

"한 젊은 승이 큰 선사 아래서 법을 배우고 이름난 노승을 찾아갔더란다. 그래, 노승 옆에서 밥 짓고 나무하며 배울 날만 기다렸는데 노승은 마나님과 살림까지 하면서 말 한마디 안 하시는 거라. 이제나저제나 기다려도 밤낮 일만 시킬 뿐이라 온 지 삼 년째 되는 날 젊은 승은 드디어 봇짐을 쌌것다.

노승이 밭에 간 사이에 인사도 하지 않고 떠나갔는데 좀 걸어가니 뒤에서 제 이름을 부르더란다. 뒤돌아보니 노스님이 주먹으로 무얼 던지는 시늉을 하면서 '법 받으라' 소리치는 거라. 젊은 승은 순간 깨달았어. 법이 무언지. 그래, 다시 노스님께 돌아가 수행하고 뒤에 대선사가 됐지."

좀 전까지 딴생각을 하고 있어서 법문이 선뜻 머리에 들어오지 않는다. 말뜻을 새기느라 잠자코 있는 동암에게 영명이 덧붙인다.

"법이 따로 없다. 밥 짓고 나무하고 보고 듣는 게 다 법이다."

아, 하고 고개를 끄덕이다 동암은 왜 영명이 난데없이 수행자 얘기를 들려주는지 문득 깨닫는다. 산 아래를 내려다보니 여자의 모습은 홀연히 사라지고 어디선가 소쩍새 우는 소리만 들려온다. 영명은 대나무 작대기로 잔가지들을 젖히며 천불암으로 향한다. 붉은 잉크빛 하늘엔 뭉게구름이 피어오르고 오늘도 무더우려는지 아침부터 노란 풀꽃이 시들어 보인다.

이 산이 누구의 산이고 이 길이 누구의 길이냐.
나의 산이고 나의 길이다.
어디 가도 흐르는 구름 없으랴.

새소리만 들려올 뿐, 고요한 대자연이 영명에게 시흥을 주었나 보다. 영명이 읊조리는 소리를 들으며 후원 뜰로 내려가려는데 하얀 한복을 입은 아낙네가 금대암으로 오르는 것이 보인다. 사십구재 일을 거들어줄 상주인 모양이다.

속세를 초월하지 않는 가멸(加滅)의 힘

강지희(문학평론가)

1. 가멸(加滅)의 구도(求道)

강석경의 이번 소설집 『툰드라』는 1973년부터 쉬지 않고 많은 장편과 산문집 등으로 작품 활동을 해왔던 작가가 『밤과 요람』(1983), 『숲속의 방』(1986) 이후 세번째 묶는 단편집이다. 그사이 전체적인 작품들을 아우르는 여러 대표중단편 선집과 산문집들이 나왔으나, 공식적인 작가 활동으로는 장편 『신성한 봄』(2012) 이후 꼬박 십 년이 지나 출간되는 귀한 책이다. 이 걸음의 속도는 그가 1989년 1월부터 5월까지 첫 인도 여행을 다녀오며 자신이 자연의 한 부분인 것을 느끼고, 한국 문학사에 영원히 남길 작품을 쓰겠다는 욕망이나 글을 곧 삶의 의미로 바라보는 집착을 버렸기에 가능했을 것이다. 그러나 걸음의 속도가 느린 만큼 그가 남기는 발자국은 깊다. 『툰드라』에는 「석양꽃」(1987)부터 「툰드라」(2022)에 이르기까지 무려 삼십오 년에 걸친 작품들이 묶여 있다. 이를 찬찬히 따라가다 보면, 그에게 문학이란 마음에서 일어나는 갖가지 상념들을 다스리면서 자기를 찾아가는 구도(求道)이기도 했음을 새삼 지각하게 된다. 「석양꽃」 말미에 한 스님은 법문과 함께 "법이 따로 없다. 밥 짓고 나무하고 보고 듣는 게 다 법이다"(281쪽)라는 말을 들려준다. 알 듯도 하면서도 당시에 충분히 가닿지 못했을 깨달음은 「툰드라」에서 몽골의 한 고원 위에 이르자 "해탈이 거기 있었다"(55쪽)는 문장과 함께 도달한다. 이 작품집에 가로놓인 삼십오 년의 시간에는 해탈 가능성과 불가능성을 오가며 견뎠던 무수한 번뇌가 담겨 있고, 이 진폭은 북구의 툰드라만큼이나 광활하다.

이번 소설집에서 두드러지는 반복된 핵심은 세계에 일절 편승하지 않으려는 염결함과 세속을 직시하며 머무르려는 힘 사이의 길항이다. 어찌 보면 이는 그의 오랜 대표작 「숲속의 방」(1985)에서 '소양'과 '미양'을 통해 다른 방식으로 드러난 바 있었다. 당시 많은 독자들의 공감을 샀던 대학생 소양은 공장에 들어가 현장을 체험하겠다는 친구 명주를 겉멋 든 엘리트 의식이라며 냉소한다. 우선은 "자기 자신도 잘 모르면서" 하는 일이자, "너희들만 의식 있는 인간이고 진실하다고 생각하는 건 오만이고 너희들이 대항하려는 체제만큼 비인간적"이기에 자신은 차라리 술집에 나가 호스티스를 하겠다는 것이다. 이를 실제로 실천에 옮기는 미양에게서 젊은이 특유의 치기와 감상이 읽히기는 하지만, 이 행위는 대안 없는 자기 파괴를 넘어서 있다. 그의 일탈과 죽음은 지식인의 알량한 연민과 이해로 과연 공장 노동자와 호스티스의 일을 동등한 노동으로 간주하며 함께할 수 있는지 온몸으로 질문하는 전위적인 행동이기도 했기 때문이다. 이와 결을 달리하여 이 지면에서 다시 짚으려는 것은 이방인으로 방황하던 소양의 자살이 언니인 미양의 사회 진입의 길과 나란히 놓여 있다는 점이다. 미양은 일찍이 삶의 권태와 허무를 습득한 후 취업과 결혼을 통과한다. 그리고 소양은 그의 방황과 두려움의 면면들을 가장 깊이 체감하면서도 사회가 정해준 틀로부터는 결코 빠져나오지 못한 채 길항하는 서술자 미양의 시선을 거쳐야만 비로소 온전히 이해될 수 있다. 작가는 내용과 형식 모두에서 이중의 시선으로 균형을 잡으면서도, 우리에게 익숙한 관례적 삶이란 얼마나 얇고 납작하며 투명한지 고발한다. 세상의 도덕과 인습에 맞춰 틀 지워진 삶은 단 하나의 일탈적 삶도 지탱하지 못한다. 이 앞에서 독자들은 사회에 투항하는 대신 위악임을 알면서도 자신의 고뇌를 핏빛 죽음에 이를 때까지 밀어붙인 소양 쪽에 기울고 매료된다. 이에 대한 매혹의 깊이와 관례적 삶에 대한 환멸의 깊이는 정확히 같다.

강석경의 소설은 그 특유의 날짐승의 감각을 잃은 적이 없다. 그의 소설에는 세속의 삶과 이에 길들여지는 위선에 대한 선천적인 경계심이 늘 자리해 있다. 그래서 인물들은 자신을 속박하는 형식적이고 모순적인 결혼 생활에 염증과 환멸을 느끼고, 끊임없이 자유로운 삶을 선택해 외부로 망명해 왔다. 부르주아적 자기도취에 빠져 세계에 편승하지 않으려면, 이 사실을 직시한 순간 속세를 떠나야 했던 것이다. 망명을 위해 선택된 공간은 때로 죽음 너머였고, 때로는 인도와 같이 종교적이고 초월적인 공간이었다. 그러나 이번 소설집에서 온전한 망명의 길은 주어지지 않는다. 비루한 세속으로부터 도약해 단숨에 절대적인 자유와 사랑과 평화를 얻을 수 있는 가능성은 잘 열리지 않는다. 『세상의 별은 다, 라사에 뜬다』에서 신의 음성이 가까이서 들릴 듯한 축복 받은 고도 티베트 라사, "천오백 년간 캄캄한 지하세계에서 비상을 꿈꾸어온 새의 이미지에서 구상"되었다는 『내 안의 깊은 계단』 속 신라 경주의 세계로부터 그는 서서히 떠나왔다. 이제 여기에 유토피아는 없다. 이 사실을 직시한 그의 인물들은 더 이상 허공에 자유롭게 떠다니는 구름이 아니라, 땅에 발붙인 나무이고자 한다. 강석경은 버리고 떠나는 것만이 자유가 아니라, 비루한 삶을 견디는 길을 계속해서 다르게 찾아가는 것이 더 놀라운 자유의 길일 수 있음을 마침내 깨달은 것일까. 그래서인지 이번 소설집에서 두드러지는 것은 무한한 상승의 이미지 대신, 하강의 이미지다. 하강의 이미지들은 공중에서 산산이 흩어지며 멸(滅)과 연결된다. 하지만 이는 세상의 이치를 따라가는 것이 아니며, 점차 존재가 사그라들며 절멸에 이르는 것과도 다르다. 자신 안의 부질없는 욕망들을 거듭 멸하는 것, 촘촘한 가멸(加滅)의 구도(求道)를 밟아나가는 것이다. 가멸의 구도는 화염에 휩싸인 뒤 한순간에 사그라들어 날리는 재가 되는 것이 아니라, 절대 꺼지지 않는 불씨를 유지하는 것에 가깝다. 그리고 이 불은 적색보다 더 높은 온도로 타오르는 푸른 불꽃이다.

2. 잃어버린 뒤에 오는 것들

강석경 소설에서 세속에 진저리치며 저 멀리 바깥으로의 떠남을 꿈꾸는 자들은 이번 소설집에서도 여전하다. 「발 없는 새」(2013)에서 도서관 사서 '영서'는 젊음의 피가 끓는 시기가 지나갔음을 느끼면서도, 호텔 창으로 몸을 던진 장국영의 이미지에 여전히 매혹된다. 장국영의 영화 이미지들과 자살을 떠올리며 "나르시시즘의 극단에는 더 이상 세상과 화해할 수 없는 절해고도의 자아가 죽음의 얼굴로 웅크리고 있었던가"(113쪽) 자문할 때, 어디에서도 구원 가능성을 찾지 못한 고독한 자아 '발 없는 새'는 곧 자신의 초상이다. 조경학과 명예교수로 이십 년 전 퇴임한 박사의 소장 전공서들을 기증받기 위해 간 곳에서 그는 박사의 책들이 모조리 처분되어야 할 애물단지가 되어버린 것을 본다. 4월 중순의 화창함과 달리 봄의 변방처럼 느껴지는 그 집 정원에는 수백 송이의 산목련이 봄눈처럼 내려앉는다. 가볍게 휘날리는 하강의 이미지들이 반복적으로 포착되는 가운데 그는 공허감과 함께 자신을 "굶주린 허무의 나비"(119쪽)처럼 느낀다. 이런 영서의 반대편에는 공고한 축적의 방식으로 살아가는 남성들이 있다. 뒤늦게 중국 유학을 마치고 돌아와 "서른두 평 아파트를 점령군처럼 장악"(128쪽)한 책들 사이에 있는 남편의 모습은 "위에서 내려다보면 책 속에 호두 같은 뇌가 박혀 있는 그림"(128쪽)처럼 우스꽝스럽다. 책 소장욕은 도서관의 김 계장도 유별나다. "책 자체를 애호하는 진정한 사서이며 무언가에 늘 가슴 저리는 진정한 감성의 인간"(121쪽)인 양 구는 그의 모습은 화자에게 환멸의 대상이다. 오십 페이지마다 이정표를 세우듯 인장을 찍어둔 원예학자의 흔적은 부질없는 소유욕의 연장선에서 읽힌다.

소유욕이 만들어내는 생의 던적스러움은 「보루빌에서 만난 우리」(2016)에서 더욱 적나라하다. 강남 오십 평 빌라를 시댁에서 물려받은 '너'라는 인물은 소액을 빌려 가고 높은 이자를 쳐서 갚기를 반복하더니, 서해안에 들어설 국가산업단지에 커피숍 지을 땅을 보유하라며 '나'를 집요하게 꼬드겨 아파트 담보 대출을 받게 한다. 그러나 이해타산에 둔감한 '나'는 서른 평 소유권 이전 등기 영수증에 법무사의 취급자 도장이 찍혀 있지 않다는 것을 뒤늦게야 발견한다. 이 소설은 세속적 삶의 원리에 둔감한 주인공의 전셋집이 무허가 주택으로 밝혀지는 강석경의 초기작 「지상에 없는 집」(1984)을 떠올리게 한다. 그 소설의 마지막에서 세상은 온통 눈에 뒤덮인다. 마을의 흔적은 모두 사라지고, 태초의 모습처럼 장엄한 산이 드러나고 고혹적인 미개지로서의 정원만이 남는다. 자신조차 사라지며 모든 것을 압도하는 이 풍경은 화자가 물질적 차원에서 기만당할지라도 그의 정신만큼은 세계의 가장 맑고 깊은 차원과 연결되어 있다는 증표이자 구원이었다. 그러나 이런 식의 승화는 이번 소설에 존재하지 않는다. 오히려 사 년 전 가을에 유토피아 공동체로서의 가능성을 지닌 '보루빌'에서 이루어진 너와의 만남은 현재의 조잡한 배신을 위한 단초가 되었을 뿐이다.

「오백 마일」(2001)에서도 상황은 녹록지 않다. '인영'은 한국의 여러 인습과 강요받은 모성에 따라 살고 싶지 않아 광저우에서 언어 교사로 살아간다. 이혼한 후 아들 '민우'를 데리고 살고 있는 남편으로부터 온 편지에 그녀는 "먼 바람 속의 사람"(154쪽)으로 자유롭게 묘사된다. 그러나 인영이 하루의 끝에 이르러 알게 되는 것은 식당 의자 뒤에 걸어둔 가방을 도난당했다는 사실이다. "아이도 사랑도 포기하고 빈 몸으로 떠났건만 가방까지 잃어버리다니. 내게 더 잃어버릴 게 있는지"(176쪽)라는 탄식에는 자유만을 바라 떠나온 곳도 유토피아가 되지 못하는, 상실로 점철된 삶에 대한 통렬한 자각이 넘실거린다.

「발 없는 새」와 「보루빌에서 만난 우리」, 「오백 마일」에서 소유하고 있다고 믿었던 것들은 우연한 사고나 치밀한 배신과 함께 박탈당하거나 소멸된다. 지적인 소유욕과 예술에 대한 갈망 역시 예외일 수 없다. 「발 없는 새」의 영서는 원예학자의 집을 방문한 날 불교적 사유를 가미시켜 완성한 김 계장의 시 앞에서 자신은 남루한 현실을 직시할 것을 다짐한다. "자신의 이상국인 정원을 세워도 자식에게 부담 주지 않기 위해 근력운동을 해야 하고 회충약도 먹어야 하는 현실"(126쪽)의 유물론적 현실은 그에게 엄연한 진리로 다가온다. 추상적인 대상으로서의 예술과 학문을 탐닉할 때 망각하게 되는 육체와 죽음의 문제를 그는 직시하고 붙들려 한다. 이 통렬한 지각은 남편의 지독한 수집벽 앞에서 보란 듯이 영서가 자신의 책과 LP판을 박스째로 내다버리는 행위로 나타난다. 예술에 대한 이상만이 아니라, 이상향도 깨어져 나간다. 「보루빌에서 만난 우리」에서 불행한 결혼의 원인이었던 '유령 남편' 곁을 떠나 "구름이 아니라 나무처럼 뿌리 내려"(103쪽) 인도의 보루빌 공동체에서 자신을 새롭게 꾸려나가려 했던 시도는 이념과 현실이 다르다는 것을 확인하고 끝이 난다. 보루빌에서 조우한 인연으로 나누었던 두 사람 각각의 슬프고 무참한 비극들은 이해와 연대로 이어지는 대신, 허무하게 증발되어버린다. 이로부터 사 년이 지나 부동산 사기극 속에서 "너의 정체가 뭘까"(85쪽) 계속 물어봐야 하는 상황은 어떤 이상보다 강력한 세상의 이해타산을 확인시킨다. 하지만 이인칭으로 쓰인 이 소설에서 '너'의 정체를 묻는 연이은 질문들은 '너'를 실존 인물이 아니라 추상적으로 다시 읽게 만든다. 속악한 '너'의 배신을 탓하고 경멸하는 데 그치지 않고, 그 너머에 자신을 언제나 기만하고 모욕하는 삶을 겹쳐 넓게 바라보는 시선은 작가 특유의 품위가 확인되는 자리다.

"이제 나는 스스로 추방됐어"(103쪽)라는 말은 강석경 소설에서 익숙한 방식으로 한 개인의 자유를 향해 도약하지 않는다. 자발적으로 버리고 떠나온 자리에서 자연스럽게 깨달음이 깃드는 것이 아니라, 삶의 함정에 빠지듯 배반과 상실을 경험하며 다시 비워져야 했기에 그 극단의 자리에서만 보이는 것이 생겨난다. 「보루빌에서 만난 우리」 마지막에 배치된 허연의 시가 바로 그 깨달음의 자리에 놓여 있다. 시는 "자기 몸집만 한 업보를 짊어지고 화석처럼 얼어붙은 강을 건너는 종"으로서 "근근이 수만 년을 존속"(허연 「툰드라」, 104쪽)해온 순록 떼에 대해 말한다. 순록 떼는 신이 그들의 설움에 귀 기울여주지 않는 가운데서도 길어진 발가락 하나에 겨우 의지해 눈발을 건너며, 이후에도 수만 년의 생을 질기게 이어간다. 하나의 개체가 아니라 무리, 한 생애가 아니라 한 종(種)이 존속하는 기나긴 시간성에 대한 자각은 '툰드라'라는 광활한 공간으로 도약하며 삶을 보는 각도를 확대시킨다. 인간이라는 종을 상대화하는 이런 시선은 「발 없는 새」의 마지막에서 UFO처럼 보이는 짙은 주황빛 섬광 앞에서 문득 던지는 질문—"목성의 형제여, 그대도 발 없는 새인가?"(135쪽)—에서도 반복된다. 우주에 있을 지적인 고등 생명체에 대한 예감은 "소멸을 향해 번지점프"(133쪽)하는 강력한 시간의 힘 앞에서 섬광처럼 일시적으로만 존재할 수밖에 없는 인간의 삶을 겸허하게 인정하게 한다. 개체로서 인간의 삶은 무력하고 비루하며, 계속해서 기만당할 수밖에 없을 것이다. 그러나 강석경은 이제 이런 삶 앞에서 단호히 절멸을 택하는 대신, 어떤 환상도 없이 오욕을 감당해내며 계속 살아가기를 택한다. 탄식을 숨길 수 없지만, 그 탄식 속에서만 인간을 넘어 이어지는 우주적 차원의 끈질긴 생명력에 대한 환희 역시 열리는 것이다. 그는 "우리가 만난 곳이 툰드라가 아니었나"(106쪽) 묻는다. 맞을 것이다. 하찮은 물질에 휘둘리고 이에 속절없이 기만당하는 삶들이 툰드라에서 잠시 조우하고, 그곳은 지상에 없는 영혼의 집이 된다. 생존을 위해 아등바등하다 궁극에는 소멸하는 삶의 모든 비루함이 수만 년에 걸쳐 광활한 대륙을 아우르며 존재해온 툰드라를 떠올리는 시선에 얹혀 잠시 견딜 만한 무엇이 된다.

3. 해탈 불가능한 인간의 맨얼굴

종교를 통해 이 삶을 넉넉히 승화시켜낼 수 있다고 믿는 자들에게 문학은 지루하고 두터운 언어 뭉치로 다가올 것이다. 종교는 인간을 포기한 적 없으나, 그 관용의 시선은 인간을 고양시키기 위한 것이지 불유쾌한 인간의 세목까지 모두 들여다보고 긍정하기 위한 것은 아니다. 한국 문학사에도 종교에 깊이 빠져들면서 자연스럽게 문학을 떠난 문인의 계보가 있으나, 끝내 세속에서 분투하는 인간을 떠날 수 없는 이들은 문학을 지속해왔다. 강석경의 이번 세번째 소설집의 여러 단편에는 불교적인 색채가 어른거린다. 「석양꽃」과 「기나긴 길」, 그리고 「가멸사」가 대표적이다. 이 소설들에 묻어나는 종교적 흔적은 2015년에 출간된 산문집 『저 절로 가는 사람』에 드러나 있듯 그가 많은 스님들과 만나고 그들의 삶에 경탄하며 배움을 얻어온 과정과 무관하지 않을 것이다. 그러나 불교의 경전과 해석을 둘러싼 사유를 단순명쾌하게 소설에 대입해 읽어내는 방식으로는 소설의 핵심에 닿을 수 없다. 오히려 종교와 격렬히 부딪치며 인간 쪽으로 쓰러지는 자리를 더 들여다보아야 한다.

이 소설집에 실린 소설들 중 가장 오래전에 쓰인 「석양꽃」(1987)은 불교의 교리와 세속의 시선이 정면충돌하면서도 비스듬히 겹쳐질 수도 있음을 보여주는 작품이다. 출가한 지 일 년 갓 넘은 '동암'의 시선으로 인근 근대암에 한 달 예정으로 머물고 있는 '의선'을 바라보는 형식을 취하고 있으니, 해탈한 쪽에서 미욱한 인간을 바라보는 시선은 아니다. "아무것에도 집착하지 않고 새처럼 훌훌 다니"(262쪽)는 스님들이 부럽다는 의선의 말 앞에서, 동암은 "세속 연을 끊고 산문에 들어와 닦고 닦으면 고가 멈출까"(263쪽) 조용히 자문하기 때문이다. 어쩌다 구도의 길을 가고는 있으나 득도하려면 먼 이가 지닌 겸허함과 망설임을 품은 채 소설은 인물 하나하나를 눈여겨 세운다.

작품 전체에서 가장 두드러지는 핵심적인 장면은 한 달 예정으로 왔던 의선이 날을 다 채우지 않고 내려가겠다고 선언한 후, 담대한 눈빛으로 속인의 편에서 자조의 말을 길게 꺼내는 순간이다. 그의 입장은 "되풀이되는 업의 윤회를 끊으려면 먼저 자신을 관(觀)해야지. 자기를 통하지 않고는 진정한 구원이란 없어요. (……) 전 어리석게 피 흘리더라도 세속에서 부대끼며 살고 죄일지라도 사랑하고 그 대가로 고통도 삼킬 겁니다"(278~279쪽)로 요약된다. 불교에도 견성(見性)이란 개념이 있다. 작가의 산문을 잠시 빌려오자면, "견성이란 마음을 들여다보고 어디로 향하고 있는지 원인 구명하여 번뇌를 정화시키는 것"[1]이다. 인간의 번뇌가 탐욕, 분노,

1 강석경, 「절망적으로 갈구한다면 깨달음을 얻으리—화공 스님」, 『저 절로 가는

어리석음에서 기인하니 그것들을 제하고, 모두 공(空)이라는 사실을 깨달으면 곧 부처와 같은 마음이 될 수 있다는 것이다. 그러나 의선이 말하는 '관'은 불교의 '견성'과 반대에 가깝다. 아무리 두터운 층위를 대어도 불교에서 추구하는 공은 삶보다 관념적일 수밖에 없다는 것, 인간의 복잡한 욕망과 탐욕, 분노, 어리석음을 흡수하지 않고 튕겨내는 데서 얻어지는 투명함이라면 그것은 기만적일 수밖에 없다는 것이다. 그러니 의선이 말하는 세속은 다르게는 충만과 불안으로 가득한 삶의 활기라고도 할 수 있겠고, 여기에서 작가의 의중이 깊이 짚이기도 한다.

그런데 작가는 의선에게 기울어 있으면서도 불교 역시 추상의 세계에서 온전한 안식을 주는 것만은 아님을 곳곳에서 암시한다. 이는 부처도 설법하다 몸의 통증을 못 이겨 아난존자에게 뒷일을 맡기고 물러갔다는 것, 절에서 키우는 고양에게 '해탈'이라는 이름을 붙여놓으니 하루하루 뛰어난 사냥꾼의 자질을 보이기 시작했다는 얄궂은 일화들을 흥미롭게 전하는 데서도 드러난다. 해탈이 한낱 고양이의 이름일 뿐이며 그가 커갈수록 짐승의 습속으로 살생을 그치지 못하듯, 해탈을 찾을수록 이와 더 멀어질 수도 있으리라는 기묘한 체념과 해학의 정서가 소설 가장자리에 자리하고 있다. 의선이 하산

사람』, 마음산책, 2015.

하고 난 뒤에 영명은 동암에게 법문과 함께 “법이 따로 없다. 밥 짓고 나무하고 보고 듣는 게 다 법이다”(281쪽)라고 일러준다. 이 말은 산중 암자와 속세 사이의 경계를 지운다. 종교에 귀의한다 할지라도 육신의 본능을 모두 벗어나는 꿈이란 미망이며 도 닦는 행위에 차등이 없음을 또렷이 직시하면서, 소설은 초월적인 내세도 속세도 아닌 어딘가에서 머무르고 있다.

「기나긴 길」(2017)에서 이 미망의 깨달음은 보다 직관적으로 드러난다. 단테문학관에 머무르던 문인들은 귀신에 대한 생생한 목격담을 전해 들을 뿐 아니라, 밤마다 정체불명의 소리에 시달린다. 잠시 문학관을 빠져나와 자신의 집으로 돌아온 화자는 무생물적으로 철문 치는 소리를 들으며, 자신을 좇아 여기까지 온 듯한 미망의 혼령이 생시의 환영을 좇아 업을 되풀이하고 있음을 통탄한다. 이 소리에 쫓기는 어두운 새벽 네시에 그에게 위안이 되어주는 것은 희미하게 들려오는 맑은 목탁 소리다. 그런데 불안을 다독여주는 그 소리를 따라 산 능선 어딘가의 절을 짐작한 것과 달리, 그가 문득 발견한 것은 욕실 안 고장 난 샤워기에서 바닥으로 떨어지는 물방울들이다. 소설은 떠도는 혼령들을 통해 인간이 불행과 원한에 집착하지 않고 어떻게 해탈의 영원으로 들어갈 수 있는지 질문하지만, 고장 난 샤워기를 발견한 순간 ‘어리석음을 짓는 업의 굴레’와 ‘생명 본연의 발견과 해탈’의 이분법은 깨져나

간다. 우리는 표면적인 현상 속에서 일시적인 착각과 함께 안도와 구원에 머물 수 있다. 그러나 그것은 종교의 힘에 의한 것이 아니라, 채워지지 않는 갈증을 잠시 환영으로 채우는 것에 불과하다. 그래서 소설은 문학관에서 올린 산신제가 무색하게도 다시 한 문인이 혼령이 쇠 바닥 치는 소리를 듣는 데서 끝날 수밖에 없었을 것이다. 산 영혼이나 죽은 영혼 모두에게 해탈이란 얼마나 불가능한 과업인지 선연한 이미지를 남긴다.

이 해탈 불가능한 인간의 맨얼굴을 더 깊이 들여다보는 자리에 「가멸사」(2018)가 놓인다. 상징적인 이미지를 촘촘히 활용하고 있는 유기적인 구성과 종교에 대한 더욱 깊고 치열한 성찰로, 앞으로 말하게 될 단편들과 함께 강석경 소설 세계 안에서 계속 거론될 만한 명편이라 할 수 있다. 이 작품은 '하정길'이라는 시인이 동창 현우의 사촌 제수 '박정숙'과 무장사지를 향해 가는 등산 길에서 나누는 대화로 이루어진 여로형 소설이다. 가지가 나 있던 자리 밑동 한쪽에 구멍이 나 있는 나무처럼 그들의 생도 상처와 고통으로 가득한데, 여자가 말해주는 사연은 크게 두 가지다. 하나는 이십오 년 전 결혼해 브라질로 이민 가려 했을 때, 이 상황을 알게 된 전 애인이 치안본부에 고발하면서 반공법에 얽혀 크게 고생했다는 것. 간첩이라는 혐의가 씌워지는 순간 어떤 유순한 존재도 수사와 취조, 전화 도청과 미행 등을 피할 수 없었던 현대사의 비극은 여자의 삶에 흐드러지게 번져 가슴에 구멍을 내고 끝이 난다. 그러나 여자를 더 괴롭게 하는 것은 친구라 여겨 십 년간 만나온 사람에게 속을 털어놓았다가 그것이 비아냥 섞인 입방아로 돌아오며 뒤통수를 맞은 최근의 사연처럼 보인다. 사소한 악의로 점철된 친구의 배신은 차라리 반공이라는 목적으로 이루어진 간첩 사건이 낫다고 여겨질 정도로 그녀를 자책과 혐오감으로 가득 차게 만들었다. 그리고 여자의 사연들 앞에서 정길 역시도 자신에게 트라우마로 남은 사건들을 떠올린다. 알코올중독자였던 아버지가 검소한 어머니가 식기장에 소중하게 모아둔 유리그릇들을 모두 박살 내던 날, 넋이 빠진 채 서 있다가 유리 파편 위로 맨발을 디디던 어머니의 모습은 여전히 섬뜩하게 다가온다. 십 년 전 우산도 없이 서둘러 길을 가는 남학생을 보고 태워주려 차를 움직이다 차바퀴가 미끄러지면서 심하게 교통사고를 당한 사건 역시 선의와 무관한 결과로 충격으로 남았다.

이 소설의 매력은 이 인간사 사이사이에 나무들에 대한 이야기를 겹쳐두며 미학적인 비약을 감행하는 데 있다. 이억 년 전부터 공룡과 함께 존재하다 빙하기에 사라진 중생대 식물이지만, 중일전쟁 때 계곡에서 발견되었다는 메타세쿼이아는 이제 경주에 숲을 이룬 채 서 있다. 이 끈질긴 생명력은 이후 미술관의 한 벽을 툰드라의 마른 이끼로 덮어버린 한 서양 작가의 설치미술과도 연결된다. "순록 떼의 발자국이 지워지고 짓이겨지면서 수만 년 이어져온 인류의 삶이 아득히 펼쳐져" (247쪽) 있는 광경에서 그 장엄한 시간성과의 접속은 인간사의 상처를 상대화시켜 재감각하게 한다. 다른 한편, 큰 구멍이 뻥 뚫려 있는 하얀 은사시나무를 본 뒤 떠올린, "잎의 이십 프로는 숲속 다른 동물들을 먹이기 위해 만든"(245쪽)다는 숲의 법칙은 어떤 존재든 지구에 사는 대가로 가슴을 긁아먹히는 고통의 몫을 받아들여야만 하지 않겠냐는 지혜를 전한다. "가시투성이로 태어났으나 가시를 떨구면서 늠름해진다" (최두석 「엄나무」, 253쪽)는 시 구절을 통해 다시 한번 강조되는 것처럼, 소설은 가시투성이로 태어난 존재들이 구멍이 나고 뜯기고 밟히는 가운데 세상에 부질없이 맞서기보다 자신을 내어주는 것의 힘에 대해 말하고자 한다. 자신의 내면에 유폐되어 상처를 곱씹는 대신 나무와의 유비 속에서 고통을 삶을 위해 마땅히 치르는 대가로 받아들일 때, 이는 간결하고도 단단한 지혜가 된다. 서사 구조적으로도 가지, 가시, 유리 파편 등의 날카로운 이미지들은 무장사지로 향하며 여러 번의 개울을 건너는 동안 나무에 난 구멍, 이끼 등의 이미지를 경유하며 어느덧 둥글고 부드러워진다. 무장사지가 문무왕이 삼국을 통일하고 더 이상 필요 없는 투구와 무기를 감춘 곳이라는 것을 떠올려보면, 인물들의 여로 자체가 인생의 가시를 내려놓기 위한 구도의 길이었음을 깨닫게 된다. 그러나 소설은 종교적으로 경이로운 초월의 자리로 넘어가기 직전에 정확하게 멈춘다. "걷고 걸으면 곧 나올 것 같아도 길은 늘 먼 법"(254쪽)이라는 마지막 말처럼, 어둠과 무명을 멸하는 '가멸(加滅)'의 길이란 아득하고 우리는 늘 도중에 있다. 그리고 이 소설은 아직 종교로 회수되지 않는 세속의 자리를 정직하게 지키고자 하는 힘과 함께 머물러 있다.

4. 바다에 잠긴 남자, 바람처럼 떠도는 여자

「나는 너무 멀리 왔을까」(2001)[2]는 「석양꽃」 이후 네 편의 장편과 산문집을 거친 후 무려 십사 년 만에 발표한 단편이다. 작가에게 '21세기문학상'을 안긴 이 소설은 마지막에 이르러 인물의 절망을 높은 밀도로 그려내며 신화적 도약을 이루어내고 있다는 점에서 후기 대표작으로 꼽을 만한 작품이다. 그런데 이 소설은 이로부터 이십 년이 지나 발표한 작가의 최신작 「툰드라」(2022)[3]와 겹쳐 읽을 때 비로소 더 깊은 이

2 이 소설은 원래 『현대문학』 2001년 6월호에 '관(觀)'이라는 표제로 발표되었으나 『21세기문학상 수상작품집』에 실으면서 '나는 너무 멀리 왔을까'로 제목을 바꾸었다. 이 제목 변경에 대해서는 본래 제목이 주인공(정관)의 이름과 불교적 의미를 중첩시킴으로써 한 사람의 인생의 비의를 확인해보려는 의도를 드러내고 있다면, 개명한 제목은 작품 전체의 내용을 포괄하기에 더 적절하다는 신수정의 첨언에 전적으로 동의하는 바이다. 신수정, 「멀리 떠나와야만 알게 되는 것들」, 『나는 너무 멀리 왔을까』 해설, 문학동네, 2021, 506쪽.

해가 가능하다. 두 작품은 결혼 바깥에 놓인 남녀 연인이 작별 의식을 치르고 있으며, 무엇보다 신화적 원형을 중요한 기표로 사용하고 있다는 점에서 닮아 있다. 남자의 결혼 이전과 이후라는 차이가 있으나 남자는 상실과 회한에 차 있는 반면, 여자는 산뜻하게 헤어질 결심을 말한다는 점도 중요한 내용적 공통점이다. 어떤 면에서는 「나는 너무 멀리 왔을까」의 후일담이 「툰드라」처럼 느껴지기도 한다. 「나는 너무 멀리 왔을까」가 오르페우스의 시선에서 들려주는 신화라면, 「툰드라」는 에우리디케의 시선으로 들려주는 신화다. 그러니 둘은 함께 읽었을 때 더 온전해진다. 이십 년이라는 시차를 둔 '미장아빔', 작가는 이 두 작품을 어떻게 변주했는가.

먼저 「나는 너무 멀리 왔을까」를 본다. '관(觀)'은 자신이 쓴 시나리오 「하안으로 가는 길」이 거듭 엎어지면서 무력감과 절망에 빠져 있는 상태다. 그런 그에게 문득 오 년 전 교통사고로 죽은 조카의 장례를 치르기 위해 미국에 갔다가 일시적인 관계를 맺었던 게이 '닥터 박'의 전화가 걸려온다. 자신을 방기했던 시절의 불편함을 대면한 관은 눈밭에 누워 있다가 '재연'이 보낸 말다래 엽서를 떠올리고, 그리움에 사로잡혀 경주로 간다. 재연에게 경주는 잉여의 부르주아지 냄새를

3 「툰드라」에서 소설적 배경은 『저 절로 가는 사람』에 실린 「자연이 절이다—몽골 유목민들」을 뼈대 삼아 만들어진 것으로 보인다.

벗어나 살아 있는 듯 느끼게 하고, 실종자처럼 조용히 고립되어 있을 수 있게 해주는 소중한 공간이다. 그런 재연 앞에서 관은 대학 후배 오와의 우발적인 두 번의 관계에서 아이가 생겨 보름 뒤 결혼해야 하는 상황으로부터 도피하길 원하지만, 재연은 쓴웃음으로 현실을 직시하라는 냉정한 충고를 건넨다. 밤이 깊어 대왕암 앞에서 정월 대보름 제의가 혼란하게 벌어지는 가운데, 관은 자신이 재연을 사랑하고 있음을 깨닫는다. 그러나 재연은 "우리는 행복을 믿지 않는 회의(懷疑)의 남매"(212쪽)라며 이 후회를 단호하게 잘라내고, 자신의 검은 목도리를 불길 속으로 던진다. 소설의 장관은 바로 이 지점부터 펼쳐진다. 머리에 검은 띠를 두른 무당이 신이 내려 두 팔을 쳐든 채 뛰어오르다가 쓰러지고 통곡하고, 모래 구덩이에서 촛불들이 석기시대 불씨처럼 가물거리며, 보름달 가운데 구름이 끼어 두 개의 반달로 분열된 듯 보인다. 그리고 수평선에 선박 한 척이 환생한 거북처럼 천천히 움직이는데, 그 모습은 곧 『삼국유사』에 신라의 죽음을 상징하는 존재로 등장했던 여자 거인의 시체로 변한다. 그러나 이 거인을 보름달이 비추는 순간 관은 그것이 설화 속의 여자가 아니라 "생식기가 거세된 자신의 환영"(216쪽)임을 본다.

관은 결정적인 순간에 고개를 돌린 오르페우스다. 자신이 무엇을 잃은 줄도 모르고 지금껏 살아왔으니, 그 무지가 유지되었더라면 천오백 년 전의 고분이 켜켜이 쌓여 있는 신성한 지하세계(경주)에서 지상(서울)으로 무사히 되돌아갈 수도 있었을 것이다. 그러나 아이러니하게도 혼돈 속에 있던 그가 비로소 중요한 진실을 깨닫고 고개를 돌린 순간, 모든 것은 불길 속으로 영원히 사라져버리고 만다. 사는 동안 그는 천천히 많은 것을 잃어왔을 터이지만, 이 지하세계에서 상실은 선명하게 치명적으로 도래한다. 이 상실이 참혹한 회한이 되어 그를 집어삼켰으므로, 당연한 수순처럼 그는 상징적으로 바다에 수장된다. 그러나 그의 실패는 경주에 내려오기 전부터 이미 예정되어 있었다. 재연이 보낸 엽서에 있는 천마총 출토 말다래는 하늘로 날아오르는 말이고, 여기에 그려진 달처럼 재연은 "시베리아 벌판에 뜬 반달 같은 여자"(193쪽)가 아니었던가. 관의 시나리오 속 "은자가 사는 하얀 자작나무 숲"(193쪽)이 이 세상에서 구현될 수 없는 꿈인 것처럼, 날아오르는 말과 하얀 반달의 그녀는 그가 아무리 갈망해도 닿을 수 없는 대상이다. 마음속에 파도처럼 일렁이는 온갖 번뇌와 망념을 관(觀)하는 순간, 그는 지나가버린 무엇도 재연(再演)할 수 없음을 알아차리고 공(空)으로서 바다 위에 누워 있는 자신을 발견한다.

남자가 멈추고 수장된 그 자리에서 「툰드라」는 여자의 시선으로 다시 시작된다. 마흔아홉이 된 '주영'이 몽골로 떠나는 날, 작년부터 계속 불규칙했던 생리가 "한숨을 토하듯 찌꺼기를 쏟아내듯 마지막 출혈"(11쪽)을 시작한다. '울란바토르'라는 지명이 주영에게 처음 빛을 마주한 "아기 엉덩이의 몽고반점"(9쪽)으로 다가왔다는 점을 생각하면, 그녀의 몽골행은 처음부터 탄생과 죽음이 만나는 기묘한 여행처럼 보인다. 그러나 이 모든 것은 회한 없이 단순한 기쁨으로 다가온다. 몽골의 초원행은 '승민'과 함께하는 여행이지만, 애초에 소유가 전제되는 제도 속으로 들어가고 싶은 적 없던 주영에게 승민의 존재는 그리 중요해 보이지 않는다. 주영은 유목민 생활을 세세히 묘사하고, 유목민 아이를 보며 인도 여행 끝에 티베트에 잠시 정착해 낳고 떠난 자신의 딸을 떠올린다. 작별 여행이기에 승민은 "너 조금이라도 나 좋아했니? 그렇다고 말해주길 바라. 거짓말이라도 괜찮아"(42쪽)라 재차 묻지만, 주영은 승민이 보여준 그간의 인색함과 다른 여자와의 만남을 지적하면서도 산뜻하고 단호하게 헤어짐을 말한다. 승민의 인정처럼 주영은 "미약한 계란이 아니라 반체제"이자, "사랑도 무엇에도 기대지 않고 너만의 형식으로 살아온 독립된 영혼"(46쪽)으로 바로 선다. 그렇게 또다시 승민과 작별을 고한 주영이 마지막에 마주하는 것은 탑만 있는 무인의 절 '스투파'다. 넓이를 잴 수 없는 하늘 아래 노을이 깔리고, 온통 말과 새들이 대지를 누빈다. 더없이 완전한 풍경이자 낙원인 그곳에서 그녀는 문득 다음과 같은 사실을 깨닫는다. "해탈이 거기 있었다."(55쪽)

주영은 오르페우스가 뒤돌아본 순간 멀리 떠나가는 에우리디케다. 오르페우스는 자신이 돌아보고 붙들려 했기에 이 모든 사건이 벌어졌다고 생각하겠지만, 소유가 중요하지 않은 에우리디케에게 정착하지 않고 떠나가는 일은 자연스러운 것이다. 대상에 매이지 않는 그녀에게 사랑했느냐는 질문은 무용하며, 계속해서 이동할 수 있는 자유만이 중요하다. 그렇게 도달한 자리에 온통 말과 새들 뿐인 무인(無人)의 세계가 펼쳐진다. 이 세계는 인간이 구속된 의미장을 벗어난 언어 없는 세계이다. 불교식으로 말하자면 무의미의 장인 '진여문(眞如門)'에 다다른 것이다. 죽음도 분자 구조의 변화일 뿐, 그 무의미를 두려워하지 않는 자만이 이 자리에 가닿을 수 있다. 그렇게 주영은 진여문에 도달하는 에우리디케가 된다.

도저한 깊이에 다다른 이 형상에 평생 인도와 경주를 중심에 두며 세계를 떠돌고 불교를 깊이 탐구한 작가 강석경의 모습이 겹쳐지는 것도 무리가 아닐 것이다. 그러나 「툰드라」의 주영은 홀로 방랑하는 단독자만은 아니다. 그는 모계사회 족장 같은 '돌마'를 만나 "당신에게 바치는 딸이에요"(12쪽)라는 말과 함께 '소담'을 낳았고, 그렇게 국적과 혈연을 뛰어넘는 삼대의 모계 가족을 꾸린다. 무소유의 자유를 아는 유목민으로서의 삶을 소담에게 물려주고 싶다는 주영의 결심에는 광활한 툰드라를 바람처럼 떠돌고자 하는 작가의 의지가 겹쳐 읽힌다. 세속의 삶에 결코 길들여지지 않으려는 강석경의 날짐승 같은 감각은, 욕망을 거듭 꺼뜨리는 가멸(加滅)의 구도(求道)를 거치며 이제 여기까지 왔다. 경주와 인도 너머 중국과 몽골에 이르기까지 아시아 곳곳을 두루 어우르다 마침내 그가 발견한 툰드라. 한국 문학사에서 새로 개척해낸 이 영토는 속세를 함부로 초월하지 않고 자신 안에서 고요히 거듭 멸하는 자의 품격이 도달한 자리다.

작가의 말

삼십대에 중단편으로 엮은 『숲속의 방』 이후 세번째 소설집을 뒤늦게 펴낸다. 그사이 한 세기가 바뀌었으니 가히 긴 세월이라 할 만하다. 호흡 긴 장편소설을 선호하여 1987년 단편 「석양꽃」을 발표한 뒤 14년간 쓰지 않다가 밀레니엄 뒤부터 손 풀기 하듯 드문드문 쓰기 시작했다. 지난해에 발표한 「툰드라」를 포함하여 여태 모아진 단편이 여덟 편이니 정말 과작이다.

장편소설에 대한 꿈은 아직 놓지 못하지만 소설집은 이로써 마지막 출간이 될 것이다. 수정 작업으로나마 최선을 다했다. 제목으로 뽑은 '툰드라'는 몇 년 전 읽은 허연 시인의 잠언 같은 시에서 영감 받은 것으로 그 이미지가 줄곧 내 머릿속에 맴돌았다. 수만 년 동안 동토에서 인고하듯 무거운 뿔을 이고 이끼와 풀을 찾아 떼 지어 가는 순록들. 사향소의 뼛조각도 흩어진 툰드라의 장엄한 기나긴 길은 실존 자체로 각인되었다. 인류의 DNA도 시의 편린도 툰드라에서 묻어왔으리라. 시인은 견자다.

미대 은사인 조각가 최종태 선생의 「먹빛의 자코메티」 그림은 소설집 『툰드라』를 기다리고 있는 듯했다. 시와 그림은 한 권의 책이 완성되도록 빛처럼 다가왔으므로 예술은 나의 동지임이 틀림없다.

지난 여름 예버덩의 아름다운 이층 작업실에서 단편 「툰드라」를 쓰며 온몸의 세포가 살아나는 듯했다. 꿈에 영화 장면같이 티베트 사람들이 보이는가 하면 세잔의 그림 같은 과일도 요술처럼 눈앞에 놓여 있었다. 탈고를 한 뒤에는 아, 여기는 무언가 이루어지게 하는 곳이구나, 생각했다. 「툰드라」를 쓰도록 영감을 준 그 이층 작업실이 그립다.

몽골 해외 레지던스를 지원해준 문화예술위원회에도 감사를 전하고 싶다. 2014년 몽골을 다녀온 뒤 소설은 언제 쓰나? 궁리하다가 여행기 같은 에세이 한 편 쓰고 무기한 미루었다. 지난해에야 소설집을 더 이상 미룰 수 없다는 생각에 8년 만에 단편을 구상하며 몽골을 배경으로 쓰리라 마음먹었다. 모태 같은 몽골의 초원은 내내 가슴속에 있었다.

작은 출판사에서 책이 팔리지 않는 어려움에도 신인 작가

들 책까지 출간하며 문학평론가의 사명을 더하는 정홍수 '강' 대표, 수정을 되풀이하는 작가의 원고를 묵묵히 해내는 이명주 에디터, 난생 처음 써본다는 표4 추천사를 근사하게 넘긴 후배 작가 이성아, 교수의 황금 같은 겨울방학 시간을 『툰드라』 해설로 몽땅 바쳤을 강지희 평론가까지 다 감사를 전하고 싶다.

2023년 1월

강석경

수록 작품 발표 지면

툰드라 _『현대문학』 2022년 11월호

기나긴 길 _『Axt』 2017년 1 · 2월호

보루빌에서 만난 우리 _『학산문학』 2016년

발 없는 새 _『현대문학』 2013년 10월호

오백 마일 _『문학사상』 2001년 11월호

나는 너무 멀리 왔을까 _『현대문학』 2001년 6월호(「관(觀)」)

가멸사 _『21세기문학』 2018년

석양꽃 _『문학사상』 1987년

툰드라

1판 1쇄 발행 | 2023년 1월 28일

지은이 | 강석경
펴낸이 | 정홍수
편집 | 김현숙 이명주
펴낸곳 | (주)도서출판 강
출판등록 | 2000년 8월 9일(제2000-185호)

주소 | 서울시 마포구 동교로17안길 21 (우 04002)
전화 | 02-325-9566
팩시밀리 | 02-325-8486
전자우편 | gangpub@hanmail.net

값 15,000원
ISBN 978-89-8218-312-6 03810

* 본 작품집은 2022년 한국문화예술위원회 아르코문학창작기금(발간 지원) 사업에 선정되어
발간된 작품입니다.